ТРАДИЦИИ
ФОЛЬКЛОРА И АВАНГАРД
В ПОЭЗИИ С.А.ЕСЕНИНА

叶赛宁民间口头文学诗歌创作及其艺术创新性研究

吴丹丹 著

上海社会科学院出版社
SHANGHAI ACADEMY OF SOCIAL SCIENCES PRESS

本文系中央高校基本科研业务费专项资金资助"叶赛宁诗歌创作中的民间口头文学艺术及其诗歌创新性研究"（项目批准号：2021RCW118）的研究成果

Данная книга осуществляется при поддержке "Фонда фундаментальных исследований в центральных университетов" для финансирования "Традицции фольклора и авангарда в творчестве С.А.Есенина" (номер утверждения проекта: 2021RCW118)

序

　　我和吴丹丹博士素昧平生，但俄罗斯天才诗人叶赛宁的非凡一生让我和她结缘。当然还要感谢挚友李俊升先生的大力推荐，促成了我对这部专著的了解。

　　吴丹丹博士致力于对叶赛宁诗歌创作复杂性的研究，特别是将诗人传统诗歌创作与先锋派艺术的意象和语调结合起来，从两个方面对叶赛宁诗歌特色进行研究：一方面是对普希金和莱蒙托夫传统特色的追溯；另一方面是通过意象派诗学进行先锋性试验，把一般诗人难以传达的感情的细腻处和隐秘处表现出来，这构成了对叶赛宁美学价值的集中体现。在专著中，吴丹丹对叶赛宁的美学散文《马丽亚的钥匙》进行了解读，并深入分析了受民间文化传统滋养的诗歌意象特征。在对阿法纳西耶夫、布斯拉耶夫、维谢洛夫斯基、利哈乔夫、波捷布尼亚、普罗普、仁尔姆斯基、迪尼亚诺夫、爱森堡等学者的理论观点进行了深入分析的基础上，总结概括了叶赛宁诗歌创作的创新性。

　　专著通过对叶赛宁抒情诗和叙事诗歌进行对比分析，探索发现了叶赛宁诗歌创作中的先锋派特征。吴丹丹在专著中敏锐捕捉到了叶赛宁诗歌创作中既有对于民间传统主题和民间哲理的感知，也有对先锋派诗歌浓厚的兴趣。

　　分析叶赛宁诗歌中对宗教和世俗民间口头文学的诠释，无疑是本研究的价值所在。吴丹丹系统阐述了世俗民间口头文学的流派及其表现形式，这些流派在很大程度上影响了叶赛宁诗歌的显性和隐性（象征性、神话性）内容。

　　叶赛宁对1917年革命的阐释，是通过大众理想与《圣经》文化在俄罗斯以先锋派诗歌艺术的形式得以展现的。在专著中，吴丹丹致力于对意象主义美学的系统化、先锋派诗歌意象的起源版本、叶赛宁的意象主义与马里恩果

· 1 ·

夫和谢尔谢涅维奇的美学分歧进行分析,重点指出叶赛宁和安德烈·别雷的美学关联性,以及他们对于诗歌语言革新的重要理论意义。

专著中核心思想的阐释源自于吴丹丹充分借鉴叶赛宁同时期诗人阿赫玛托娃、勃洛克、勃留索夫、格鲁津诺夫、依夫涅夫、马雅可夫斯基、克柳耶夫、库西科夫、列米佐夫、罗依兹曼、谢维里亚宁、埃尔德曼等的诗歌创作特色,以及对叶赛宁诗歌创作文本、回忆录、书信集等大量资料的细致研读。俄罗斯莫斯科国立大学著名教授、博士生导师、文学博士娜·米·索尔恩彩娃称赞这部专著俄语用词准确、结构规整、文风细腻灵活,且摆脱了枯燥的学术说教,既适用于对叶赛宁诗歌创作进行系统研究的专家,也适用于对俄罗斯民间口头文学感兴趣的读者。

高尔基将叶赛宁誉为"伟大的民族诗人"。著名的叶赛宁研究家尤·利·普罗库舍夫称赞其,"这种高超的艺术技巧是我们继普希金之后,也称为莫扎特音乐般的精辟,音乐般令人着迷之物"。俄罗斯当代诗人多里佐夸赞叶赛宁道:"我不能设想我的青年时代可以没有叶赛宁,正如不能设想俄罗斯可以没有白桦一样,他属于那些也许几百年才产生的几个诗人,他不但进入了俄罗斯的文学,而且已经进入俄罗斯的风景,成为不可分割的一部分。"

随着时代的不断向前发展,诗教应作为审美教育的重要形态的呼声将响彻全球的每一个角落,对诗教的研究必将让位于对诗教的弘扬:

让可畏的后生具有像诗那样的独特个性;

让可畏的后生具有像诗那样的独特见解;

让可畏的后生具有像诗那样的独创精神。

请让我与吴丹丹博士等跨越不同时代的同仁们共勉!

中国作家协会会员
中国翻译协会会员
北京大学外国语学院教授

2024 年 7 月

Введение

Фольклор – научный термин английского происхождения. Впервые был введен в научный обиход в 1846 г. английским ученым Вильямом Томсом (W.G. Thoms). В буквальном переводе folklore означает «народная мудрость», «народное знание»[1]. Термин этот был довольно быстро усвоен учеными других стран и вскоре стал термином интернациональным[2].

Этим термином сначала обозначали только материал, подлежащий изучению; впоследствии нередко стали им называть и научную дисциплину, изучающую этот материал[3].

В настоящее время в соответствии с практикой ряда европейских и

---

[1] Соколов Ю.М. *Русский Фольклор* / Учебное издание 3-е издание. Рекоменаовано УМО по классическому университетскому образованию в качестве учебника для студентов высших учебных заведений, обучающихся по направлению 03001 и специальности - «Филология», Издательство Московского университета, 2007, С.11–12.

[2] Он употребляется с известными изменениями в произношении: английское folklore (англичане произносят: фоуклор); немецкое die Folklore (произносят под влиянием немецкого слова Volk – народ – фолькьлор); французское le folklore – фольклор; итальянское il folklore – фольклоре, испанское el folklore – фольклоре и т.д.

[3] См. об этом: Kaindl Lr. (Кайндль). Die Volkskunde, ihre Bedeutung, ihre Ziele und ihre Methode. Leipzig; Wien, Franz Deutick, 1903. S. 22–23. См. Так же: Arnold van Gennep (ван Геннеп). Le folkolre. Paris, 1924.
См. также: Кагаров Е.Г. *Что такое фольклор?* // Художественный фольклор. Вып. IV–V. М., 1929.

советских ученых термин фольклор употребляется для обозначения материала изучения; для обозначения же науки об этом материале употребляется термин фольклористика.

Соколов Ю.М. отмечает одну из особенностей фольклора как наличие в нем моментов синкретизма, т.е. неразрывной связи устного творчества с элементами других искусств. Фольклор входит в область сценического искусства (мимика, жест, драматическое действие) при исполнении не только так называемой народной драмы и драматизированных обрядов – свадебного, похоронного, земледельческих, хороводных и других игр, но и при сказывании былины, рассказывании сказки, исполнении песни; он входит также в область хореографического искусства (народные танцы, пляски, хороводы), музыкального искусства (напевы песен). Следовательно, и фольклористика совпадает частично с разделами таких дисциплин, как театроведение, хореография, музыковедение[1].

Что касается взаимных влияниях устной поэзии на литературу и художественной литературы на устную поэзию, то трудно назвать сколько-нибудь выдающихся авторов литературы XVIII–XX вв., которые в той или иной степени, с теми или другими целями, с различными принципами не подходили бы к устной поэзии как к источнику художественных образов, яркого языка, богатейших ритмов. Историками литературы и фольклористами в освещении этих фактов сделано уже немало. Уже выяснена огромная роль фольклора в литературе XVIIIв.[2], раскрыты специальные интересы

---

[1] Там же. С.14–15.
[2] См. например: Трубицын Н.Н. *О народной поэзии в общественном и литературном обиходе в первой трети XIX в.*, СПб., 1912.

Введение

к фольклору со стороны Пушкина[1], Гоголя[2], Лермонтова[3], Мельникова Печерского[4], Короленко, Кольцова[5], Некрасова[6], Тургенева[7], Л. Толстого[8], Щедрина[9], Достоевского[10], Лескова, Горького[11] и др.

---

1 Миллер В.Ф. *Пушкин как поэт и этнограф* // Этнографическое обозрение.1899. № 1; Азадовский М.К. *Пушкин и фольклор* // Временник Пушкинской комиссии. Т. III. 1937. С. 152–182. Перепечатано в кн.: Азадовский М.К. *Литература и фольклор*. Л., 1938. С. 5–64. В этой же книге напечатаны очерки: «Сказки Арины Родионовны». С. 273–292, и «Источники сказок Пушкина». С. 65–105 (перепечатаны из «Временника Пушкинской комиссии Академии наук СССР». Т. I. Л., 1935. С. 134–163); Плотников И.П. *Пушкин и народное творчество*. Воронеж, 1937; Соколов Ю.М. *Пушкин и народное творчество* // Литературный критик. 1937. № 1. Андреев Н.П. *Пушкин в фольклоре* // Там же; Бабушкина А. *Сказки А.С. Пушкина* // Детская литература. 1937. № 1; Рыбникова М.А. *Сказки Пушкина в начальной школе* // Начальная школа. 1936. № 9. С. 32–44.

2 Соколов Б.М. *Гоголь этнограф* // Этнографическое обозрение. М., 1910. № 2–3; Машинский С.И. Гоголь и народная историкопоэтическая традиция // Литературная учеба. 1938. № 3.

3 Мендельсон Н.М. *Народные мотивы в поэзии Лермонтова* // Венок Лермонтову: Сборник. М., 1914.

4 Виноградов Г.С. Опыт выяснения фольклорных источников романа Мельникова Печерского «В лесах» // Советский фольклор. Л., 1935. № 2–3.

5 Некрасов А.И. *Кольцов и народная лирика* // Изв. Отд. рус. яз. и слов. Акад. наук. Кн. 2. 1911. С. 83–135; Соболев П.М. *Кольцов и устная лирика*. Смоленск, 1934.

6 Еланская В. О народно песенных мотивах в творчестве Некрасова // Октябрь. 1927. № 12; Кубиков И.Н. Комментарии к поэме Некрасова «Кому на Руси жить хорошо». М., 1933; Андреев Н.П. Фольклор в поэзии Некрасова //Литературная учеба. 1936. № 7; Соколов Ю.М. Некрасов и народное творчество // Литературный критик. 1938. № 2.

7 Соколов Б.М. Мужики в изображении Тургенева // Творчество Тургенева: Сборник. / Под ред. И.Н. Розанова, Ю.М. Соколова. М., 1918.

8 Соколов Ю.М. *Л. Толстой и сказитель Щеголенок* (печатается) (Опубликовано: Соколов Ю.М. Лев Толстой и сказитель Щеголенок // Летописи Гос. лит. музея. Кн. 12. М., 1948. С. 200–220. – Примеч. ред.); Срезневский В.И. Язык и легенда в записях Л.Н. Толстого // Академику С.Ф. Ольденбургу к пятидесятилетию научной и общественной деятельности: Сборник. Л., 1935.

9 Соколов Ю.М. Из фольклорных материалов Салтыкова Щедрина // Литературное наследство: Сборник. Т. 11–12. Вып. II. М., 1934.

10 Пиксанов Н.К. Достоевский и фольклор // Советская этнография. 1934. № 1–2.

11 Пиксанов Н.К. Горький и фольклор // Советская этнография. 1932. № 5–6. В расширенном виде издана отдельной книгой «Горький и фольклор». Л.,1935; 2-е изд. Л., 1938; Он же. Горький о фольклоре // Советский фольклор.1935. № 2–3; Пушкин и Горький о фольклоре: Сб. статей. М., 1938; Бугославский С.А. Горький и русская народная песня // Литературный критик. 1938. № 6.

В XX в. мы видим, что почти каждое новое литературное направление – символисты, футуристы, имажинисты (Бальмонт, Брюсов, Блок, Белый, Городецкий, Маяковский, Есенин) – обращается к фольклору. Часто фольклор служит постоянным источником пополнения образами для выражения революционных идей и настроений (например, в творчестве Эд. Багрицкого, А. Прокофьева[1], А. Суркова, Н. Асеева и др.).

Многие писатели не только, так сказать, пассивно испытывали на своем творчестве влияние устной поэзии, но и внимательно, упорно изучали особенности ее художественных форм, языка и содержания.

Фольклор с самого начала творчество С.А.Есенина и до конца его жизни имел огромное значение в выработке творческих прринципов. Эволюция мировозрения и творчество С.А.Есенина глубоко отражалась на взаимоотношении его поэзии, и принуипы его работы. Как подчёркивает П.С.Выходцев, можно наметить три основных этапа в развитии творчества С.А.Есенина: 1) дооктябрьский период (примерно до 1916–1917 годов), 2) период революции и гражданской войны (так называемый имажинистский», примерно до 1921 года) и 3) последний, наиболее зрелый (по возращении из-за границы)[2]. Все эти периоды существенно отличаются друг от друга, в частности и по характеру связи поэзии С.А.Есенина с народным творчеством.

В данной книге «Традиции фольклора и авангард в поэзии С.А.Есенина» творчество поэта рассматривается в аспекте эволюции от мировоззренческих и художественных констант русского фольклора к поэтике авангарда. *Предмет* книга – рецепция фольклорных традиций и новый поэтический язык в произведениях С.А.Есенина.

---

1 Соколов Ю.М. А. Прокофьев и народное творчество // Литературный критик. 1936. № 1.
2 П.С.Выходцев. *Русская советская поэзия и народное творчество* // Академия наук СССР институт русской литературы (пушкинский дом). Издательство академии наук СССР. Москва.Ленинград 1963. С.227–228.

Введение

Материалом изучения стали стихотворения С.А.Есенина 1910–х годов и «маленькие поэмы» 1917–1918 годов, в которых проявилась как лирическая, так и эпическая специфика.

Актуальность книги объясняется перспективой подготовки научной биографии С.А.Есенина, работой по созданию Есенинской энциклопедии в ИМЛИ РАН, появлением целого ряда статей по художественным особенностям текстов поэта, по его теории образа.

Новизна заключается в постановке в рамках одной исследовательской работы таких проблем, как параллели мотивов ранней поэзии С.А.Есенина и религиозного, светского фольклора, анализ жанровых влияний народного поэтического творчества на его лирику, имажинистский контекста его произведений, близость его теоретических установок эстетическим взглядам Андрея Белого.

Изучение фольклоризма С.А.Есенина шло проторенным путем: от общего к частному (то есть от общерусского и даже славянского к рязанскому фольклору), от опоры исключительно на книжные источники – к вниманию к региональной устно-поэтической традиции (рязанской и целому ряду других, напр., к «ростовским песенкам», московским преданиям и т.п.).

Как отмечает Е.А.Самоделова, термин «фольклор» в современном значении появился в России лишь в начале XX века. В Словарь будут включены персоналии не только профессиональных фольклористов, но и всех деятелей, занимавшихся собиранием, изучением, публикацией и популяризацией русского фольклора. В этом отношении интересны писатели, записывавшие фольклор и (или) использовавшие фольклорные первоисточники в своем творчестве. В число таких писателей-фольклористов входит и С.А.Есенин[1]. Е.А.

---

[1] Самоделова Е.А. С.А. Есенин как собиратель, исследователь и интерпретатор фольклора // Современное есениноведение. 2010. № 15. С. 77–86.

Самоделова окцентирует, что в С.А.Есенине совмещаются и даже существуют шесть составляющих его многогранной личности, относящейся к устному народному творчеству. Вот эти составляющие: 1) фольклорист (собиратель и теоретик); 2) писатель, чьи сочинения во многом основаны на фольклоре; 3) литературный деятель, творивший фольклор о себе; 4) историческая фигура, получившая «посмертное продолжение» в устном народном творчестве; 5) знаток локальной фольклорной традиции, сподвигший современников и последующие поколения гуманитариев изучать словесную крестьянскую культуру его «малой родины»; 6) поэт, спустя десятилетия после смерти «прописавшийся» в Интернете, где открылось новое «фольклорное пространство».

Все эти шесть составляющих личностей С.А.Есенина стали возможны из-за благоприятного стечения целого ряда причин; формировались они в продолжение большого периода времени: на протяжении всей сознательной жизни поэта, затем в эпоху советской и постсоветской фольклористики, далее с момента возникновения Рунета в Интернете. Е.А.Самоделова высоко оценил С.А.Есенина как фольклорист интересен тем, что он, первый и самый яркий представитель региональной деревенской (сельской) устно-поэтической традиции, выразитель мировоззрения всего крестьянского сословия. Он явился одновременно носителем словесного народного творчества и его собирателем и пропагандистом (посредством газетных публикаций), а также дал фольклору «вторую жизнь» в своих художественных сочинениях, наполненных фольклорными и этнографическими подробностями. С.А. Есенин собирал фольклор и теоретизировал на предмет народной культуры, что обусловило есениноведам получить возможность изучать фольклоризм писателя.

Как отмечает Е.А.Самоделова, поэт не только сам записывал и публиковал фольклор села Константиново, но и побудил к собирательству местного устно-поэтического творчества сестер, подготовивших и издавших

Введение

сборник «Частушки родины Есенина – села Константинова» (Собрали Е. и А.Есенины, М., 1927); А.А.Есенина в 1970–е гг. записала 24 частушки в родном селе[1].

Далее в родном селе поэта собирали фольклор и этнографические данные журналисты В.П.Башков и А.Д.Панфилов, фольклористы-музыковеды С.И.Пушкина и А.А.Козырев, филологи-фольклористы В.Б.Сорокин, В.И.Костин, Е.А.Самоделова, этнограф Т.А.Тульцева, архивист Л.А.Архипова и др. Студенты Рязанского государственного педагогического института (ныне РГУ им. С.А.Есенина) под руководством есениноведа О.Е.Вороновой и др. филологов 1970–80-х годов проходили фольклорную практику в селе. По собранным материалам изданы фольклорные сборники (в том числе с нотами), написаны научные статьи и монографии[2]. После таких серьезных публикаций фольклорных записей изучение фольклоризма С.А.Есенина вступило в новую стадию: стал недопустим литературоведческий анализ, который базировался бы на «русском фольклоре вообще», без учета его региональной специфики, без опоры на фольклор «малой родины» поэта. Также были введены в научный оборот перечень книг из личной библиотеки С.А.Есенина и его «круг чтения», известные из списка А.А.Есениной, обнаруженные в архивах и выявленные путем тщательного текстологического

---

1 «У меня в душе звенит тальянка...» Частушки родины Есенина – села Константинова и его окрестностей. Фольклорное исследование Лидии Архиповой. Челябинск, 2002. С. 83–87.

2 По собранным фольклорным материалам изданы книги: Башков В.П. «Плачет где-то иволга...»: Константиновские этюды. М., 1986; Он же. В старинном селе над Окой: Путешествие на родину Сергея Есенина. М., 1992; Панфилов А.Д. Константиновский меридиан: В 2 ч. М., 1992; Самоделова Е.А. Историко-фольклорная поэтика С.А.Есенина //Рязанский этнографический вестник. 1993; Воронова О.Е.Сергей Есенин и русская духовная культура. Рязань, 2002; «У меня в душе звенит тальянка...» Частушки родины Есенина – села Константинова и его окрестностей. Фольклорное исследование Лидии Архиповой. Челябинск, 2002; Пушкина С.И. Песни родины Есенина. М., 2005; Самоделова Е.А. Антропологическая поэтика С.А.Есенина: Авторский «жизнетекст» на перекрестье культурных традиций. М., 2006.

анализа произведений поэта[1]. После этих важных разысканий возникла настоятельная потребность учитывать воздействие трудов фольклористов – предшественников (в первую очередь «мифологической школы») и современников – на мифопоэтический кругозор автора и весь его творческий процесс.

В 1950–1960–е годы С.А.Есенин начал восприниматься как национальный поэт; «более всестороннее»[2] эта характеристика представлена в работах 1980–1990–х годов. В.Г. Базанов («Сергей Есенин и крестьянская Россия». Л., 1982) отмечал в его творчестве прежде всего крестьянскую культуру; Т.К. Савченко в докторской диссертации («Сергей Есенин и его окружение. Литературно-творческие связи. Взаимовлияния. Типология». М., 1991) акцентировала внимание на русском национальном самосознании как актуальной ценности его поэзии. Вопрос о религиозном содержании творчества С.А.Есенина поднят Ю.И. Сохряковым (О религиозных мотивах в лирике Есенина // Столетие Сергея Есенина. Есенинский сб. III. М., 1997), О.Е. Вороновой («Сергей Есенин и русская духовная культура». Рязань, 2002). Проблема поэтики и литературно-философского контекста рассмотрена в трудах Н.И. Шубниковой-Гусевой («Поэмы Есенина: от "Пророка" до "Черного человека"». М., 2001 и др.), А.Н. Захарова (докторская диссертация «Художественно-философский мир Сергея Есенина». М., 2002). Фольклорный контекст исследован в трудах Е.А. Самоделовой (докторская диссертация «Антропологическая поэтика С.А. Есенина: авторский жизнетекст на перекрестье культурных традиций». М., 2008) и

---

1 См.: Есенинский вестник. Константиново, 1994. Вып. 3; Захаров А.Н. Художественно-философский мир Сергея Есенина. Дисс. ...докт. филол. наук. М., 2002. С. 12, 257; Субботин С.И. Библиотека Сергея Есенина //Есенин на рубеже эпох: Итоги и перспективы. Мат-лы Междунар. науч. конф., посвящ. 110–летию со дня рожд. С.А.Есенина. М.; Константиново; Рязань, 2006. С. 341–345.

2 Скороходов М.В. Жизнь и творчество Есенина в оценке отечественного литературоведения 1950–2000–х годов // Сергей Есенин: Диалог с XXI веком. М.: ИМЛИ РАН, 2011. С. 56.

Введение

др. Особый аспект в изучении поэтики С.А.Есенина – контекст идей и мотивов литературы Серебряного века (работы Н.В. Дзуцевой, А.С. Карпова, О.А. Клинга, М. Никё, С.Г. Семёновой, Н.М. Солнцевой, Л.К. Швецовой и др.). Тщательная текстологическая, источниковедческая работа проведена коллективом академического издания собрания сочинений С.А.Есенина (С.И. Субботиным, А.А. Козловским и др.). О приоритетных направлениях в есениноведении можно судить по темам диссертаций 2000–х годов: «Небесный Град в творчестве С.А. Есенина: поэтика и философия» (М., 2009) Н.В. Михаленко, «Библейские мотивы в поэмах С.А.Есенина 1917–1920 годов» (М., 2011) О.В. Юдушкиной, «Книга "Радуница" в контексте творчества С.А. Есенина 1916–1925 годов» (М., 2012) Н.А. Казимировой, «Андрей Белый и Сергей Есенин: творческий диалог» (М., 2009) С.А. Серёгиной, «Традиции Сергея Есенина в поэзии Арсения Несмелова» (М., 2003) Н.В. Епишкиной, «Метасюжет судьбы лирического героя в поэзии С.А. Есенина: основные культурно-художественные коды и мотивные комплексы» (Омск, 2006) М.Ю. Жилиной, «Свет в художественно-колоративной системе лирики С.А. Есенина 1919–1925 гг.» (М., 2001) С.А. Родиной, «Системный лингвокультурологический анализ этноактуальной лексики (на примере произведений С. Есенина)» (М., 2007) Т.Е. Синиченко и др. Ведущее место в есениноведении принадлежит ИМЛИ РАН. Текстологические, биографические, философско-религиозные, стилевые проблемы, а также вопросы, касающиеся литературного контекста, рассматриваются в сборниках научных трудов, подготовленных ИМЛИ на основе международных конференций и симпозиумов.

Цель нашей книги – описать эстетические приоритеты С.А.Есенина. Достижение поставленной цели определило решение следующих *задач*:

1. Проследить основные образы, жанровые, стилевые особенности ранней лирики С.А.Есенина.

2. Выявить влияние религиозного фольклора, исследовать народно-религиозный подтекст есенинских произведений.

3. Выявить влияние светского (мирского) фольклора. Акцентировать внимание на следующих позициях: жанр лирической песни и частушки, пейзажная образность, тема крестьянского быта и труда, образы животных, диалектизмы.

4. Рассмотреть особенности мировоззренческого перелома С.А.Есенина во второй половине 1910–х годов; проследить эволюцию его взглядов в «маленьких поэмах».

5. Установить сходства и различия в имажинизме С.А.Есенина, с одной стороны, и В. Шершеневича, А. Мариенгофа – с другой.

6. Обратиться к есенинской концепции образа («Ключи Марии», «Быт и искусство») в контексте взглядов А. Белого («Жезл Аарона», «Глоссолалия»).

В поэтике начального периода его творчества существенное место занимала религиозная образность. Согласно выводу М. Павловски, «в первый период творчества С.А.Есенина церковнославянизмы и элементы, связанные с церковью, образовали уравновешенную целостность с областной лексикой и с элементами, связанными с крестьянским бытом»[1]. Образ жизни крестьянина, как и лирического героя, создавался с использованием фольклорной специфики. И. Захариева характеризует творческий период С.А.Есенина 1910–1917 годов так: «идеальный топос», «фольклорная окрашенность», «связь с земной реальностью»[2].

«Фольклорная окрашенность» сохранилась в поэтике С.А.Есенина

---

[1] Павловски М. *Религия русского народа в поэзии Есенина* (Лингвостилистические соображения) // Столетие Сергея Есенина. Есенинский сб. Выпуск III / Ред.-сост. А.Н. Захаров, Ю.Л. Прокушев. М.: Наследие, 1997. С. 104.

[2] Захариева И. Своеобразие эмоционально-образной системы Есенина // Там же. С. 171.

Введение

и после 1917 г.; мир его поэзии до 1917 г. не был, на наш взгляд, исключительно идеальным, а после 1917 г. был создан новый «идеальный топос». Во второй период, когда под влиянием скифской идеи создаются революционно-мистические «маленькие поэмы», действительность предстает в космогонической трактовке, символика и метафоры усложняются, отмеченная уравновешенность церковнославянской образности и бытовизмов нарушается в пользу первой; возросла частотность библейских реминисценций, особенно в создании образа новой России. Источник космогонического восприятия современных событий – запечатленное в фольклоре крестьянское сознание. Однако оно обогащается религиозной идеей преображения мира.

Влияние народных духовных стихов заметно в книге «Стихи и поэмы о земле русской, о чудесном госте и невидимом граде Инонии» для издательства ВЦИК в 1919 г. (не вышла). В статье С.А.Есенина «Ключи Марии» (1918) упомянуты духовные стихи о «Голубиной книге» и приведены фрагменты оттуда (V, 188, 195, 206), «о хоробром Егории» (V, 189–190). Легенды о пророке Илье на колеснице и о чуде Святого Георгия со змием (V, 203, 211) расширяют круг источников христианского фольклора, использованного в статье Есенина.

Общерусский жанр былины, имевшийся в соседнем Зарайском уезде, тем не менее, очевидно, все-таки взят С.А.Есениным из фольклорных сборников. Его рефлексы заметны в «Песни о великом походе» (в 1 части; III, 116–1924) и в «Богатырском посвисте» (IV, 72–1914); в упоминании былинного богатыря – «Словно Вольга под ивой» (I, 100–«Покраснела рябина...», 1916). Герой былины Соловей Будимирович упомянут в статье Есенина «Ключи Марии» (V, 198–1918).

Далее («Москва кабацкая», «Исповедь хулигана», «Пугачев», «Страна негодяев», «Стихи скандалиста») церковнославянизмы минимизируются, рядом с высокой церковнославянской лексикой появляются вульгаризмы, просторечия, формирующие низкий стиль. Как замечает Ю.И. Сохряков, «постепенно с годами религиозная атрибутика исчезает и в зрелой поэзии Есенина почти не встречается»[1]. После 1923 г. поэт пытается примириться с ходом событий и обрести покой, стремится к умиротворенности. Поэзия последнего периода ориентирована на пушкинскую традицию, на ясность, точность образов. Приведенная Павловски формула: «...синтез – тезис – антитезис – синтез; движение от первоначального синтеза, основанного на поэтическом воззрении русского крестьянства на окружающий мир, к тезису – христианскому утверждению нового мира, от него к антитезису – противостоящему нигилизму, гранищащему с богохульством; и в конечном итоге к синтетическому преодолению двух крайних тенденций – достижению уравновешенного единства осложненной простоты, передающей простое переживание»,[2] – в целом отражает основные тенденции в эволюции есенинской образности.

Помимо изначального народного мировосприятия с его синтезом «почвы» и «небесного свода», помимо библейских представлений о мироустройстве на воззрения С.А.Есенина оказал влияние интеллектуальный опыт его времени. В книге мы обратимся к вопросу эстетических концепций Есенина и А. Белого. Н.М. Солнцева писала о знакомстве С.А.Есенина с работами Д. Мережковского, В. Розанова, Д. Философова[3]. О.Е. Воронова высказала предположение о вероятном знакомстве С.А.Есенина с работами

---

[1] Сохряков Ю.И. О религиозных мотивах в лирике Есенина // Столетие Сергея Есенина. Есенинский сб. Выпуск III. С. 117.

[2] Павловски М. Религия русского народа в поэзии Есенина (Лингвостилистические соображения). С.112.

[3] Солнцева Н.М. *Проза С. Есенина* // Проблемы научной биографии С.А. Есенина / Сост. О.Е. Воронова, Н.И. Шубникова-Гусева. М. – Константиново – Рязань: Пресса, 2010. С. 104–116.

Введение

Бердяева[1]. Обратимся к выводу О.Е. Вороновой: «...можно, на наш взгляд, высказать предположение, что С.А.Есенин (возможно, интуитивно) тяготел к новому направлению русского религиозного сознания, основанному на идеях духовного синтеза Н. Бердяева, Д. Мережковского, П. Флоренского и других представителей русского философского "ренессанса", на их внутреннем "религиозном противлении" так называемому "историческому христианству", отождествляемому С.А.Есениным со "старым инквизиционным православием", с "символической чёрной рясой", заслонившей "свет солнца истины" ("Ключи Марии")»[2].

В теоретическом трактате "Ключи Марии" С.А.Есенин ещё раз вернётся к образу "мужицкого рая" и развернёт картину народных представлений о будущем, о социализме как о рае в образе идиллической богатой, сытой, урожайной деревни. Мы увидим далее, что С.А.Есенин намеренно архаизировал народное творчество в целях противопоставления дорогой ему прекрасной, но умирающей, отходящей в прошлое, народной поэтической культуры и образности современному искусству, якобы совсем оторвавшемуся от народных глубинных крестьянских корней.

Очевидна роль С.А.Есенина в русской литературе, в создании нового литературного языка, в теории искусства[3]. За последние годы возрос интерес

---

[1] Воронова О.Е. ...Между религией и «Русской идеей»: С.А. Есенин и Н.А. Бердяев // Столетие Сергея Есенина. С. 83–84. Примечательно наблюдение исследовательницы о внимании Бердяева к судьбе Есенина: «Немаловажен и тот факт, что Бердяева волновала не только прижизненная, но и посмертная судьба Есенина. Выскажем гипотезу, что именно под впечатлением трагического финала есенинской судьбы сложился у Бердяева во второй половине 20-х гг. замысел философско-психологического эссе "О самоубийстве" (1931), где он интуитивно раскрывает истинную подоплеку санкционированной властями широкой антиесенинской кампании, говоря о стихийно складывавшемся в массовом сознании посмертном "культе личности" поэта». Там же. С. 84.

[2] Там же. С. 89.

[3] Базанов В.Г. *Сергей Есенин и крестьянская Россия*. М. – Л., 1982; Прокушев Ю.Л. *Есенин – это Россия*. М., 2000; Воронова О.Е. *Духовный путь* (Перейти на следующую страницу)

к поэтике Есенина[1], объединившей тенденции реализма и модернистской эстетики, фольклора и святоотеческой литературы. Как пишет Н.И. Шубникова-Гусева: «Поэтика Есенина – это новаторская художественная система, неразрывно связанная с особенностями индивидуального стиля и мировоззрения поэта»[2]. Эта же точка зрения высказана в статье О.Е. Вороновой «Поэтика Есенина как новаторская художественная система», в которой стиль текстов Есенина рассматривается как «сложная иерархия» дискурсов с поиском «доминантного принципа»[3].

На протяжении всего творчества С.А.Есенин широко вводил фольклорно-этнографический контекст в свои произведения, цитировал фольклорные строки и применял диалектные обозначения устно-поэтических жанров, использовал приемы поэтики фольклора в литературных сочинениях.

Реалистическая доминанта в стиле поэта была отмечена В. Марковым: «Он реалист не только в том, что берет образы для символического "Сорокоуста" и сюрреалистических "Кобыльих кораблей" из жизни, а не

(Перейти на предыдущую страницу) *Есенина*. Рязань, 1997; Воронова О.Е. *Сергей Есенин и русская духовная культура*. Рязань, 2002; Захаров А.Н. *Художественно-философский мир Есенина*. М., 2002; Михайлов А.И. *Пути развития новокрестьянской поэзии*. Л., 1990; Солнцева Н.М. *Сергей Есенин*. М., 1997; Шубникова-Гусева Н.И. *Поэмы Есенина: От «Пророка» до «Черного человека»*. М., 2001.

1 Бельская Л.Л. *Песенное слово: Поэтическое мастерство Сергея Есенина* (М., 1990); Захаров А.Н. *Поэтика Есенина* (М., 1995); Кедров К.А. *Образы древнерусского искусства в поэзии С. Есенина* // Есенин и современность (М., 1975); Киселёва Л.А. Поэтика Есенина в контексте русской крестьянской культуры: герменевтические и терминологические проблемы // В кругу Есенина (Варшава, 2002); Марченко А. *Поэтический мир Есенина* (М., 1989); Самоделова Е.А. *Антропологическая поэтика Есенина*: Авторский жизнетекст на перекрестье культурных традиций (М., 2006); Хазан В.И. *Проблемы поэтики Есенина* (Грозный, 1989); Харчевников В.И. *Поэтический стиль Сергея Есенина (1910–1916)* (Ставрополь, 1975); Шубникова-Гусева Н.М. *Поэмы Есенина: от «Пророка» до «Черного человека»* (М., 2001) и др.

2 Шубникова-Гусева Н.И. Вопросы поэтики и проблематики в контексте есенинской энциклопедии // Поэтика и проблематика творчества С.А. Есенина в контексте Есенинской энциклопедии / Отв. ред., сост. О.Е. Воронова, Н.И. Шубникова-Гусева. М.: Лазурь, 2009. С. 9.

3 Воронова О.Е. Поэтика Есенина как новаторская художественная система // Там же. С. 34.

Введение

из воображения (как сообщают мемуары). Его реализм в том, что видит он только этот, конкретный, ощущаемый пятью чувствами мир и не чувствует потребности в ином»[1]. Проблеме символизма и поэтического самоопределения С.А.Есенина, свойств символизма в лексике, в образах С.А.Есенина посвящена глава в книге О.А. Клинга «Влияние символизма на постсимволистскую поэзию в России 1910–х годов» (2010). М. Сибинович, опираясь на тезу об акмеистском проекте возвращения поэзии «в земные рамки»[2], предлагает рассматривать его поэтическую систему как близкую акмеизму; в то же время речь идет о синтезе стилевых школ: «Выйдя из народно-песенной традиции, борясь за собственное место на большой сцене русской поэзии <...>, Есенин как поэт формировался в потоке литературной жизни, характеризующейся попытками радикализации модернизма символистов рядом поэтических программ, манифестов и экспериментов разных течений и объединений писателей авангарда <...> в поэтике Есенина сочетаются элементы символистского подхода к поэзии с рядом элементов, выдвинутых в теории и поэтической практике поэтов авангарда (в том числе имажинистов)»[3]. Как пишет болгарская исследовательница И. Захариева,

---

[1] Марков В. *Легенда о Есенине* // Грани. Мюнхен, Лимбург, Франкфурт-на-Майне, 1955. № 1. С. 146. Цит. по: *Шубникова-Гусева Н.И.* Роль С.А. Есенина в истории русской культуры (К постановке проблемы) // Есенин на рубеже эпох: Итоги и перспективы / Отв. ред., сост. О.Е. Воронова, Н.И. Шубникова-Гусева. М.- Константиново-Рязань: Пресса, 2006. С. 13.

[2] Сибинович М. Поэтика Есенина на распутье между модернизмом и авангардом // Столетие Сергея Есенина: Есенинский сборник. Вып. III. С. 186.

[3] Там же. С. 189. К авангардистским приемам стиля Есенина М. Сибинович относит следующие: «...подчеркнутую подвижность поэтического образа (динамику в рамках отдельного поэтического образа и сцепление таких образов по принципу кинематографической техники в композиции стихотворения); синхронное использование в поэтическом образе определений, в реальной действительности принадлежащих к нескольким, разным планам человеческой жизни, земного и космического мира; расширение семантики слова-образа актуализацией архаичных слов символики из наследия национальной истории и культуры; некоторые формы цитатности; прорывы разговорной речи в лирическое высказывание; своеобразную "событийность" лирического стихотворения и пр.». Там же. С. 189–190.

«поэтическая система Сергея Есенина начала складываться в пору господства модернизма (1912–1917), однако она уникальна в своем роде, не сопоставима с другими авторскими системами»[1]; имеется в виду типологическое несоответствие поэтики С.А.Есенина символизму, акмеизму, футуризму или необъяснимость его стиля только спецификой названных школ. Далее в цитируемой статье идет речь о возрождении С.А.Есениным почвеннической традиции русской литературы[2]. Помимо того, что в творчестве ряда модернистов проявилась почвенническая, неославянофильская линия, в модернизме сложился крестьянский модернизм с признаками и символизма, и акмеизма, и авангарда, и средневековой книжной литературы, и фольклора, о чем пишет Н.М. Солнцева[3]. О.Е.Воронова отмечает: новокрестьянские поэты соединили «несоединимое, полярные духовно-этические феномены: дохристианские и неохристианские пласты культуры, православную молитву и языческий миф, орнамент и икону, лубок и фреску, "скифское" и "китежское" сознание», соединили народное образотворчество (архаику) с эстетикой модерна[4]. Как подытоживает Н.И. Шубникова-Гусева: «Одни видели в нем реалиста, подражателя народно-песенных традиций (А.Н. Толстой), другие называли его романтиком (Д. Святополк-Мирский), третьи находили существо С.А.Есенина в принадлежности к русскому авангарду и

---

1 Захариева И. Своеобразие эмоционально-образной системы Есенина // Столетие Сергея Есенина: Есенинский сборник. Вып. III. С. 169.

2 «Есенинская модель творчества по сути возрождала почвенническую линию в развитии русской поэзии – линию И. Никитина, А. Кольцова, Н. Некрасова. Спустя 70 лет после смерти Есенина мы можем констатировать, что подобная модель творчества в русской поэзии больше не появилась. Приближается к ней поэзия Александра Твардовского, но она более объективирована и социологизирована. В 60–70-х годах есенинский дух возрожден и активизирован в творчестве "деревенских" прозаиков В. Шукшина, В. Белова, В. Распутина, а также вдохновителя "тихой лирики" Николая Рубцова». Там же.

3 Солнцева Н.М. *Новокрестьянские поэты и прозаики* // Русская литература рубежа веков (1890-е – начало 1920-х гг.): В 2 кн. Кн. II. М.: ИМЛИ РАН, Наследие, 2001. С. 683.

4 Воронова О.Е. Поэтика Есенина как новаторская художественная система. С. 42.

Введение

соответствии эпохе Татлина (И. Эренбург)»[1].

С.А.Есенин внимательно изучал переводы на русский язык крупных эпических произведений других народов, а также обращал внимание на трактовки зарубежных сказаний и эпосов, данных учеными (Ф.И.Буслаевым, А.Н.Афанасьевым и др.). Упоминания «мифологий земного шара» (V, 199) - фольклорных крупных эпических жанров и построенных на их основе литературных памятников (индийских Вед, скандинавской «Эдды», финской и карельской «Калевалы» ⟨Э.Лённрота⟩, древнегреческой «Илиады» Гомера – V, 206) – содержатся в «Ключах Марии» (1918) С.А.Есенина.

Поэтика С.А.Есенина отчасти основана на фольклорной стилистике, включая народные жанровые дефиниции, обозначения исполнительской манеры, определения персонажей-участников, которые положены поэтом в три типа структур: 1) в заглавия произведений; 2) в подзаголовки; 3) содержатся внутри текста (включая варианты и редакции)[2]. Проблемой отдельного исследования является проникновение рязанского фольклора и устной поэзии других российских регионов в письма и дарственные надписи Есенина.

В нашей книге мы стремимся проследить в поэзии С.А.Есенина фольклорную простоту и авангардистскую усложненность. О художественности и глубине есенинской простоты Э. Райс писал: «Лучшие его вещи полны словесной магии. Если у Мандельштама магия – результат духовной победы над словесным материалом, то у С.А.Есенина она родилась естественно,

---

[1] Шубникова-Гусева Н.И. Роль С.А. Есенина в истории русской культуры (К постановке проблемы). С. 12. Исследовательница опирается на: *Толстой А.* Рец. На кн.: Есенин С. «Исповедь хулигана». М., 1921 и «Трерядница». М., 1921 // Новая русская книга. Берлин, 1922. № 1. С. 17»; *Святополк-Мирский Д.*Есенин // Воля России. Прага, 1926 № 5. С. 78; *Эренбург И.* Рец.на кн.: Есенин С. «Трерядница». М., 1921; Есенин С. «Исповедь хулигана». М., 1921. С. 18.

[2] Подробнее см.: Самоделова Е.А. Историко-фольклорная поэтика С.А.Есенина //Рязанский этнографический вестник. 1993–Введение.

из его укоренелости в русской стихии <...> Очарование Есенина – в дебрях простоты, недоступной другим поэтам»[1]. Впоследствии эта простота дополняется, а в ряде фрагментов «маленьких поэм» вытесняется авангардистской чрезвычайностью. Согласно характеристикам авангардистского текста, систематизированным в докторской диссертации И.М.Сахно и ее книге, посвященной специфике русского авангарда, авангардистский текст *дезорганизован* в силу снятия всяческих ограничений и запретов», что выразилось в разрушении иерархичности лексических смыслов, образов, в разупорядоченности структуры, в «исчезновении единого смыслового центра», «нарушении мотивировки и причинно-следственных связей»; в авангардизме «разложение языковой материи на простейшие величины приводит к *десемантизации* всех элементов текста в языке», синтез классического текста сменяется анализом авангардистского; происходит изменение процесса коммуникации, формируется «*перекодировка*», текст как код культуры становится «*дешифрующей системой*»[2].

На книгу выносятся следующие положения:

1. В поэзии С.А.Есенина 1910–х годов устойчивы религиозные мотивы и образы, восходящие не только к канонической церковной словесности, но и к религиозному фольклору, прежде всего – к духовным стихам. При этом, однако, ряд канонических мотивов обрел новые коннотации. Традиционные религиозные сюжеты русифицированы и соотнесены с современностью, актуализированы во времени, что, во-первых, повлияло на стиль текстов и, во-вторых, впоследствии получило развитие в «маленьких поэмах».

---

[1] Райс Э. Сорокалетие русской поэзии в СССР // Грани. 1961. № 50. С. 144. Цит.по: Шубникова-Гусева Н.И. Роль С.А. Есенина в истории русской культуры (К постановке проблемы). С. 17.
[2] Сахно И.М. С. 10. Русский авангард. Живописная теория и поэтическая практика. М.: Диалог-МГУ, 1999. С. 11, 12, 13.

Введение

2. В лирике С.А.Есенина 1910–х годов сочетаются традиции религиозного и светского фольклора. Особое влияние его поэзия испытала со стороны народной лирической песни.

3. При создании произведения первой половины 1910–х годов поэт либо опирался на претекст, либо использовал поэтику фольклора в стихотворениях иных жанров. Особая роль отводилась метафорам и диалектизмам.

4. Во второй половине 1910–х годов снижается влияние народно-поэтической традиции; русифицированные библейские мотивы синтезированы с авангардистским осмыслением реальности, выразившимся как в богоискательстве, мифологизации революции, так и в имажинистской образности, более характерной для «маленьких поэм», чем для лирики.

5. В содержательном отношении цикл «маленьких поэм» претерпел эволюцию, отразил смену и противоречия мировоззренческих установок С.А.Есенина.

6. Авангардистская образность появилась в произведениях С.А.Есенина до возникновения имажинизма. Выдвинутая С.А.Есениным концепция имажинизма по ряду положений противоположна взглядам В. Шершеневича и А. Мариенгофа.

7. Теоретические работы С.А.Есенина и Белого объединяют положения об обновлении языка, о метафоре, народных основах творчества, соотношении языка и космоса, образа и смысла.

Методологическую основу книги составили труды А.Н. Афанасьева, Ф.И. Буслаева, А.Н. Веселовского, Д.С. Лихачева, А.А. Потебни, В.Я. Проппа по содержанию и поэтике фольклорных произведений, по специфике сознания русского средневековья; обращаясь к вопросам стиля, мы опирались на положения статей В.М. Жирмунского, Ю.Н. Тынянова, Б.М. Эйхенбаума. В работе применен комплексный анализ, включающий историко-литературный, биографический, интертекстуальный аспекты изучения художественного произведения.

Теоретическая значимость определяется положениями и выводами, касающимися стилевой и жанровой специфики текста, систематизации тез имажинистской эстетики и их соотнесенности с практикой авангарда.

Практическая значимость книги заключается в том, что ее результаты могут быть использованы в лекционных курсах по истории русской литературы, в работе спецкурсов и спецсеминаров.

Исследование состоит из введения, трех глав, заключения, библиографического списка, содержащего 306 позиций.

ОГЛАВЛЕНИЕ

Введение 1

Глава I.
Традиции религиозного фольклора в лирике С.А.Есенина первой половины 1910–х годов.................................. 1

I.1. Жанровые характеристики духовного стиха 6
I.2. Традиции духовного стиха в ранней лирике С.А.Есенина 13
    I.2.1. Художественная интерпретация Иисуса Христа в лирике С.А.Есенина первой половины 1910–х годов 13
    I.2.2. Образ Богородицы 21
    I.2.3. Художественная интерпретация религиозных праздников 24
    I.2.4. Образы святых 26
    I.2.5. Образы странников... 31

Глава II.
Особенности светского фольклора в лирике С.А.Есенина 1910–х годов 41

II.1. Жанры светского фольклора в лирике С.А.Есенина 47
    II.1.1. Традиции жанра лирической песни 48
    II.1.2. Традиции частушки 65

II.2. Мотивы и образы 83
    II.2.1. Пейзажные образы 83
    II.2.2. Образы быта и труда 103
    II.2.3. Образы животных 110
II.3. Диалектизмы в творчестве С.А.Есенина 118

Глава III.
Эстетика авангарда в художественной концепции С.А.Есенина 123

III.1. Содержание «маленьких поэм» 129
III.2. Общая характеристика имажинизма и авангардистские образы С.А.Есенина 153
III.3. Эстетическая концепция в «Ключах Марии» 176
    III.3.1. Теория образа 177
    III.3.2. Теория звука и слова А. Белого как контекст «Ключей Марии» 194
III.4. Историческая тема в поэмах С.А.Есенина 20–х гг. и фольклор 204

Заключение 220

Библиография 228

后记 265

Глава I

Традиции религиозного фольклора в лирике С.А. Есенина первой половины 1910-х годов

Ранние стихи С.А.Есенина целиком вырастают на почве действительности, которую он наблюдал с детских лет. Непритязательная сельская природа, чувства и думы, навеваемые ею, простые и весёлые сельские праздники, странствующие богомольцы, деревенские обычаи, мечты крестьянских девушек и парней – все находило в его стихах прямое и безыскусное выражение. Вместе с этим в его поэтический мир входила как объект изображения совершенно неотделимая от жизни русского села народная поэзия (песни, хороводы, пляски), определяя при этом поэтическую форму его стихов. Не только критики 20–30-х годов, но и некоторые исследователи последних годов преувеличивают роль религиозного воспитания С.А.Есенина в доме старообрядца-деда и почти полностью игнорируют несравненно более сильные факторы, определившие выработку эстетических взглядов и мировоззрения, прежде всего роль крестьянский трудовой действительности и народного творчества.

Диалогичность и контрастность лирического героя С.А.Есенина – одна из распространенных тем в научных работах о поэте[1]. Двойственность мировосприятия С.А.Есенина отразилась в противопоставлении основных концептов и образов его лирики (война – мир, деревня – город, прошлое – настоящее – будущее и т.д.). Со всей определенностью она обозначилась с 1914г. Например, в стихотворении «Пойду в скуфье смиренным иноком...» (1914) лирический герой – «смиренный инок» или «белобрысый босяк» (66); в «Гой ты, Русь, моя родная...» (1914) – «захожий богомолец» (70), в

---

[1] Напр.: Марченко А.М. *Поэтический мир Есенина*. М.: Сов.писатель, 1972; Шубникова-Гусева Н.И. *Сергей Есенин в стихах и жизни* // Сергей Есенин в стихах и жизни: Стихотворения 1910–1925. М.: Республика, 1995. Как пишет Н.И. Шубникова-Гусева: «Человеческое и творческое "Я" Есенина постоянно ведут диалог». Там же. С. 20.

«Чую радуницу Божью...» (1914) лирический герой говорит: «Я поверил от рожденья / В Богородицын покров»(73). Такая двойственность (инок / босяк), как правило, мотивируется спецификой национального характера[1].

Тем не менее, раннее творчество С.А.Есенина характеризуется относительной цельностью лирического героя, что, на наш взгляд, связано с влиянием на него семейной обстановки. Например, его дед Ф.А.Титов – старообрядческий начетчик; в его доме будущий поэт провел детство и отрочество; для понимания источников тем ранней лирики С.А.Есенина важно отметить, что в доме Титова было десять икон, в том числе Богородичных. Свою роль в формировании эстетических воззрений С.А.Есенина сыграло присутствие постояльцев в доме А.П. Есениной, бабушки по отцовской линии; это были богомазы, работавшие в стоявшей напротив Казанской церкви. Кроме того, на воззрения С.А.Есенина оказало влияние общением с константиновским священником о. Иоанном, интеллектуальная и моральная обстановка в его доме, книги и периодика из его библиотеки.

По признанию С.А.Есенина («Автобиография», 1923), он в детстве «в Бога верил мало»[2]. Но с детства он был знаком с Библией и песнями калик. О.Е. Воронова («"Я поверил от рожденья в Богородицын Покров": образ Христа-младенца в

---

[1] Богослов и литературовед первой волны эмиграции Н.М. Зёрнов писал: «Россия всегда была землёй, где сильно ощущалось присутствие и Божества, и тёмных сил <...> Россия дала много святых, но бок о бок с ними стояли лжепророки, тёмные мистики, основатели и последователи странных сект и сомнительных вероучений. Русская история – это своего рода летопись приливов и отливов религиозного энтузиазма» (69). Особое внимание он обращает на религиозное сознание крестьянства, ссылаясь на русские и иностранные источники, в том числе на анонимное издание «Рассказы странника своему духовному отцу» (М., 1884), на «Воспоминания отца Спиридона» (Киев, 1917), «Письма» (М., 1909) А.И. Эртеля, «L??Impire des Tzars» (Париж, 1898) А. Леруа-Болье, «What I Saw in Russia» (Лондон, 1914) М. Бэринга; среди ссылок – «Дмитрий Мережковский» (Париж, 1951) З. Гиппиус и «Самопознание» (Париж, 1949) Н. Бердяева. Зёрнов Н.М. Русское религиозное возрождение XX века / Пер. с англ. Париж: YMCA-PRESS, 1974.69 с.

[2] *Сергей Есенин в стихах и жизни: Поэмы 1912–1925. Проза 1915–1925* / Сост. Н.И. Шубникова-Гусева. М.: Республика, 1995. С. 297.

поэзии Сергея Есенина») не исключает знакомства С.А.Есенин с апокрифическими Евангелиями, в частности с «Евангелием детства» («Евангелием от Фомы»). Письма Есенина 1913 г. говорят о его осмыслении Евангелия. Отметим и книги из личной библиотеки С.А.Есенина: Кондаков Н.П. Иконография Богоматери (СПб.,1914); Покровский Н.В. Церковная археология в связи с историею христианского искусства (Пг., 1916); Библия (СПб., 1912); из поздних приобретений – Гольбах П. Карманный богословский словарь (М., 1925)[1]. По воспоминаниям Д.Н. Семёновского, Есенин в период обучения в университете им. А.Л. Шанявского был знаком с гусляром-суриковцем Ф.А. Кисловым, в репертуаре которого были «и старинные русские песни, и плач Иосифа Прекрасного, и псалом царя Давида, переложенный в стихи Димитрием Ростовским»[2].

В ранней лирике С.А.Есенина религиозные мотивы устойчивы. Например: «Помолюсь украдкой / За твою судьбу» («Дымом половодье...», 1910. [32])[3]; «Дай мне с горячей молитвой / Слиться душою и телом» («Вьюга на 26 апреля 1912 г., 1912. [45]); «В сердце почивают тишина и мощи» («Задымился вечер, дремлет кот на брусе...», 1912 [51]); «Пойду в скуфье смиренным иноком», «Молясь на копны и стога» («Пойду в скуфье смиренным иноком...», 1914 [66]); «Хаты – в ризах образа» (70), «Пахнет яблоком и медом / По церквам твой кроткий Спас» («Гой ты, Русь, моя родная...», 1914 [70]); «Я молюсь на алы зори, / Причащаюсь у ручья» («Я пастух, мои палаты...», 1914. [71]); «Никнут сосны, никнут ели / И кричат ему: "Осанна!"» («Сохнет стаявшая глина...», 1914. [72]); «Он зовет меня в дубровы, / Как во царствие

---

[1] Здесь и далее источник информации о личной библиотеке Есенина: Субботин С.И. *Библиотека Сергея Есенина* // Есенин на рубеже эпох: Итоги и перспективы / Отв.ред. О.Е. Воронова, Н.И. Шубникова-Гусева. Рязань: Пресса, 2006. С. 331–334.

[2] Семёновский Д. *Есенин* // Сергей Есенин в стихах и жизни: Воспоминания современников / Сост.и общ.ред. Н.И. Шубниковой-Гусевой. М.: Республика, 1995. С. 69.

[3] Здесь и далее стихотворения и «маленькие поэмы» С. Есенина цит. по: *Сергей Есенин в стихах и жизни: Стихотворения. 1910–1925* / Вступ. ст. и сост. Н.И. Шубниковой-Гусевой. М.: Республика, 1995. Страницы указаны в скобках.

небес» («Чую радуницу Божью...», 1914. [72]) и др. Их частотность позволяет говорить о влиянии на его раннее творчество духовной литературы.

I.1. Жанровые характеристики духовного стиха

По мнению Е.А.Самоделовой, происходя из крестьянской семьи, Есенин с детства владел местной устно-поэтической традицией и далее интересовался русским фольклором, совершая путешествия по России и беседуя с местными жителями, а также черпая знания из разных типов книжных источников. Во-первых, из предшествующей и современной художественной литературы с этнографическим уклоном (например, «В лесах» и «На горах» П.И.Мельникова (Андрея Печерского), «Очерков бурсы» Г.Н.Помяловского[1] и др.)[2]. Во-вторых, из фольклорных книжных сборников и научных трудов (проштудировал «Толковый словарь живого великорусского языка» и «Пословицы русского народа» В.И.Даля; «Народные русские сказки», «Народные русские легенды» и «Поэтические воззрения славян на природу» А.Н.Афанасьева, сб. «Былины» из «Библиотеки Чудинова» и др.). Согласно составленному сестрой Е.А.Есениной книжному списку, в личной библиотеке поэта хранились книги по фольклору (Афанасьев А.Н. «Народные русские легенды», 1914; Былины /Вступ. ст. Е.Ляцкого, 1911)[3]. От оригинального народного названия вступительной статьи В.И.Даля

---

[1] Книга имелась в личной библиотеке Есенина. – см.: Субботин С.И. *Библиотека Сергея Есенина* //Есенин на рубеже эпох: Итоги и перспективы. Мат-лы Междунар. науч. конф.,посвящ. 110–летию со дня рожд. С.А.Есенина. М.; Константиново; Рязань, 2006. С. 345.

[2] Самоделова Е.А. С.А. Есенин как собиратель, исследователь и интерпретатор фольклора // Современное есениноведение. 2010. № 15. С. 77–86.

[3] Субботин С.И. Библиотека Сергея Есенина //Есенин на рубеже эпох: Итоги и перспективы. Мат-лы Междунар. науч. конф., посвящ. 110–летию со дня рожд. С.А.Есенина. М.; Константиново; Рязань, 2006. С. 341.

«Напутное», приложенной к собранию «Пословиц русского народа», отталкиваются дарственные надписи С.А.Есенина, адресованные в 1916 г. его первому книгоиздателю В.С.Миролюбову и критику Д.В.Философову с благодарностью «за доброе напутное слово» (VII (1), 39, 51).

Известны сообщения С.А.Есенина о том, что его дед пел духовные стихи, а бабушка привечала в доме странников. В автобиографии С.А.Есенина, записанной в 1921г. И.Н.Розановым, сообщается: «Бабка ‹...› была очень набожна, собирала нищих и калек, которые распевали духовные стихи. Очень рано узнал я стих о Миколе. Потом я и сам захотел по-своему изобразить „Миколу"»[1]. В «Автобиографии» С.А.Есенина 1924г. сообщается о его знакомстве с духовными стихами: «Часто собирались у нас дома слепцы, странствующие по селам, пели духовные стихи о прекрасном рае, о Лазаре, о Миколе и о женихе, светлом госте из града неведомого»[2]. Эти же сведения – в «Автобиографии» 1923 г.: «Бабка была религиозная, таскала меня по монастырям. Дома собирала всех увечных, которые поют по русским селам духовные стихи от "Лазаря" до "Миколы"»[3].

С.А.Есенин с детства вбирал в себя фольклор не только из родственников, но и от других лиц. Так, в «Автобиографии» 1924 г. С.А.Есенин акцентирует внимание на знакомстве со сказками: «Нянька, старуха-приживальщица, которая ухаживала за мной, рассказывала мне сказки, все те сказки, которые слушают и знают все крестьянские дети» (VII (1), 14). Легко прослеживается общность ранних стихотворных сказок С.А.Есенина с народными (напр., «Сиротка (Русская сказка)», сюжет «Морозко»[4]). Влияние родного

---

[1] Есенин С.А. *Полн.собр.соч.*: В 7т. М.,1999. Т.7. Ч.1.С.344.
[2] *Сергей Есенин в стихах и жизни*: Поэмы 1912–1925. Проза 1915–1925. С. 299.
[3] Там же. С. 297.
[4] Сравнительный указатель сюжетов: Восточнославянская сказка / Сост. Л.Г.Бараг, И.П.Березовский, К.П.Кабашников, Н.В.Новиков. Л., 1979 (далее – СУС).

фольклора на индивидуальное творчество отмечал сам поэт, рассказывая в «Автобиографии» 1923 г. об источнике стихотворно-сказочной линии своего сочинительства: «Стихи начал слагать рано. Толчки давала бабка. Она рассказывала сказки. Некоторые сказки с плохими концами мне не нравились, и я их переделывал на свой лад» (VII (1), 11). Как видим, на раннем этапе сочинительства С.А.Есенин шел по проторенному русскими классиками (В.А.Жуковским, А.С.Пушкиным, П.П.Ершовым и др.) пути переложения народных сказок на стихотворный лад. Об обстоятельствах рассказывания сказок и об их рассказчице С.А.Есенин написал стихотворение «Бабушкины сказки» (IV, 53–1913–1915). В статье «Ключи Марии» (1918) С.А.Есенин процитировал «Волшебную дудочку» (V, 190 - СУС: 780) и упомянул Сивку-Бурку (V, 205 - СУС: 530 = АА 530А), развернутые цитаты и пересказы других сказочных сюжетов включил в повесть «Яр» (1916).

Под жанром мы понимаем тип литературного произведения, характеризующийся рядом констант, но и историчностью, способностью к изменчивости[1].

---

1 Как писал Ю.Н. Тынянов, «самые признаки жанра эволюционируют» (Тынянов Ю.Н. *Поэтика. История литературы. Кино*. М., 1977. С. 275). Литературный энциклопедический словарь 1987 г. определяет жанр как исторически складывающийся «тип литературного произведения (роман, поэма, баллада и т.д.); в теоретическом понятии о жанре обобщаются черты, свойственные более или менее обширной группе произведений какой-либо эпохи, данной нации или мировой литературы вообще <...> в целом жанр выделяют на основе принадлежности к тому или иному литературному роду, а также по преобладающему эстетическому качеству. Но и этого недостаточно: нужен третий принцип – объем и соответствующая общая структура произведения. Объем же во многом зависит от двух основных моментов – рода и эстетической "тональности"» (Кожинов В.В. Жанр // *Литературный энциклопедический словарь* / Под ред. В.М. Кожевникова и П.А. Николаева. М., 1987. С. 106–107.) По Д. Лихачеву, «категория жанра – категория историческая» (Лихачев Д.С. *Поэтика древнерусской литературы*. Л., 1976. С. 55) По М.М. Бахтину, жанру свойственна модернизация: «Жанр возрождается и обновляется на каждом новом этапе развития литературы и в каждом индивидуальном произведении данного жанра. <...> Жанр живет настоящим, но всегда *помнит* свое прошлое, свое начало. Жанр – представитель творческой памяти в процессе литературного развития. Именно поэтому жанр способен обеспечить *единство* и *непрерывность* этого развития» (Бахтин М.М. *Проблемы поэтики Достоевского*. М., 1979. С. 122.). В.Е. Хализев акцентирует внимание на том, что «жанры либо универсальны, либо исторически локальны» *(Хализев В.Е. Теория литературы*. М., 2009. С. 314).

Глава I. Традиции религиозного фольклора в лирике С.А. Есенина первой половины 1910–х годов

К тому времени, когда С.А.Есенин начал писать лирику в жанре духовного стиха, в России этот жанр уже имел свою печатную историю. В 1848 г. вышло в свет издание «Русские народные песни. Ч. I. Народные стихи», выполненное П.В. Киреевским; в 1860 г. издан «Сборник русских духовных стихов», составленный В.Г. Варенцовым; в 1861–1864 гг. издано шесть выпусков «Калеки перехожие». Непосредственно в пору созревания духовного стиха в творчестве Есенина в Петербурге в 1912 г. вышла из печати антология «Стихи духовные»; содержались духовные стихи и в сборниках «Памятники старообрядческой поэзии» (1909), «Песни русских сектантов-мистиков» (1912).

По замечанию Ф.М. Селиванова, духовные стихи представлены разными жанрами, как лирическими, так и лиро-эпическими, эпическими[1]. Носители духовных стихов – калики (калеки) перехожие. Жанр сложился в допетровской Руси. Как писал Г. Федотов: «Духовными стихами в русской народной словесности называются песни, чаще всего эпические, на религиозные сюжеты, исполняемые обыкновенно бродячими певцами (преимущественно слепцами) на ярмарках, базарных площадях или у ворот монастырских церквей»[2].

Большинство духовных стихов имеет письменный источник. Это книги Священного писания, сочинения отцов церкви, но существовал внушительный пласт неканонической религиозной литературы, включая Евангелия.

Основные сюжеты:

1. Стихи на ветхозаветные темы. По Федотову, в народной поэзии

---

[1] Селиванов Ф.М. *Русские народные духовные стихи*. Йошкар-Ола: Марийский гос. ун-т, 1995. С. 68.

[2] Федотов Г. *Духовные стихи* // Федотов Г. Святые Древней Руси / Сост. А.С. Филоненко. М.: АСТ, 2003. С. 358. Книга Г. Федотова «Стихи духовные» изд. в 1935 г.

укоренились «Плач Адама» и стих об Иосифе Прекрасном[1].

2. Стихи на евангельские темы. По утверждению Федотова, «ни одно из событий земной жизни Спасителя не легло в основу народной песни», страсти Господни изображаются нередко неканонично, страдания Христа показываются «сквозь муки Богородицы»[2].

3. Из житийных сюжетов популярны: об Алексее Божием человеке – о страданиях юноши, отрекшегося от сыновней и супружеской любви; об идущем спасаться в пустыню царевиче Иосафе; о великомучениках Георгии (Егории) и Феодоре (Тироне) – змееборцах, о Кирике и Улите; стихи о древнерусских героях, например о Борисе и Глебе, Дмитрии Донском, Александре Невском; стихи о страдалице-матери (Рахиль, Милостивая Жена, Богородица).

4. Отдельно выделяются стихи старообрядцев – они не распространялись вне своей среды, порождены историей старообрядчества, сразу формировались как письменные и распространялись в списках. Излюбленные старообрядцами стихи – дидактически-назидательного типа; это поучения устами Христа, образ наставляющей пустынника Параскевы-Пятницы.

5. Отдельно выделяется стих о Голубиной книге. В основе стиха вопросы и ответы космогонического содержания. Космогонические мотивы присутствуют и в других фольклорных произведениях духовного характера. Сравнивая Голубиную книгу с другими произведениями, Веселовский писал: «Рядом с этим монотеистическим взглядом на космо- и антропологию сохранился среди славянских народностей и другой, дуалистический»[3].

---

1 Там же. С. 367–368.

2 Там же. С. 368.

3 Веселовский А.Н. *Разыскания в области русского духовного стиха. XI – XVII*. Вып. V. СПб.: Императорская Академия наук, 1889. С. 1.

Глава I. Традиции религиозного фольклора в лирике С.А. Есенина первой половины 1910–х годов

Сюжеты духовных стихов стабильны. Ф. Буслаев, говоря о церковных источниках содержания духовных стихов, указал и на «примесь» иных источников[1]. А.Н. Веселовский при изучении духовного стиха ввел в науку тему о богомильском (дуалистическом) влиянии («Соломон и Китоврас», 1872). Буслаев обратил внимание на то, что «фантазия сектантов уже неспособна к спокойному, эпическому творчеству», поскольку их поэзия возникла «на пылающем костре самосожигателя»[2]. По Буслаеву, поэзия сектантов, опираясь на народные источники, усвоила «наивную свободу в обращении с религиозными сюжетами, какою отличается католическая поэзия средневекового Запада»[3]. Свободное обращение русских поэтов с каноническими мотивами духовных стихов имеет, таким образом, свою традицию. Кроме того, калики привносили в произведение субъективный акцент.

Хотя, по мнению исследователей, слагатели духовных стихов относились к народной интеллигенции и духовный стих жил, в отличие от сказки или пословицы, не в народе, он традиционно рассматривается как выражение национального менталитета, духовной и материальной культуры народа, как универсальная – относительно локальной, областной – характеристика народного сознания. Применительно к содержанию духовных стихов Г. Федотов писал: «Хорошо было бы раз навсегда отказаться от однозначных характеристик народной души <...> Ни юродивый, ни странник, ни хозяин, ни Петр, ни Толстой, ни Достоевский не могут притязать, каждый сам по себе, на выражение русского народного гения. И если необходима типизация – а в известной мере она необходима для национального самосознания, – то она может опираться скорее на полярные выражения национального характера,

---

[1] Буслаев Ф. *Русские духовные стихи* // Буслаев Ф. О литературе. Исследования. Статьи / Сост., вст. ст., примеч. Э.Л. Афанасьева. М.: Худ. лит., 1990. С. 306.
[2] Там же. С. 335.
[3] Там же. С. 341.

между которыми располагается вся скала переходных типов. Формула нации должна быть дуалистична. Лишь внутренняя напряженность полярностей дает развитие, дает движение – необходимое условие всякой живой жизни»[1]. Шкала характеристик, предложенная Федотовым, – «от гениальности до пошлости»[2].

Федотов высказал ценные наблюдения о поэтике духовного стиха. Например, он писал о том, что традиционный духовный стих имеет размер тонического русского (былинного) эпоса, но отличается от былин содержанием, словарем, эпическим клише. «Впрочем, – писал он – многие из "духовных" сюжетов записаны и исполняются в силлабическом размере искусственного рифмованного стиха, который в XVII в. занесла на Московскую Русь малороссийская духовная школа»[3]. Такой силлабический духовный стих мог развиться из книжного силлабического стихотворения, в процессе «окнижнения»[4] архаичного народного стиха. Силлабическая форма привносила в народный духовный стих книжный словарь, богословскую грамотность, превышающую уровень исконных народных духовных песен.. Как пишет А. Ранчин, существуют духовные стихи, «написанные рифмованным силлабо-тоническим стихом. Они явно позднего происхождения и испытали на себе влияние русской поэзии XVIII – XIX вв.»[5]. Буслаев делал акцент на художественной специфике сектантских духовных стихов, на развитой тропеизации стиля, на использовании уподоблений, символики, «ведущей свое начало от древнехристианского и византийского стиля»[6].

---

1 Федотов Г. *Духовные стихи*. С. 358.

2 Там же.

3 Там же. С. 359.

4 Там же. С. 360.

5 Ранчин А.М. *Духовный стих* // Литературная энциклопедия терминов и понятий / Гл.ред., сост. А.Н. Николюкин. М.: НПК Интелвак, 2001. С. 258.

6 Буслаев Ф. *Русские духовные стихи*. С. 343.

Кроме того, Буслаев обратил внимание на снижение религиозного стиля до простонародного. Его наблюдения актуальны для поэтики произведений Есенина, как и отмеченная Селивановым русификация стиля.

I.2. Традиции духовного стиха в ранней лирике С.А.Есенина

Черты духовных стихов С.А.Есенина:

1. В духовных стихах Есенина преобладает эпическая основа.

2. Поэт обращается к наиболее популярным в евангельских и житийных сюжетах героям. В ряде произведений лирический герой отсутствует.

3. Очевидна русификация универсальных религиозных сюжетов. Как отмечал Селиванов, в народных эпических духовных стихах поется о прошлом, события соотнесены с зарождением и распространением христианства, центр действия и в христианской и дохристианской истории (Иерусалим); постепенно в стихах о мучениках место действия расширяется за счет Средиземноморья, далее происходил сдвиг в сторону русской истории: Егорий – основатель Русской земли, его родина – Чернигов («Егорий и змий»).

4. Силлабо-тонический стих, метафорическая и символическая образность, сочетание литературного и просторечного стилей.

I.2.1. Художественная интерпретация Иисуса Христа в лирике С.А.Есенина первой половины 1910–х годов

Как пишет Федотов («Духовные стихи»), в народных духовных стихах образ Бога-Отца крайне редок. Часто в духовных стихах Отцом Небесным назван Иисус Христос. В народном понимании Он и Творец Мира, и Законодатель, и Спаситель. Христос в народном сознании – Господь

Вседержитель (Пантократор), что соответствует образу на русских иконах. Например, в Голубиной книге от Его лица – солнце, от очей – зори, от дум – темные ночи и т.п.

Образ Бога-Отца гораздо реже встречается в произведениях Есенина, чем образ Бога-Сына. Причем Саваофа поэт, по-видимому, склонен был воспринимать пантеистически. 23 апреля 1913 г. в письме к Панфилову он писал: «*Я есть ты. Я в тебе, а ты во мне*. То же хотел сказать Христос, но почему-то обратился не прямо непосредственно к человеку, а к Отцу, да еще небесному, под которым аллегорировал все царство природы»[1].

В творчестве С.А.Есенина в большей степени выразились традиции эпического и лиро-эпического духовного стиха, в меньшей – лирического, собственно духовной песни, которая по своему содержанию, судя по собранию духовных песен 1922г., составленному из пяти сборников («Гусли», «Песни христианина», «Тимпаны», «Кимвалы», «Заря жизни»), представлена гимновой поэзией (жанры хвалы и благодарения), жанрами моления и прошения. В стихотворениях С.А.Есенина не встречается частых в духовных песнях мотивов распятия («Взойдем на Голгофу, мой брат! / Там посланный Богом Мессия распят. / О правде святой проповедывал Он, / Больных исцелял, а теперь Он казнен. / Падем перед ним!»), славы Христу («Хвала Тебе, Христос, Господь, / Что принял человека плоть»), как нет и мотивов покаяния («Я согрешил, Господь, перед Тобою. / Ты видишь зло в моих делах»), уничижения («Спаситель мой! Я слеп»)[2]. Нет в его духовных стихах и назидательности.

Иисус Христос – частый персонаж ранней поэзии Есенина, который воспринимает Его, с одной стороны, канонично, с другой – лирично. В марте

---

1 *Сергей Есенин в стихах и жизни: Письма. Документы.* С. 29.
2 *Духовные песни* / Сост. И.С. Проханов. Кассель: б/и, 1922. С. 35, 132, 106, 119.

Глава I. Традиции религиозного фольклора в лирике С.А. Есенина первой половины 1910–х годов

1913 г. поэт делится с Г. Панфиловым своими размышлениями о Христе: «Гений для меня – человек слова и дела, как Христос»[1]. В апреле 1913 г. он пишет ему же: «Гриша, в настоящее время я читаю Евангелие и нахожу очень много для меня нового... Христос для меня совершенство. Но я не так верую в него, как другие. Те веруют из страха: что будет после смерти? А я чисто и свято, как в человека, одаренного светлым умом и благородною душою, как в образец в последовании любви к ближнему. Жизнь... Я не могу понять ее назначения, и ведь Христос тоже не открыл цель жизни. Он указал только, как жить, но чего этим можно достигнуть, никому не известно»[2]. 23 апреля 1913 С.А.Есенин пишет Панфилову: «Люди, посмотрите на себя, не из вас ли вышли Христы и не можете ли вы быть Христами. Разве я при воле не могу быть Христом, разве ты тоже не пойдешь на крест, насколько я тебя знаю, умирать за благо ближнего»[3].

В традиционных духовных стихах редко встречаются сюжеты из земной жизни Спасителя. Причина заключена не в незнании Евангелия, а, по Федотову, в «религиозном страхе»; носитель народного духовного стиха «не любит останавливаться на человеческой жизни воплотившегося Бога»[4]. Есенин, напротив, обращается к земной жизни Спасителя – либо до, либо после воскресения, но предлагает свои, неевангельские, сюжеты.

Отношение к деяниям и словам Иисуса Христа как к сказанному, совершенному и пережитому человеком прежде всего, сочувствие Ему и эмоциональное соучастие в Его судьбе характерно для поэтов Серебряного века, в том числе для Н. Клюева, в интеллектуальном поле которого Есенин

---

[1] *Сергей Есенин в стихах и жизни: Письма. Документы* / Общ.ред. Н.И. Шубниковой-Гусевой. М.: Республика, 1995. С. 27.
[2] Там же. С. 28.
[3] Там же. С. 30.
[4] Федотов Г. *Духовные стихи*. С. 381.

пребывал в первые годы своего участия в литературной жизни[1].

Среди духовных стихов С.А.Есенина – *«Шел Господь пытать людей в любови...»* (1914). 4 июня 1915 г. С. Городецкий писал С.А.Есенину об отношении к этому стихотворению К. Бальмонта: «Ради Бога, не убейся о немцев, храни тебя твой Иисус! <...> Был здесь Бальмонт. Показывал ему твои портреты и стихи. Где нищий дает Богу хлеб, – понравилось чрезвычайно»[2]. В сюжете использован традиционный для духовных стихов (например: «Бог оставил Свой престол / В славных небесах / И на землю к нам сошел, / Чтоб рассеять мрак»[3]) мотив явления Христа людям. Описана встреча ищущего в людях любви Господа-нищего и нищего деда, разделившего с неузнанным Господом скудную пищу. Двум лирическим персонажам соответствует высокий («Господь», «в любови», «скорбь и мука») и низкий («жамкал деснами», «зачерствелую», «клюшка», «убогой», «болезный», «маленько») (67) стили. Апокрифический мотив заключается в том, что Господь ошибочно усомнился в великодушии нищего, его умении возлюбить ближнего, но старик произносит: «На, пожуй... маленько крепче будешь» (67).

Еще одна ипостась Иисуса Христа в лирике С.А.Есенина – претворение в природе. Как пример можно привести не относящееся собственно к жанру духовного стиха стихотворение *«Сохнет стаявшая глина...»* (1914). Здесь

---

[1] Но принципиальное отличие образа Христа в лирике Есенина и Клюева – это соблюдение ортодоксальной иерархичности у первого и ее отсутствие у второго. Особенно стирание границы между святостью Христа и Его плоти выражено в стихотворном цикле Клюева «Спас» (1916–1918): «Я родил Эммануила – / Загумённого Христа» (343), «У мужицкого Спаса / Крылья в ярых крестцах» (342), «Милый, явись, я – супруга, / Ты же сладчайший жених. / С Севера – с ясного ль Юга / Ждать поцелуев Твоих?» (347). Клюев Н. *Сердце Единорога* / Предисл. Н.Н. Скатова, вступ. ст. А.И. Михайлова, сост., подгот. текста, примеч. В.П. Гарнина. СПб.: РХГИ, 1999. Анализ образного ряда цикла и его мотивация: Солнцева Н.М. *Странный эрос: Интимные мотивы поэзии Николая Клюева*. М.: Эллис Лак, 2000. С. 27–54.
[2] *Сергей Есенин в стихах и жизни: Письма. Документы*. С. 200.
[3] *Духовные песни*. С. 56.

имя Христа не названо, пейзажные метафоры трансформируются в сакральный символ: «Пляшет ветер по равнинам, / Рыжий ласковый осленок», «Кто-то в солнечной сермяге / На осленке рыжем едет» (72). Образ Христа и конкретизирован («Прядь волос нежней кудели»), и абстрактен («Но лицо его туманно») (72). То же претворение Господа в природе или природы в Господе видим в *«Чую радуницу Божью...»* (1914): «Между сосен, между елок, / Меж берез кудрявых бус, / Под венком, в кольце иголок, / Мне мерещится Исус» ([72]).

Более всего С.А.Есенина привлекал образ Иисуса-Младенца, что можно объяснить его ранним восприятием Богородичных икон (Казанской Божией Матери, Тихвинской, Иверской) в доме деда. Образ Божественного Младенца на руках Богородицы появился в *«Не ветры осыпают пущи...»* (1914):

> Я вижу – в просиничном плате,
>
> На легкокрылых облаках
>
> Идет возлюбленная Мати
>
> С Пречистым Сыном на руках. (68)

Для усиления очевидности картины поэт использует распространенный в фольклорных произведениях повтор отрицания: «Не ветры осыпают пущи, / Не листопад златит холмы. / С голубизны незримой кущи / Струятся звездные псалмы» (68). Драматическую основу стихотворения составляют концепты бесприютности («без крова», «зорюй и полднюй у куста», «А под пеньком – голодный Спас» [68]) и жертвенности принесенного в мир Младенца.

По мнению О.Е. Вороновой, источником есенинской интерпретации образа Иисуса могло быть издание духовных песнопений 1912 г., где встречается образ Божественного Младенца. Еще один источник композиции, цветового и пластического решения, как полагает О.Е. Воронова, – роспись В.М. Васнецовым Владимирского собора в Киеве. По предположению исследовательницы, С.А.Есенин мог видеть изображение этого «протосюжета» в какой-нибудь из церквей или в собраниях церковной живописи. В подтверждение своей точки зрения О.Е. Воронова обозначает общие для текста С.А.Есенина и изображения Васнецова мотивы: «...идущая по облакам в темно-синем одеянии Богоматерь будто парит на золотом фоне»; «Она крепко прижимает к себе младенца, в глазах ее – скорбное предвидение уготованной Сыну трагической участи. А младенец Иисус на ее руках смотрит проникновенно-строгими глазами будущего Спасителя, готового к самопожертвованию во имя людей»[1].

Часто в иконописных изображениях Христос-Младенец «больше походит на маленького взрослого человека», которому суждено стать жертвой[2]. Эта же обреченность маленького Иисуса на муки замечена в народных духовных стихах; в рождественских стихах говорится о преследовании Его Иродом и избиении младенцев. Федотов приводит распространенный у сектантов стих о «Милостивой жене милосердной»: гонимая Богородица встречает некую жену с младенцем и «приказывает ей "бросить свое чадо в огонь и пламя", взять "Самого Христа Бога на руце" и выдать Его за своего сына. Милостивая жена, не задумываясь, бросает в печь свое дитя»[3], но в печи ребенок по промыслу Господа спасается – там в цветах, на травах он читает Евангелие.

---

1 Воронова О.Е. «"Я поверил от рожденья в Богородицын Покров": образ Христа-младенца в поэзии Сергея Есенина» // Детская литература. 2001. № 3. С. 4–11. Цит.по: htth:library.rsu.edy.ru/search_newspaper_fulltext.php?id=1245. С. 2.

2 Буслаев Ф.И. *Общие понятия о русской иконописи* // Буслаев Ф.И. О литературе. Исследования. Статьи. С. 381.

3 Федотов Г. *Духовные стихи*. С. 389.

Глава I. Традиции религиозного фольклора в лирике С.А. Есенина первой половины 1910–х годов

В духовном стихе *«То не тучи бродят за овином...»* (1916) Младенец играет с колобом, роняет его, плачет, Богородица его успокаивает, ласково называет «лебеденочком». В описанном эпизоде отношений Матери и Дитя также есть евангельский подтекст Христовой жертвы. Он выражен через символический параллелизм: Христос – колоб (то есть хлеб, просфора).

Акцент на младенчестве Бога-Сына сделан в стихе *«Исус Младенец»* (1916). Отметим, что есенинское «Исус», а не «Иисус» отвечает русской фольклорной традиции:: «Исус Христос / У ворот стоит»[1]. Сюжет «Исуса Младенца» разворачивается от повседневой зарисовки к высокой теме Бога. Экспозиционно представлена жанровая картина бытового содержания с идиллическим акцентами: «А маленький Боженька, / Подобравши ноженьки, / Ест кашу» (125); Он на завалинке, Богородица в хате. Бытовые мотивы в теме Христа – не открытие Есенина; поэт явно следовал традициям фольклора, в том числе светского. Например: «Исус Христос / У ворот стоит / С скотинкою, / С животинкою», «У Бога за дверью / Комар пищит», «Узошла моя квашня / Полным-полна. / Слава! / Унеси ее Господь / Выше того! / Слава!», «Дай вам Бог, / Надели, Христос, /Двести коров, / Полтораста быков, Семьдесят тёлушек / Лысеньких, / Криволысеньких», «Дай тебе, Боже, пиво варить, / Пиво варить, сынов женить, / Горелку гнать – дочек отдавать! / Христос воскрес на весь свет!»[2].

За экспозицией следует завязка: внемля просьбе синицы, дерзкому требованию журавля («Тебе и кормить нас, / Коль создал» [126]), Младенец отдает им кашу. Далее сюжет развивается интенсивно, с неявными конфликтами. Голодный Младенец просит у Матери хлеба, Она посылает птиц за пшеницей, те ленятся – «Дождь прочат» (126). Пока Богородица

---

[1] *Поэзия крестьянских праздников* / Общ.ред. В.Г. Базанова, вступ.ст., сост., примеч. И.И. Земцовского. Л.: Сов.писатель, 1970. С. 142.
[2] Там же. С. 142, 148, 315–316, 323.

за околицей, Младенец «Плакал на завалинке / От горя» (126). Появление нового участника событий – аиста – кардинально меняет сюжет: аист уносит Младенца в свое гнездо на елке, Мать не находит Младенца на завалинке и отправляется на поиски, Она находит Сына играющим с аистом («На спине катается / У белого аиста» [127]).

При эпичности текста очевидно личное, эмоциональное отношение поэта к происходящему. При этом лирический комментарий отсутствует. Лиризация сюжета осуществляется за счет:

• лексики с уменьшительно-ласкательными суффиксами и ее повторов («маленький Боженька», «ноженьки», «сыночек маленький», «осторожненько», «гнездышко», «сторонкой», «в лесочке», «сыночек», «маленьких деток» [125, 126, 127]),

• просторечий, передающих непосредственность автора («подобравши», «притомив», «ворочалась» в смысле «вернулась», «котомка», «сыскала» [125, 127]),

• характерных для фольклорных произведений повторов синонимов, усиливающих авторское эмоциональное «присутствие» в событиях («плакал, обливался» [127]),

• деталей поведения и эмоций персонажей (голод и слезы Сына и т.д.),

• контраста тональностей, обостряющего драматизм повествования (мягкие, идиллические интонации при изображении Младенца и Богородицы – жесткое требование журавля, неумолимость ветра)

• скупой цветовую образности («в золоченой хате», «аист белоперый», «у белого аиста», «синеглазых»[126, 127]), что позволяет сосредоточиться на чувстве.

Следующий этап в осмыслении образа Иисуса-Младенца связан с эволюцией гражданских взглядов С.А.Есенина, его предчувствий нетождественности идеалов равенства, свободы, наивной, детской веры в братство, с одной стороны, и политической установки («Рре-эс-пуу-ублика!» [148]), антихристианской идеологии невоскресения («Больше нет воскресенья!»[147]) – с другой, что и выражено в «Товарище» (1917), где русификация судьбы Иисуса получает социальную коннотацию.

В приведенные тексты С.А.Есенин ввел пейзажную образность. С одной стороны, эта особенность отвечает художественной манере поэта, с другой – соответствует поэтическим особенностям народных духовных стихов. Так, Селиванов, анализируя мотивы «Голубиной книги», пишет: «Бог как идея для духовных стихов и непонятен, и неприемлем. Он существует как нечто материальное (пусть в свето-цветовом воплощении). Только от материального может отделиться, родиться материальное. <...> Под христианским колоритом "Голубиной книги" кроются воззрения, идущие из глубин дохристианских тысячелетий»[1]. В лирике С.А.Есенина пейзаж часто окрашен религиозной образностью, что, на наш взгляд, подтверждает вывод исследователя. Например: «в елях – крылья херувима», «звездные псалмы» («Не ветры осыпают пущи...». [68]), «Закадили дымом под росою рощи...» («Задымился вечер, дремлет кот на брусе...», 1912 [51]), «У лесного аналоя / Воробей псалтырь читает» («Сохнет стаявшая глина...», 1914. [72]), «Под соломой-ризою» («Край ты мой заброшеный...», 1914. [74]), «Чахнет старая церквушка, / В облака закинув крест» («Сторона ль моя, сторонка...», 1914. [71])

I.2.2. Образ Богородицы

Образ Богородицы является одним из сквозных в ранней лирике С.А.Есенина. В религиозной изобразительной культуре сложились тради-

---

1 Селиванов Ф.М. *Русские народные духовные стихи*. С. 22.

ции, которые не могли не учитываться С.А.Есениным. На русских иконах исключается изображение сентиментальных отношений между Богородицей и Младенцем. Семейные отношения Богородицы и Младенца заменены неземными.

Помимо иконописных традиций, существовали и литературные, характерные для народного духовного стиха. Образ Богоматери самый популярный в апокрифической литературе. В духовных стихах, как отмечает Селиванов[1], Богородица воспринимается лирично, ей сочувствуют, она как бы предстает обычной страдалицей, что еще более возвышает ее образ. Богородица духовных стихов С.А.Есенина – высокий образ и нежная Мать.

Еще одна особенность, ранее отмеченная при анализе интерпретации образа Иисуса Христа, – это темпоральный сдвиг в сюжетах о Богородице. Например: «Во городе во Руссе // Стоит церковь соборная, / Что соборная, богомольная. / В той церкви Христос Бог распят: / По рукам, по ногам гвозди пробиты, / Святая кровь да вся пролита»[2]. С исчезновением ретроспективы повествователь и слушатель оказываются свидетелями событий. Пример временно́го сдвига – духовный стих С.А.Есенина *Не ветры осыпают пущи...* (1914): Богородица «снова» несет человечеству Сына – «Распять воскресшего Христа» (68).

Таким образом, Богородице С.А.Есенин отводит активную роль в судьбе Иисуса. Эта особенность также имеет свои основания в народном духовном стихе и отмечена Федотовым. Причем «русской мариологии»[3] свойственно описание красоты матери, а не девы. Она всегда – воплощение страдания, скитания, бегства.

В есенинском духовном стихе сюжет прежде всего проявляется в образе

---

1 Селиванов Ф.М. *Русские народные духовные стихи*. С. 24–25.
2 Там же. С. 50.
3 Федотов Г. *Духовные стихи*. С. 401.

Богородицы: Она «идет», «несет» младенца для новых испытаний, дает Ему наказ, будет всматриваться в каждого странника. Иисус как персонаж, напротив, статичен, однако в стихотворении намечены этапы Его жизни – от Младенца до одинокого, не замеченного Матерью Спаса. Характеристики Богородицы в «Не ветры осыпают пущи...» лиричны, Она – «возлюбленная Мати» (68). Такое же обращение к Богородице встречается в народных духовных стихах и в светском обрядовом фольклоре: «Благослови, Мати, / Весну заклинати»[1]. Также крестьянки обращались к своей природной матери: «Бей, мати, опару, / Пеки пироги»[2].

Установки С.А.Есенина в описании Богородицы устойчивы, о чем говорит интерпретация Ее образа в духовном стихе 1916 г. *То не тучи бродят за овином...*». Инициатива в сюжетной ситуации также придана образу Богородицы: Она «замесила» колоб, «поила жито в масле» (139), испекла колоб, положила его Сыну в ясли, Сын обронил колоб, Богородица Его утешает: колоб станет людям месяцем. Так поэт подчеркивает еще и космогоническую силу Богородицы. Отметим, что идея «Ключей Марии» (1918) о претворении бытового в космическое высказана С.А.Есениным уже в «То не тучи бродят за овином...». С.А.Есенин наделяет Богородицу ролью наставницы: Она учит Сына относиться к людям как к чадам, которых надо жалеть: «На земле все люди человеки, / Чада. / Хоть одну им малую забаву / Надо» (139). Очевиден минимум сакральных характеристик и максимум бытовых (подробности выпекания колоба, ясли, солома, ворота, рожь и проч.).

С действия Богородицы начинается *Исус Младенец* (1916). Пречистая собирает синиц, журавлей, обращается к ним со словами: «Пойте, веселитеся / И за всех молитеся / С нами» (125). Она же призывает птиц принести ей зерен.

---

[1] *Поэзия крестьянских праздников*. С. 271.
[2] Там же. С. 182.

Птица как добытчица зерен – традиционный мотив народных песен. Она же без помощи птиц и небес («Только ветер по полю, / Словно кони, топает, / Свищет» [126]) пытается найти зерен для хлеба Сыну. Она же странница («Собрала котомку / И пошла сторонкой / По свету» [127]). Она же – судья птицам: наказывает журавля и синицу тяжелым трудом («На вечное время / Собирайте семя / Не мало» [127]), журавлю велит «Носить на завалинки / Синеглазых маленьких / Деток» (127). В «Исусе Младенце» появились и психологические характеристики Богородицы: изображено ее смятение («Ворочалась к хате / Пречистая Мати / – Сына нету »[127]), кротость и долготерпение (безмолвно собирает котомку и странствует «не мало» [127]).

I.2.3. Художественная интерпретация религиозных праздников

Троица – один из самых распространенных праздников, воспетых в фольклорных песнях. Часто говорится о вере в тройственную Небесную Силу – в Христа, Богородицу, Троицу. Дух Святой часто понимается как одно из имен Христа, Святой Дух и Христос характеризуются одним эпитетом – «пресладкий». Либо Дух Святой ассоциируется с Богородицей. Как писал Федотов, народное понимание народом Троицы «принадлежит к труднейшим», потому «трудно ожидать от народного певца» каноничности[1].

С.А.Есенин в целом внецерковно изображает Троицу в стихотворении *«Троицыно утро, утренний канон...»* (1914), он больше обращает внимание не на религиозную суть, а на состояние природы: «В роще по березкам белый перезвон», «В благовесте ветра хмельная весна» (65), «Пойте в чаще, птахи» (66). Он сочетает высокие и «низкие» образы, например, объединяет семы «благовест» и «хмельная». Акцент сделан на ликовании, на хороводах, играх. На наш взгляд, С.А.Есенин следует традиции народных

---

[1] Федотов Г. *Духовные стихи*. С. 375.

троицких и семиковых песен, частотными образами которых являются как раз обрядово-природные детали, например венки («Мы завьем венки», «Кто нейдет венков завивать», «нам венки завивать / И цветы сорывать», «Святой духа Троица! / Позволь нам гуляти, / Венки завивати!»[1]), береза («Ты не радуйся, осина, / А ты радуйся, береза», «Ты не радуйся дубник-кленник! / Радуйся, белая березынька! / К тебе девки идут ,/ К тебе красные идут / Со яишницами, / Со дрочонами, / С пирогами со пшенисными»[2]).

Поскольку «Троицыно утро, утренний канон...» не является духовным стихом, в нем усилена субъективная, лирическая тема. Описание троицких гуляний служит контекстом для темы уходящей молодости: «Похороним вместе молодость мою» (66).

Еще один религиозный праздник, получивший поэтическую интерпретацию, – Радуница. *«Чую радуницу Божью...»* (1914) – эмоциональное, лирическое, интимное восприятие Радуницы вне церковной книжности. Иисус дает поэту ощущение природы как Небесного царства, Богородица защищает его Своим покровом, он чувствует присутствие Святого Духа («Голубиный дух от Бога», «Завладел моей дорогой,/ Заглушил мой слабый крик» [73]). Строка «В сердце радость детских снов» (73) отвечает евангельским словам быть как дети. Вместе с тем личное восприятие Радуницы соответствует каноническому смыслу праздника: не только поминовение усопших, но и возрождение природы, что отвечает фольклорным «веснянкам», содержащим призывы к «замыканию» «ведьмы-зимы» – «старой яги» и «отмыканию» лета с самым активным участием Богородицы[3].

---

[1] *Поэзия крестьянских праздников*. С. 360, 362.

[2] Там же. С. 363

[3] *Поэзия крестьянских праздников*. С. 271–273, 290. «Сама мати Пречистая / На улицу выходила, / Лелемьё-лелем, / На улицу выходила. // Ключи выносила, / Да зиму замыкала, Лелемьё-лелем, Да зиму замыкала. // Да зиму замыкала, / А лето отмыкала, Лелемьё-лелем, / А лето отмыкала». С. 284.

Как упомянует Е.Ю.Коломийцева[1], если в тех стихотворениях есенинской книги «Радуница», которые посвящены весеннему пробуждению природы и описанию годового цикла, нет трагического ощущения, поскольку смерть является залогом скорого весеннего возрождения, то в произведениях, где говорится о смерти людей, звучат трагизм, грусть, печаль от невосполнимой утраты. Но вместе с тем в целом «Радуница» – не о страхе гибели, а о вечном круговороте жизни и смерти, осмысленном еще нашими предками и закрепленном в многочисленных обрядах, бережно вплетенных автором в литературную канву.

I.2.4. Образы святых

Николай Угодник – один из наиболее популярных персонажей духовных песен. В народном сознании сформировался образ святого как чудотворца, «покровителя земледельческого труда»[2]. Этой традиции соответствует содержание духовного стиха С.А.Есенина *Микола* (1913–1914). Просторечное «Микола» соответствует стилю народных духовных стихов («Микола, Микола святитель, / Можайский, Зарайский», «А знают Миколу / Неверные орды. / А ставят Миколе / Свечи воску яры», «он веровал во святителя Миколу, / Во святителя Миколу чудотворца», «Уж он молится Миколы со слезами»[3]).

В есенинском стихе святой странствует по селам и деревням, направляется «к монастырям» (77). Его образ предельно приближен к народному: он «в лапоточках», «На плечах его котомка» (76). Вторая ипостась Миколы –

---

[1] Коломийцева Е.Ю. Книга "Радуница" Сергея есенина:Обрядовая символика //Вестник Московского государственного университета культуры и искусств. 2022. № 5 (109). С. 40–46.

[2] *Житие и чудеса Св. Николая Чудотворца и слава его в России: В 2 ч.* / Сост. А. Вознесенский и Ф. Гусев. М.: Межд.изд.центр православной литературы, 1994. Репринт.изд.СПб., 1899 г. С. 630. Т. I. С. 698.

[3] Там же. С. 639, 646.

его «воцерквленность»: он поет «иорданские псалмы», при его появлении в небе «загораются» купола (76), его пот «елейный» (77). Третья ипостась – он явление Царствия Небесного. Например, С.А.Есенин дважды отмечает, что Микола «из страны нездешней» (76, 77), к зиме Микола должен вернуться в «Божий терем» (78). Описан и райский путь: «Звонкий мрамор белых лестниц / Протянулся в райски сад; / Словно космища кудесниц, / Звёзды в яблонях висят» (78). Микола – «ласковый угодник» Бога (77), он «гуторит с Богом» (77). В стихе появляется и образ Бога «в белой туче-бороде» (77). Отметим непосредственность есенинского восприятия Бога. Его голос не вызывает трепета или благоговения: «Говорит Господь с престола, / Приоткрыв окно за рай: "О мой верный раб, Микола, / Обойди ты русский край / Защити там в черных бедах / Скорбью вытерзанный люд. / Помолись с ним о победах / И за нищий их уют"» (78). «В алых ризах кроткий Спас» (78) – на райском престоле, а «У окошка Божья Мать» (79). Тот свет приближен к земной реальности; так, Богородица кормит рожью голубей.

Переход святителя из одной ипостаси в другую естественен и совершается по воле Бога. После наказа Господа Микола – Божий работник: заходит в трактиры, раскрывает людям свое предназначение заступника, говорит о Божьей милости – урожае в закромах.

Микола трудится и по устройству природного мира. Например, кормит лесных тварей «просом с подола» (78), что мы рассматриваем как реминисценцию известных сюжетов о жизни праведников. Сама природа в стихе не самоценна, способствует развитию темы Царствия Небесного. С.А.Есенин прибегает к параллелизму: ивы «плакучие», они «дремлют», они «наклонили лик свой кроткий» (77) – далее говорится о кротком лике Спаса; ветки сравниваются с «шелковыми четками» (77); извив веток «бисерный» (77), что вызывает ассоциацию с расшитым церковным убранством; «роща елей» созвучна портретной характеристике Миколы – его пот «елейный»

(77); Микола умывается «из озер» и «утирается берёстой»(77); отметим также церковную коннотацию образов «Спорынья кадит туман» (77), «ели словно купина» (79).

В «Миколе» основной акцент сделан на ипостаси помощника крестьянам. В народных духовных стихах смысл представлений о Николае Угоднике выражен в глаголе «помогает». Например:

> Егда кто Николая любит,
>
> Егда кто Николаю служит,
>
> Тому святой Николае
>
> На всяк час помогае.
>
> Николае!
>
> Егда кто к нему прибегает,
>
> Егда кто в помощь призывает,
>
> Тому святой Николае
>
> Всегда вспомогайя.
>
> Николае![1]

Опубликованные в 1917 г. «Николины притчи» А.М. Ремизова обозначены автором рязанскими сказками села Константинова, переданными ему С.А.Есениным[2] в 1915 г.; речь идет о притчах «Свеча воровская», «Николин умолот», «Калёные червонцы». Отношения С.А.Есенина и Ремизова строились на интересе к глубинам народной культуры. 15 апреля 1915 г. Ремизов надписывает ему книгу «Подорожие» (1913); в апреле же С.А.Есенин посещает Ремизова, вписывает в альбом С.П. Ремизовой-Довгелло стихотворение

---

[1] Там же. С. 637.
[2] Коммент. к: *Сергей Есенин в стихах и жизни*. Стихотворения, 1910–1925. С. 364.

«Задымился вечер, дремлет кот на брусе...», оставляет Ремизову автографы поэмы «Русь» и стихотворения «Калики» (первая публикация – декабрь 1915 г.); Ремизов, в свою очередь, дарит ему книгу «Весеннее порошье» (1915)[1]. В том же году Ремизов принял участие в проведении вечера группы «Краса», объединившей новокрестьянских поэтов; на вечере среди прочих стихотворений С.А.Есенин читал «Миколу».

«Николины притчи» и «Миколу» сближает русификация сюжетов о Николае Угоднике, их временна́я актуализация, мотив сермяжного умаления святого, в целом трактовка его образа как народного помощника, чудотворца, поборника справедливости.

В «Свече воровской» святой Николай – «старичок, так, нищий старичок, побиральщик»[2] (246), он строго поучает вора. В «Каленых червонцах» он – «старичок», «старик не из годящих» (247) – наказывает нечестного Кузьму. В «Николином умолоте» святой, «старичок-странник» (201), помощник и чудотворец: у крестьян «сгорела» рожь, после явления Николая «рожь во все устья вызрела и в каждом доме, где положил старичок зернышко, колос из трубы выглядывает и на божницах лампадки горят перед Николою, а на поле посмотришь, залюбуешься, – колос к колосу» (202). В «Миколе» также описано чудо: пахари сеют рожь на снегу в честь Миколы, и «На снегу звенят колосья / Под косницами берез» (79).

В связи с Первой мировой войной в поэзии С.А.Есенина актуализируется образ святого Георгия, запечатленный им в духовном стихе *«Егорий»* (<1914>).

---

[1] По мнению составителей «Летописи жизни и творчества С.А. Есенина», в тот день Ремизов подарил Есенину и восьмитомник своих сочинений. *Летопись жизни и творчества С.А. Есенина: В 5 т. Т. I* / Гл.ред. Ю.Л. Прокушев; сост. М.В. Скороходов и С.И. Субботин. М.: ИМЛИ РАН, 2003. С. 230–231.

[2] Ремизов А.М. *Николины притчи* // Ремизов А.М. Собр. Соч. Т. VI. Лимонарь / Гл.ред. А.М. Грачева. М.: Русская книга, 2001. Здесь и далее в скобках указаны страницы издания.

В фольклоре Егорий особо почитается. В одной из обрядовых весенних песен говорится: «Первый праздник – Христов день, / Второй праздник – Егоров день, / А третий праздник – Илья-пророк»[1]. Сюжет духовного стиха о Егории вызывал различные толкования[2]. Как писал Федотов, в нем святой и мученик, и устроитель жизни (и «неслыханные мучения святого, на основе апокрифического, но церковного жития», и «мирное утверждение христианской веры и устроение русской земли»[3]).

Велика вероятность того, что источником «Егория» послужил духовный стих[4]. Особенно духовный стих С.А.Есенина близок народному духовному стиху «Егорий и Демьянище», где, как и в тексте С.А.Есенина, появляются образы волков, а также усилена ипостась Егория – устроителя земного мира. В интерпретации С.А.Есенина он защитник России. В ответ на призыв святого помочь русским в битве волки «помирились с русским мужиком» и обратились к святому: «Ты веди нас на расправу, / Храбрый наш Егор!»; Егорий сам ведет стаю на врага, действие приобретает гипертрофированные черты («И дрожит земля от крика / Волчьих голосов») (80). В народном стихе образы волков маркируют идею разумного, системного порядка земного бытия.

С.А.Есенин сочетает язык книжной поэзии («в лентах облаков», «в их глазах застыли звезды», «грозовой оплот», «с закатных поднебесий», «пла-

---

1 *Поэзия крестьянских праздников*. С. 322.

2 Согласно О.Ф. Миллеру описание плена Егория у Диоклитиана – аллегория плена ясна солнышка; подвиги Егория, по А.Н. Афанасьеву, суть поэтическая интерпретация борьбы Перуна с темными тучами. Миллер О. *Опыт исторического обозрения русской словесности*. Ч. I. Вып. I. СПб., 1865. С. 316; Афанасьев А.Н. *Поэтические воззрения славян на природу*. Т. I. М., 1865. С. 703. Оба примера указаны по: Селиванов Ф.М. *Русские народные духовные стихи*. С.12.

3 Федотов Г. *Духовные стихи*. С. 369.

4 Версия, согласно которой духовный стих – источник «Егория», высказана: Наумов Е. *Сергей Есенин. Личность. Творчество. Эпоха.* Л., 1969. С. 66. Возможно влияние распространенных в Рязанском крае «Песни о Егории», «Легенды о Егории» (Ломан А.П. Материалы к исследованию источников поэмы Есенина «Егорий» // Есенин и современность. М.,1975.)

нида») с частыми фольклорными образами (например, «в синих далях»); усилена по сравнению с произведениями этого периода роль просторечий («слухайте», «поклон до вас», «лохманида», «чую», «громовень», «тросовики», «огулом») (79–80). Постоянным в духовным стихах С.А.Есенина становится соединение высокой и «низкой» образности. Например, иконописной пластики («Скачет всадник с длинной пикой») и просторечного стиля в диалоге Егория и волков, характерного и для стиха «Егорий Храбрый и царище Демьянище»: «Да видь он на тот на Ерусалимов град, / Да видь он много народу прибил, прирубил, / Да видь он много народу на меч склонил, / Да видь святые церкви он на дым спущал,/ Да видь он много народу в полон набрал, / Да видь заполонил у Федора трех дочерей,/ Да видь што четвертого сына Егория,/ Да видь што святого света Храброго, / Да видь што увел-то его в царство Вавилонское»[1].

I.2.5. Образы странников

Как отмечает А.А.Злобин, явление странничества – древнейший архетип, зафиксированный артефактами русской культуры и позволяющий говорить о России как стране странничества и богоискательства. Поэтому странник – ключевой концепт русской духовной культуры, актуализированный в текстах русской литературы (фольклор, паломническая литература, агиографическая древнерусская литература, произведения А. Н. Радищева, А. С. Пушкина, М. Ю. Лермонтова, Н. В. Гоголя, Н. С. Лескова, М. Горького и др.)[2].

Общеизвестно, что отечественная литературная традиция опирается на библейское понимание странничества: «Потому что странники мы пред То-

---

[1] Селиванов Ф.М. *Русские народные духовные стихи*. С.80.
[2] Злобин А.А. Духовный концепт странник в языковой картине мира С.А.Есенина. С.82–87.

бою и пришельцы, как и все отцы наши; как тень дни наши на Земле, и нет ничего прочного» (1 Пар. 29, 15); «Странник я на Земле» (Пс. 118, 19); «И говорили о себе, что они странники и пришельцы на Земле, ибо те, которые так говорят, показывают, что они ищут отечества (Евр. 11, 13–14).

В святоотеческой литературе данному феномену уделяется большое внимание. «Странничество есть невозвратное оставление всего, что в отечестве сопротивляется нам в стремлении к благочестию. Странничество есть недерзновенный нрав, неведомая премудрость, необъявляемое знание, утаиваемая жизнь, невидимое намерение, необнаруживаемый помысел, хотение уничтожения, желание тесноты, путь к Божественному вожделению, обилие любви, отречение от тщеславия, молчание глубины», – читаем у преподобного Иоанна Лествичника [Преподобного Иоанна Лествица, 1908, с. 13].

Странничество у С. А. Есенина – это прежде всего устремлённость души к поиску сокровищ божественных:

Пробиралися странники по полю,

Пели стих о сладчайшем Исусе [С.А.Есенин, 1996, с. 55];

И в каждом страннике убогом

Я познавать пойду с тоской,

Не помазуемый ли богом

Стучит берестяной клюкой [Там же, с. 35].

В народных духовных стихах запечатлен социальный идеал. В них дана высокая оценка нищенства. Например: «Ой еси, нищий-убогий, / Ты старец, калика-переходец», «Построил князь убогому келью»[1]. В лирике С.А.Есенина калика как выразитель культуры духовного стиха и выразитель народного

---

1 Селиванов Ф.М. *Русские народные духовные стихи*. С. 16, 97.

социального идеала, религиозной этики – нищий, убогий странник.

В «Каликах» (1910; опубл. в 1915) развернута жанровая картина: калики проходят по деревням, угощаются «под окнами» квасом, поклоняются у церквей Пречистому Спасу, поют «стих о сладчайшем Исусе», вынимают «для коров сбереженные крохи» (32–33). В тексте есть сближающий высокую религиозную тему с темой крестьянской повседневности образ: гуси подпевают странникам. В тексте сочетаются высокий и низкий стили («у церквей», «затворы древние», «Пречистый Спас», «сладчайший Исус», «страдальные», «вериги» – «квас», «пробиралися», «клячи с поклажею топали», «горластые гуси», «ковыляли», «пляска») (32–33).

Есть в стихотворении и нехарактерная для духовного стиха ирония по отношению к странникам: молодые пастушки называют их скоморохами. Как полагал В.Г. Базанов, «Калики» – «вывернутый наизнанку духовный стих», в котором ирония деревенской молодежи направлена на странников[1]. По В.И. Харчевникову, ирония адресована новому поколению, «для которого народные певцы – предмет издевательства»[2]. С нашей точки зрения, в «Каликах» ирония перерастает в драму, стихотворение характеризуется сдержанной авторской грустью, что выражено в минимализации словаря эпитетов, быстрой смене ситуаций при полном отсутствии лирического комментария. Таким образом, сама композиция мотивов выражает авторскую позицию. Отметим лексическое снижение рифмовки («квасу – Спасу», «Иисусе – гуси», «по́ стаду – Господу») и рифму, выразившую антитезу эмоционального мира странников и «девок» (о каликах – «поспешливо», о пастушках – «насмешливо») (32–33). «Калики» – пример трансформации жанра духовного стиха в светскую лирику. В то же время С.А. Есенин сохраняет традиционную ситуацию кормления

---

[1] Базанов В.Г. *Сергей Есенин и крестьянская Россия*. Л.: Сов.писатель, 1982. С. 202.

[2] Харчевников В.И. *Поэтический стиль Сергея Есенина (1910–1916)*. Ставрополь, 1975. С. 128.

богомольцами животных, такую деталь, как вериги.

Человек в представлении С. А. Есенина – «странник на путях Земли, пе- ред ликом Бога, и нет в его жизни ничего раз и навсегда устойчивого, оконча- тельного и прочного» [Родник воды живой, 2013, с. 7]:

Там, где вечно дремлет тайна,
Есть нездешние поля.
Только гость я, гость случайный
На горах твоих, земля [С.А.Есенин, 1996, с. 81].

Однако странниками, как отмечает А.А.Злобин, ищущими высшую правду, в поэтических текстах С. А. Есенина могут выступать также

инок :

Пойду в скуфье смиренным иноком [С.А.Есенин, 1996, с. 32];

калики :

Проходили калики деревнями,
Выпивали под окнами квасу;
У церквей пред затворами древними
Поклонялись пречистому Спасу [Там же, с. 26];

Христос :

Шёл Господь пытать людей в любови [Там же, с. 33]; Верю я, как ликам чудотворным в мой потайный час.
Он придёт бродягой подзаборным

Нерушимый Спас [Там же, с. 92];

Николай Чудотворец :

В шапке облачного скола,

В лапоточках, словно тень,

Ходит милостник Микола

Мимо сёл и деревень [Там же, с. 99];

богомольцы :

По дороге идут богомолки,

Под ногами полынь да комли [Там же, с. 43].

В лирике С.А.Есенина странник в целом – распространенный образ. Например: «По тебе ль, моей сторонке, / В половодье каждый год / С подожочка и котомки / Богомольный льется пот» («Сторона ль моя, сторонка...», 1914. [71]). Богородица говорит: «И в каждом страннике убогом / Я вызнавать пойду с тоской, / Не помазуемый ли Богом / Стучит берестяной клюкой» («Не ветры осыпают пущи...», 1914. [68]). Сходный мотив близости богомольца Христу встречаем в стихотворении «Сторона ль моя, сторонка...» (1914): «И впилась в худое тело / Спаса кроткого печаль» (72). В страннической ипостаси и лирический герой. Как писала С.Г. Семёнова, «входя в поэтический мир раннего Есенина, мы прежде всего сталкиваемся с бредущим по лицу русской равнины странником "с бродяжной палкой и сумой", молящимся в пути "на копны и стога"; в сердце его – грусть "о прекрасной, но нездешней, неразгаданной земле" <...>»[1].

---

1 Семёнова С.Г. *Стихии русской души в поэзии Есенина* // Семёнова С.Г. Русская поэзия и проза 1920–1930–х годов: Поэтика – Видение мира – Философия. М.: ИМЛИ РАН, Наследие, 2001. С. 104.

Как пишет И. Есаулов: «Кто такой *странник убогий*? В системе "народной этимологии" – это человек странствующий, то есть не имеющий своего собственного дома, но зато у него есть Бог. Странник у-Богий – это странник Божий»[1]. Согласно литературной традиции странник не скиталец, в котором обозначается внутренняя неупорядоченность. Тема скитания укореняется в светской русской лирике и психологически связывает поэтов разной эстетической и религиозной направленности. Например, И.Б. Ничипоров отмечает: «Энтропийное, мятущееся начало в лирическом "я" Белого проявилось в "стихии скитальничества" (К. Мочульский), весьма созвучной и миру Цветаевой, где хронотоп бездомья, "кочевья" становится одним из основных уже в стихотворении 1917 г. "Мировое началось во мне кочевье..." <...> и – предельно емко в "Поэме Конца" (1924): "Дом это значит из дому / В ночь..." <...> Ключевым этот хронотоп оказывается и в мифе о Белом. Мотив вечного кочевья (ср.образ Вечного Жида в "Поэме Конца") звучит здесь в пронзительно-исповедальных интонациях Белого: "Я – всегда в кафе! Я – обречен на кафе! <...> Чтобы вымыть лицо, мне нужно ехать в Берлин" <...>»[2].

Среди странников С.А.Есенина есть паломники. В стихотворении «По дороге идут богомолки...» (1914) описано, как богомолки, «старухи» и «девки», в лаптях и дулейках (шубах), по полыни, сквозь заросли шиповника, бредут к монастырским «вратам» (73). Реалистичность картины подчеркнута известным приемом С.А.Есенина – соединением высокого смысла богомолья (над воротами монастыря обозначено: «Упокой грядущих

---

[1] Есаулов И.А. *Есенин и русская христианская культура: о необходимости особого энциклопедического раздела* // Есенинская энциклопедия: Концепция, проблемы, перспективы. С. 40.
[2] Ничипоров И.Б. Миф об Андрее Белом в художественном сознании М. Цветаевой // *Кафедральные записки: Вопросы новой и новейшей русской литературы.* М.: Изд-во Моск. ун-та, 2002. С. 90.

ко мне») и низкой бытовой детали (на богомолок «разбрехались собаки, / Словно чуя воров на гумне»[73]). Для темы паломничества («бытового подвижничества»), как отмечает К.Г. Исупов, «особое значение обретают мифологемы пути и границы: паломник обязательно вернется – смысл самого похода в этом, а не только в процессе пути и в достижении топоса Святыни <...> Странничество и паломничество в метафизическом смысле следует понять как две точки единой вертикали – нижней и верхней: если первая знаменует итог скольжения странника в хтоническую глубину языческой грёзы о взыскуемом граде Китеже (= Божьем Царстве), то вторая сулит паломнику восхождение на всю высоту благообретаемой Истины пред лицом Самой Истины, в самом центре Святой Земли, вечных событий Священной истории и всего событийно-сакрального топоса православной Святыни»[1].

По мнению В.И. Хазана[2], С.А. Есенин «кочевьем, скитаниями, бродяжни- чеством расплачивается за несбережённую планиду дома, разорванные узы кровного родства, забытых друзей юности» [Хазан, 1990, с. 5]. Воспоминания покинутого дома формируют целый пласт лирических исповедей человека, «обреченного таскаться по чужим пределам»: Я покинул родимый дом, Голубую оставил Русь [С.А.Есенин, 1996, с. 112]; Где ты, где ты отчий дом? [Там же, с. 95]; Низкий дом с голубыми ставнями, Не забыть мне тебя никогда [Там же, с. 150] и др.

Уход из отчего дома, осознание своей вины и возвращение воссоздает в общем виде сюжетную схему новозаветной евангельской притчи о блудном

---

[1] Исупов К.Г. *Странник и паломник на фоне ландшафта* // Исупов К.Г. Судьба классического наследия и философско-эстетическая культура серебряного века. СПб.: Русская христианская гуманитарная академия, 2010. С. 482.
[2] Хазан В.И. *Библейские цитаты и реминисценции в поэзии С.А.Есенина* //Филологические науки. – 1990. – № 6. – С. 5–8.

сыне: Не вернусь я в отчий дом вечно странствующий странник (уход блудно - го сына); Но на склоне наших лет в отчий дом ведут дороги (тоска по отчему дому); Ворочусь я в отчий дом – Жил и не жил бедный странник... В синий вечер над прудом Прослезится конопляник (возвращение домой) [С.А.Есенин, 1996, с. 164].

Таким образом, С.А.Есенин развивает укоренившийся в народном художественном, религиозном, социальном сознании образ калики-правдоискателя. Концепт странник, актуализированные в индивидуально-авторской картине мира С.А.Есенина, напрямую связан с христианской традицией. Его семантическое пространство значительно расширяется за счёт соотнесения с компонентами другого ключевого для русской лингвокультуры концепта – дом. Появляется целый ряд смысловых приращений: странничество – «главный путь – путь к Богу», «путь самопознания», «путь возвращения к истокам». Странник в поэтическом мире С.А.Есенина – это человек, не принадлежащий земному, материальному миру, тоскующий по своему Небесному Отечеству: Душа грустит о небесах, Она нездешних нив жилица [С.А.Есенин, 1996, с. 50].

В поэзии С.А.Есенина 1910–х годов достаточно устойчивы религиозные мотивы и образы, восходящие не только к канонической церковной словесности, но и к религиозному фольклору, прежде всего – к духовным стихам. На проблематике духовных стихов С.А.Есенина отразились размышления поэта над Евангелием. Главными лирическими персонажами являются Иисус Христос, Богородица, св. Николай Угодник, св. Георгий, а также носители духовных стихов – калики. Среди ипостасей Бога-Сына наиболее частая – Младенец. Особой лиричностью отмечен образ Богородицы, что соответствует традициям русского духовного стиха. В интерпретации С.А.Есенина образ Богородицы совмещает две тенденции: Она как небесная водительница и нежная Мать. Описание С.А.Есениным св. Николая Угодника вписывается в литературную традицию, отмечено сходство «Миколы», с одной стороны, и «Николиных притч» Ремизова – с другой. Особая тема лирики С.А.Есенина – религиозные праздники, в изображении которых доминантой выступает не церковный канон, а эмоциональная составляющая, а также образы природы.

В духовных стихах С.А.Есенина наблюдается отсутствие лирического героя, однако религиозная иерархичность сочетается с лирическим отношением поэта к описанному сюжету. Лиризация сюжетов осуществляется посредством лексики с уменьшительно-ласкательными суффиксами, а также просторечий, запечатлевших непосредственность восприятий, повторов, контраста тональностей, пейзажной образности.

Традиционные религиозные сюжеты русифицированы и соотнесены с современностью.

Глава II

Особенности светского фольклора в лирике С.А.Есенина 1910-х годов

Не меньшее место в творчестве С.А.Есенина 1910–х годов занимает специфика светского (мирского) фольклора. Нам представляется верным следующий вывод М. Павловски: в стихотворениях начального этапа происходило наслаивание образов природы и деревенского быта, при этом синтезировалась образность христианская и языческая. В таких текстах, прежде всего описательного характера, воспроизводилась обрядовая жизнь деревни (похороны, моление, гадания, хороводы, игры и т.д.)[1]. Павловски, в частности, ссылается на образы стихотворений «Зашумели над затоном тростники...» (1914), «Троицыно утро...» (1914), «Заглушила засуха засевки...» (1914).

Присутствие фольклорной культуры в авторской лирике свидетельствует об эстетическом поиске поэта. Обновление поэтического языка, расширение его возможностей за счет усвоения народного творчества – универсальная характеристика поэзии. Э. Райс писал о «собственном, неповторимом стиле» Клюева, его «технической виртуозности, новизне словаря и предметного материала»[2] в связи с обращением поэта к поэтике северного фольклора. Он же высказал мысль о фольклоре как источнике новой поэтики и альтернативе литературному кризису: «Многие наши горе-западники забывают, что на фольклоре построена почти целиком поэзия немцев и англичан, а в значительной мере и испанцев. Используя просодические формы немецкой народной песни, Гете не только довел их в

---

1 Павловски М. Религия русского народа в поэзии Есенина (Лингвостилистические соображения) // *Столетие Сергея Есенина. Есенинский сб. Выпуск III* / Ред.-сост. А.Н. Захаров, Ю.Л. Прокушев. М.: Наследие, 1997. С. 97.

2 Райс Э. *Николай Клюев* // Клюев Н. *Сочинения: В 2 т.* / Общ.ред. Г.П. Струве, Б.А. Филиппов. Германия (б/м): Buchvertrieb und Verlag, 1969. Т. II. С. 75.

своем собственном творчестве до головокружительного совершенства, но и сделал их наиболее распространенным и плодотворным инструментом не только всей последующей немецкой поэзии, но и многих других литератур, в том числе и русской. Почему же мы должны пренебрегать формами русской народной лирики, которые гибче, богаче и разнообразнее немецких? Конечно, надо найти силу их должным образом облагородить. К фольклору возвращаются каждый раз, когда общеупотребительные формы оказываются исчерпанными, и горе тому народу, у которого, в нужный момент, его больше не оказывается»[1]. Согласно положениям статьи Б. Эйхенбаума «Анна Ахматова: Опыт анализа» (1923) вклад Ахматовой в поэзию связан, среди прочих обстоятельств, с поиском стилевых форм в устном народном творчестве. Д.С. Лихачев писал: «Как только какой-либо стиль, манера, жанр, язык начинают определяться в своих формах, как бы застывают, становятся заметными, замечаемыми, так они отвергаются, и автор стремится почерпнуть новое в низших формах, ищет простоты и правды. Обращается то к разговорному языку, то к деловым жанрам, пытается сделать литературным нелитературное. Это особенно заметно у Некрасова, Лескова, Толстого, Маяковского и многих других. Иногда это сочетается с резким поворотом к старому и даже древнему, как у А. Ремизова. На этом основывалась и постоянная "игра" двух главных полюсов русского языка XVIII – XX веков – церковно-славянского и разговорного, просторечного»[2].

Фольклоризм есенинской лирики – явление и непроизвольное, и намеренное, продуманное. Использованием фольклорных жанров и элементов поэтики С.А.Есенин занял свою нишу в многополярном поэтическом пространстве Серебряного века. Возможно, его фольклоризм объясняется

---

[1] Там же. С. 78.

[2] Лихачёв Д.С. *Избранное: Мысли о жизни, истории, культуре.* М.: Российский Фонд Культуры, 2006. С. 218.

Глава II. Особенности светского фольклора в лирике С.А.Есенина 1910–х годов

желанием выделить свое творчество на фоне символистской, акмеистской, авангардистской поэзии своего времени. В определенной мере этому мог способствовать интерес символистов, среди них А. Блока (циклы «Пузыри земли», 1904–1905; «Родина», 1907–1916 и др.), к фольклору, в частности к мифу. Инициировать С.А.Есенина к изучению фольклорного стиля могла и обстановка Суриковского кружка. В пору группы «Краса» С.А.Есенин уже был поэтом со своей художественной спецификой. Но основная причина обращения к фольклору – словесная культура села, детские и отроческие впечатления.

С.А.Есенин широко использовал традиции светского фольклора, вводил в свой словарь диалектизмы, в целом этнографический контекст, цитировал фольклорные произведения, использовал приемы фольклорной поэтики. Светский фольклор в произведениях С.А.Есенина составляет самостоятельную научную тему в трудах Е.А. Самоделовой. В статье «Есенин как фольклорист» исследовательница характеризует его причастность к фольклорной культуре как явление многогранное; поэт, с ее точки зрения, проявился как 1) фольклорист, собиратель произведений устного народного творчества и теоретик фольклора (например, в «Ключах Марии»); 2) писатель, чьи сочинения в определенной степени основаны на фольклоре; 3) литературный деятель, творивший фольклор о себе; 4) историческая фигура, получившая «посмертное продолжение» в устном народном творчестве; 5) знаток локальной фольклорной традиции, сподвигший поколения гуманитариев изучать словесную крестьянскую культуру его «малой родины»; 6) поэт, спустя десятилетия после смерти «прописавшийся» в Интернете, где открылось новое «фольклорное пространство»[1].

---

[1] Е.А.Самоделова. Есенин как фольклорист // *Проблемы научной биографии С.А. Есенина: Сборник трудов по материалам Международной научной конференции, посвящённой 114-летию со дня рождения С.А. Есенина.* М. – Константиново – Рязань: Пресса, 2010. С. 236.

Во-первых, светскому фольклору как источнику есенинских образов и словаря свойственна региональность. Прежде всего, он опирался на устное народное творчество Рязанской губернии. Поэт с детства свободно владел фольклорной традицией Рязянщины. Но при этом он выражал мировоззрение крестьянского сословия России. Самооценка С.А.Есенина о воспитании средствами народного фольклора была записана И.Н. Розановым: «А в детстве я рос, дыша атмосферой народной поэзии»[1]. Из летнего 1915 г. письма Есенина к Д.Философову известно, что он записывал в Константинове сказки и песни. Известно также, что В.С.Миролюбов (редактор «Ежемесячного журнала») и С.И.Чацкина (редактор «Северных записок») были заинтересованы в собранном С.А.Есениным фольклорном материале, что С.А.Есенин привлекал литературные салоны своим знанием рязанских частушек.

Во-вторых, на эстетику С.А.Есенина оказали влияние и общерусские фольклорные жанры. Например, легенды («Сказание о Евпатии Коловрате», 1912). Е.А.Самоделова отмечает влияние былины на «Богатырский посвист» (1914). На протяжении творческой биографии С.А.Есенин не раз обращался к материалам из «Русских народных сказок» и «Поэтических воззрений славян на природу» А.Н.Афанасьева, к работам Ф.И.Буслаева. Как подытоживает М.Павловски: «...необходимо подчеркнуть сознательный элемент в творчестве С.А.Есенина, его образованность, широкие знания в области этнографии, фольклора, древнерусской литературы, церковнославянского языка, а также знание Библии. Он интересовался разными исследованиями в разных областях гуманитарных наук, так что его знания, складывающиеся с раннего детства и восходящие к рязанскому крестьянскому окружению,

---

[1] И.Н.Розанов. Воспоминания о Сергее Есенине // *Сергей Есенин в стихах и жизни: Воспоминания современников.* С.303.

обогащались и пополнялись чтением словаря В.И.Даля, трудов А.Н. Афанасьева, Ф.И. Буслаева <...>»[1].

В-третьих, источником есенинской информированности были, по мнению Е.А.Самоделовой, художественные произведения, содержащие широкий этнографический материал. Например, «В лесах» и «На горах» П.И. Мельникова (Андрея Печерского), «Очерки бурсы» Г.Н. Помяловского[2].

Образы фольклора в произведениях С.А.Есенина обрели художественную самостоятельность. Типологически близкие фольклорным, они составили индивидуальный, авторский поэтический мир. Иначе С.А.Есенин, по словам Н.И. Шубниковой-Гусевой, стал бы «вторым Кольцовым или Никитиным»[3]. По утверждению исследовательницы, С.А.Есенин, по-своему интерпретируя фольклорную традицию, открыл новую художественную эпоху и новую поэтику.

II.1. Жанры светского фольклора в лирике С.А.Есенина

В книге мы анализируем черты народной лирической песни и частушки в лирике С.А.Есенина. Однако интерес поэта к названным жанрам мирского фольклора не исчерпывает его внимания в фольклорной поэтике. Например, он обращался к плачу, былинам. Культуру плача видим уже в ранних стихотворениях С.А.Есенина; поэт вводит мотив плача как реалию народной жизни: «Причитают матери и крестны, / Голосят невесты и

---

[1] Павловски М. Религия русского народа в поэзии Есенина (Лингвостилистические соображения). С. 94.
[2] Книга имелась в личной библиотеке Есенина: Субботин С.И. Библиотека Сергея Есенина // *Есенин на рубеже эпох: Итоги и перспективы*. С. 345.
[3] Шубникова-Гусева Н.И. Роль С.А. Есенина в истории русской культуры (К постановке проблемы). С. 15.

золовки» («Поминки», 1915. 107); «Иль не слышишь, он плачется долей» («Брату человеку», 1911–1912. 46); мертвец – один из главных героев погребального обряда, такой персонаж встречается в текстах Есенина, например «К покойнику» (1911–1912. 39). Былины – это русские эпические песни, сохранившиеся главным образом в устах северного крестьянства под названием «старѝн», «ста̀рин» и «старинок»[1]. В них отразились характер и история русского народа. Черты былины заметны в первой части «Песни о великом походе» (1924), в «Богатырском посвисте» (1914), в упоминании былинного богатыря Вольги в «Покраснела рябина...» (1916); в «Ключах Марии» (1918) С.А.Есенин упомянул героя былины Соловья Будимировича. Е.А.Самоделова выделяет следующие жанры константиновского фольклора, которые оказали воздействие на произведения С.А.Есенина: «поговорка» («поговорочка»); «притча»; «блаз» («бласт»); «прибаска»; «канавушка»; «страдание»; «шарабан»[2].

II.1.1. Традиции жанра лирической песни

Народные лирические песни выражают личные чувства и настроения поющих, что прежде всего сближает этот жанр с авторской (книжной) лирикой. По содержанию лирические песни можно разделить на любовные и семейные, рекрутские, о солдатчине, разбойничьи (удалые), тюремные и др. Одно из принципиальных типологических свойств лирической песни – искренность. Содержание лирической песни правдоподобно. Выражая эмоциональный строй исполнителя, оно является и примером обобщения.

Народная лирика характеризуется устойчивой поэтикой. Лексика близка

---

[1] Соколов Б. *Былины // Литературная энциклопедия: В 11 т. Т. 2.* М.: Изд-во Ком. Акад., 1929. Стб. 1–38.

[2] Е.А.Самоделова. *Есенин как фольклорист.* С.78.

к бытовой, в основе живая разговорная речь. Композиции свойственна четкость; события, в отличие от плясовой песни, расположены последовательно. В композиции частотно ступенчатое сужение образа, в итоге доминирует герой. Встречается такой принцип композиции персонажей, как исключение единичного из множества (героиня и осудившие ее односельчане). Используется прием цепочного постоения строк (последний образ первой картины становится первым образом второй и т.д.), перехваты. Активно вводятся образы природы; например, используется отрицательное сравнение в функции зачина; наиболее частотным приемом является параллелизм душевного состояния с состоянием природы. Ассоциации чувства и природы выражаются как в сравнениях, так и в символике (белая лебедь – девушка, вдовица – кукушечка и т.д.); первичное, коренное содержание символов поющими нередко уже не сознается, символические образы пропеваются по традиции. Характерны также для поэтики народной лирики обращения, воззвания к животным, растениям, реке, ветру. Народная лирическая песня пользуется также многочисленными, в том числе и традиционными эпитетами, инверсиями, сравнениями, гиперболами, уменьшительно-ласкательными суффиксами, повторами, в том числе тавтологическими (чудо чудное) и синонимическими (путь-дороженька), синтаксическими вплоть до припевов, что придает лирической песне музыкальность[1].

Софья Виноградская писала о том, как страстно любил С.А.Есенин русскую народную песню, как хорошо знал он самые различные её жанры, какое большое место занимала песня, гармошка в жизни поэта[2].

---

[1] Соколов Ю. *Лирические песни* // Литературная энциклопедия: Словарь литературных терминов: В 2-х т. М.; Л.: Изд-во Л. Д. Френкель, 1925. Т. 1. А–П. Стб. 414–416. Даниелян Э.С. Лирические песни: Курс лекций по русскому народному творчеству. http: // do. Gendocs.ru / docs /index - 285678.

[2] Как жил Есенин. М., 1926.

С ранних лет С.А.Есенина окружал мир песен. Особенно мать С.А.Есенина хорошо «играла» народные песни[1]. В «Автобиографии» 1924 г. С.А.Есенин так отмечат: «Дедушка пел мне песни старые, такие тягучие, заунывные»[2]. «Давно замечено – пишет О.Е.Воронова, – что на всем протяжении творческого пути в жанровой структуре есенинской поэзии доминирует песенное начало. Видя именно в песнотворчестве исток и смысл своей поэтической деятельности, Есенин именует свои произведения чаще всего не "стихами", а "песнями".)[3]

Фольклор как фактор влияния и на названия текстов, и на мотивный ряд лирики С.А.Есенина, на стиль произведения постоянен на протяжении всего творчества поэта. Как пишет Е.А. Самоделова: «Фрагменты многих фольклорных текстов представлены подлинными вкраплениями в прозаические и стихотворные произведения Есенина, другие же использованы как аллюзии; третьи оказались необходимы как источники или модели особых художественных средств. Способы цитирования различны<...>»[4].

В лирике С.А.Есенина встречаются традиции лирических песен с известным сюжетом. Такова *Лебёдушка* (1913–1915) – авторский перепев народной лирической песни «Вдоль по морю, морю синему...». Стихотворение сюжетно, в основе – конфликт между лебедушкой-жертвой и злодеем

---

1 «Зимой жили мы вдвоём с матерью. Мать много рассказывала мне сказок, но сказки всё были страшные и скучные. Скучными они мне казались потому, что в каждой сказке мать обязательно пела. Например, сказка об Аленушке. Аленушка так жалобно звала своего братца, что мне становилось невмочь, и я со слезами просила мать не петь этого места, а просто рассказывать. Мать много рассказывала о святых, и святые тоже у неё пели». Есенина Е.А. В Константинове // *Сергей Есенин в стихах и жизни: Воспоминания современников*. С.12.

2 Есенин С.А. *Автобиография* // Сергей Есенин в стихах и жизни: Поэмы, 1912–1925; Проза, 1915–1925. С. 299.

3 Воронова О.Е. *Жанровая система лирики С.А. Есенина*: энциклопедический аспект // Биография и творчество Сергея Есенина в энциклопедическом формате. М. – Рязань – Константиново: б/и, 2012. С. 36–37.

4 Самоделова Е.А. *Есенин как фольклорист*. С. 92.

«молодым орлом», спасение «лебежатушек» (59). Из поэтики народной песни отметим:

1. повторы в одной фразе: «Из-за леса, леса темного»(58), «По раздолью по широкому» (59);

2. повтор синонимов: «бегали-резвилися» (59);

3. постоянные эпитеты: «красна зорюшка», «белоснежная лебедушка», «лебедь белая», «трава шелковая» (58), «детки малые», «малых детушек», «крыло могучее» (59);

4. обилие эпитетов, эпитет после существительного: «Сосны старые, могутные», «сетки хвойные», «покрывала златотканные», «роса жемчужная», «блестки алые», «над озером серебряным», «к затону молчаливому» (58), «у побережья зеленого», «головки нежные», «с ручейками тихозвонными», «на луг пестреющий», «траву душистую», «цветы лазоревы», «волны пряные», «дню веселому», «оком доблестным», «от солнца золотистого», «туча черная», «равнину бесконечную» (59), «у леса темного», «глаза его орлиные», «степь далекая», «у озера широкого», «гладь зеркальную», «крылья длинные», «когти острые», «в шею лебединую», «крылья белые», «ногами помертвелыми», «слезы горькие», «тело нежное», «перья белые» (60);

5. характерные приложения: «траву-муравушку» (59);

6. сравнение: лебедушка «Выплывала, словно зоренька» (58), «росинки серебристые, / Словно жемчуг, осыпалися» (59); постоянные сравнения: «Как стрела на землю кинулся» (60);

7. олицетворения: заря «подымалась» и «Рассыпала ясной радугой / огоньки-лучи багровые» (58);

8. уменьшительно-ласкательные суффиксы: «зорюшка», «лебедушка», «лебежатушки», «с солнышком» (58);

9. характерные речевые обороты сказителей; например, ритмизация за счет семантически нефункциональных лексических элементов: «Уж из тех

ли темных зарослей», «И от той ли тихой заводи», «По ту сторону раздольную» (58), «Как и стала звать лебедушка», «Пролетал ли коршун рощею», «Под крыло ли материнское» (59);

10. просторечия: «посередь» (58), «хоронились» (59).

Можно предположить отмеченную выше неосознаваемую символику образов (ср.: «Да уж вы девки-девушки, / Белые лебедушки! / А вы не порывайтеся / Замуж за поповича»[1]).

«Лебедушка» далеко не единственный пример обращения С.А.Есенина к народной песне. С.А.Есенин а) либо целиком выстраивает стихотворение на претексте, б) либо прибегает к реминисценциям, в) либо синтезирует определенный тип лирической песни с иными жанрами. Примером первого типа лирической композиции является «Лебедушка». Пример второго типа – стихотворение *«На плетнях висят баранки...»* (1915), в котором строки «Запевай, как Стенька Разин // Утопил свою княжку» (110) являются аллюзией на фольклоризованную песню литературного происхождения Д.Н. Садовникова. Пример третьего типа – стихотворение *«Не от холода рябинушка дрожит...»* (1917) – с переходом необрядовой семейной песни на библейский сюжет. Вместе с тем мы полагаем, что в данном тексте отразилась традиция именно лирической песни, а не духовного стиха. Причем частотной лирической песни, построенной на хорее и двухстрочной строфике, характерной для частушки.

Не от холода рябинушка дрожит,
Не от ветра море синее кипит.

Напоили землю радостью снега,

---

[1] *Поэзия крестьянских праздников*. С. 399.

Глава II. Особенности светского фольклора в лирике С.А.Есенина 1910-х годов

Снятся деду иорданские брега.

Видит в долах он озера да кусты,
Чрез озера перекинуты мосты.

Как по мостику, кудряв и желторус,
Бродит отрок, сын Иосифа, Исус.

От восхода до заката в хмаре вод
Кличет утиц он и рыбешек зовет:

«Вы сходитесь ко мне, твари, за корму,
Научите меня разуму-уму».

Как по бережку, меж вымоин и гор,
Тихо льется их беседа-разговор.

Мелка рыбешка, сплеснувшись на песок,
Подает ли свой подводный голосок:

«Уж ты чадо, мило дитятко, Христос,
Мы пришли к тебе с поклоном на допрос.

Ты иди учись в пустынях да лесах;
Наша тайна отразилась в небесах». (158–159)

Текст начинается с частого в фольклорной песне отрицания (в том числе отмеченного выше зачина в виде отрицательного сравнения). Подобное лексическое решение не редко и в лирике С.А.Есенина: «Не видать за туманною далью...» (1911–1912), «Не ветры осыпают пущи...» (1914), «Не в моего ты Бога верила...» (1916), «Не напрасно дули ветры...» (1917), «Не стану никакую...» (1918), «Не стихов златая пена...» (1918), «Не жалею, не зову, не плачу...» (1921), «Не ругайтесь! Такое дело...» (1922), «Не вернусь я в отчий дом...» (1925), «Не криви улыбку, руки теребя...» (1925), «Не гляди на меня с упреком...» (1925). Из перечисленных текстов следует, что предпочтение отдано отрицанию при глаголах. В композиции использованы принципы последовательности событий и отчасти ступенчатое сужение образа: до появления главного героя перечислен ряд образов, составляющих лирическую ретардацию. Главный герой показан в контексте природы. Он и природные явления вступают в диалог, который также свойствен народной лирической песне. Характерна для фольклорной песни и лексика: просторечия («кличет», «сплеснувшись»), уменьшительно-ласкательные суффиксы («рябинушка», «мостику», «рыбешек», «бережку», «голосок», дитятко), постоянные эпитеты («море синее»), синонимический повтор («разуму-у-му», «беседа-разговор»). Отметим несложную рифмовку, что также роднит стихотворение с фольклорным произведением. В тексте выразилась явная русификация библейской ситуации (желторусый Иисус).

Помимо прямой стилизации фольклора поэт собственно авторскую лирику выстраивает, основываясь на особенностях народной лирической песни. Например, *«Под венком лесной ромашки...»* (1911) представляет собой синтез фольклорной традиции (повтор: «милашки», «лиходейная разлука», «коварная» свекровь; параллелизм: щука уносит оброненное в воду колечко – и уходит любовь. [35]) и книжной поэзии («челны», «струи пенистой волны» [35]). Согласие названных поэтических тенденций проявилось в романтическом содержании текста: герой – одинокий естественный человек, близок природе (в венке из ромашек и т.п.), переживает безответную любовь,

Глава II. Особенности светского фольклора в лирике С.А.Есенина 1910–х годов

осмеян хороводом и решает броситься в «перезвонную волну» (35).

В *«Хороша была Танюша...»* (1911) синтезированы, на наш взгляд, фольклорные черты и особенности романса[1]; О.Е. Воронова полагает, что в этом стихотворении выразились черты баллады[2]. В основе поэтической ситуации – безответная любовь, есть изменщик – синеглазый парень, он объявляет Танюше, что женится на другой; из гордости Танюша говорит ему, что выходит за другого. После диалогового фрагмента следует развязка, построенная на антитезе: сообщается, с одной стороны, о свадьбе парня, с другой – о гибели Танюши от удара кистенем.

С.А.Толстая полагала, что в стихотворении *«Заиграй, сыграй, тальяночка, малиновы меха...»* (1912) отразились черты народной песни и частушки[3]. Очевидна фольклорная тональность, образность (жених играет на тальяночке[4] про синие глаза; красавица; околица; косогор; расшитый платок; параллелизм с отрицанием: «То не зори в струях озера свой выткали узор, / Твой платок, шитьем украшенный, мелькнул за косогор». [50]; усеченная форма «малиновы» [50]), но в тексте есть и литературная образность, специфичная для стиля С.А.Есенина, свидетельствующая не

---

[1] Романсная традиция достаточно сильна в ранней лирике Есенина. Например, в «И.Д.Рудинскому» (1911), «Темна ноченька, не спится...» (1911), «Что прошло – не вернуть...» (1911–1912), «Отойди от окна» (1911–1912), «Ты ушла и ко мне не вернешься...» (1913–1915), «Королева» (1913–1915). В «Что прошло – не вернуть...» особенно отчетливы романсные, отмеченные сентиментальностью, мотивы и образы: ночь, подруга спит в могиле, замолк и улетел за море соловей, мотив утраты, на душе «чувства остылые» (38); «Не вернуть мне ту ночку прохладную, / Не видать мне подруги своей, / Не слыхать мне ту песню отрадную, / Что в саду распевал соловей!» (38).
[2] Воронова О.Е. Жанровая система лирики С.А. Есенина: энциклопедический аспект. С. 43.
[3] Цит. по коммент. : *Сергей Есенин в стихах и жизни: Стихотворения, 1910–1925*. С. 362.
[4] Лирическая песня как фольклорный жанр сопровождалась игрой на музыкальных инструментах. Как подчёркивает Е.А.Самоделова в цитировавшейся ранее статье, музыкальные инструменты даже выведены в заглавные строки как важнейшие фольклорные концепты: «Заиграй, сыграй, тальяночка, малиновы меха...» (1912); «Сыпь, тальянка, звонко, сыпь, тальянка, смело...» (1925); «Плачет метель, как цыганская скрипка...» (1925).

просто о перенесении в авторское произведение фольклорного материала, но о поиске своего языка; например, встречается лексика, маркирующая стиль поэта. Мы имеем в виду пространственно-временной смысл тропа «выткали». Так, в «Подражанье песне» (1910) уж было использовано тропеическое содержание глагола «выткать», создающее образ времени: «В пряже солнечных дней время выткало нить» (31); или: «Выткался на озере алый свет зари...» (1910).

По мнению Н.И.Савушкина, введение песенных образов и мотивов, использование народно-песенных поэтических средств осуществлялось Есениным разнообразно. Разнообразны были и сами песни, составлявшие современный национальный репертуар. Безусловно, эта не были исключительно старинные традиционные крестьянские песни. С начала XX века деревни с большей охотой пела так называемые городские песни романсы, часто на стихи известных или малоизвестных поэтов: «По диким степям Забайкалья», «Паша, ангел непорочный», «Глухой неведомой тайгою», «Трансвал», «Липа вековая», «Чудный месяц плывет над рекою» и т.д. Об этих песнях, занесенных в деревню крестьянами-отходниками и их популярности пишет в своих воспоминаниях М.Исаковский[1].

По вспоминаниям современников такие песни пели родители и сестры поэта, их знал и любил сам Есенин[2]. Большое значение в отдельных стихотворениях («Мой путь») и цикле «Сестре Шуре» приобретает в эти годы сам образ песни (и сопутствующей ей гармонии), неизбежно связанный с воспоминаниями о доме, олицетворяющий представление о нём, о семье, о Родине.

Воспоминания о детских годах неразрывно связаны с «бабкиной

---

[1] См.: Исаковский М. На ельнинской земле. Автобиографические страницы. М., 1973, с. 39–42, 52.

[2] См.: *Воспоминания о С.Есенине*. М., 1965, с.61, 69.

песней» (III, 183), это очень значимые впечатления детства:

> Под окнами
>
> Костёр метели белой,
>
> Мне девять лет.
>
> Лежанка, бабка, кот...
>
> И бабка что-то грустное,
>
> Степное пела,
>
> Порой зевая
>
> И крестя свой рот (III, 130–131)

Стихотворения, посвящённые сестре Шуре, связываются с раздумьями о прошедшей юности, утраченной свежести, с упорным стремлением приобщиться к спасительному семейному уюту:

> Запоешь ты, а мне любимо.
>
> Исцеляй меня детским сном (III, 181)

И, наконец:

> Ты запой мне ту песню, что прежде
>
> Напевала нам старая мать.
>
> Не жалея о сгибшей надежде,
>
> Я сумею тебе подпевать (III, 184)

Во многих стихотворениях С.А.Есенина заметно выступает ассоциативная связь с содержанием популяных народных песен, которая способствует раскрытию идейного замысла, углубляет содержание образов.

В строках:

Пой, ямщик, вперекор этой ночи,-

Хочешь, сам я тебе подпою

Про лукавые девичьи очи,

Про веселую юность мою (III, 187)

Легко угадывается песня "Вот мчится тройка удалая"...

...И он запел про ясны очи.

Про очи девицы-души[1].

Воспоминание о «веселой юности» поэта связано с содержанием этой ямщицкой песни, пронизанной болью о несослявшемся счастье удалого сиротины-ямщика.

Думается, что сопоставление есенинских строок о пушкинскими «Буря мглою небо кроет» не так убедительно, в противопоставление не так "полярно", как считает А.Марченко. Исследовательница пишет: "У Пушкина за "мглою" – веселая сказочная синица (мотив "спрятанной" народной песни о синице. -Н.С.), у С.А.Есенина ща весёльем – «сырая мгла» и совсем не веселый ворон..."[2] Смысл же народной песни не только в предчувствии неизбежной беды «ворон вьется...», «Смерть мою почуял»), но и в стремлении до последней минуты наслаждаться жизнью, противоборотвовать смерть («Ты добычи не дожчешься, Черный ворон, я не твой», у С.А.Есенина – «До кончины губы милой я хотел бы целовать»). Связь с народной песней реализуется, как видим, в перефразировке строки (скрытой цитате) или введением «образ-сигнала», являющегося ключевым и для песни, и для

---

1 Песни и рамансы русских поэтов /Вступ. Статья, подгот. Текстов и примеч. В.Е.Гусева. М.; Л., 1965, №672. Далее это издание обозначено: Песни ...
2 Марченко А. Цит. Соч., с.244–245.

стихотворения. Таков необыкновенно емкий в лирике позднего С.А.Есенина символический образ липы:

> Плачет и смеется песня лиховая.
> Где ты, моя липа? Липа вековая? (III,179)
> Эьт строки ведут нас к народным:
> Липа вековая над рекой шумит
> Песня удалая вдалеке звучит[1]

«Липа вековая», как и ямщицкая «Тройка», полна и отчаянной удали, и безысходной грусти о «прошедших днях», столь свойственным народным песням. Близко этому и лирическое чувство поэта.

Стихотворение «Гори, звезда моя, не падай» вызывает целый ряд песенных ассоциаций. Тут и отмеченные А.Марченко популярный романс «Гори, гори, моя звезда» и песня «Вечерний звон»[2]. Однако строки:

> С снова чью-то песню слышу
> Про отчий край и отчий дом

Ещё в большей мере связаны с популярнейшими песнями «Трансвааль» («Горбб я по родине, И жаль мне край родной» – Песни № 707) и «Проснется день – его краса»:

> Отцовский дом покинул я-
> Травою зарастет,

---

[1] *Русские народные песни* /Сост. Новикова А.М. М., 1957, № 10.
[2] См.: Марченко А. Указ.соч., с. 244.

Собачка верная моя

Выть станет у ворот (Песни № 671).

Являясь переработками стихотворений И.И.Козлова и Г.А.Галиной, эти произведения широко бытовали в народном репертуаре. С.А.Есенину был, несомненно, известен и источние перевода И.И.Козлова–13–я строфа первой песни "Чайльд Гарольда" Байрона. Вспомним его строки из "Возврашеения на Родину":

По-байроновски наша собачонка

Меня встречала с лаем у ворот (III, 16).

Таким образом, С.А.Есенин прибежает к традиционным в русской поэзии приемам упоминания популярных песен, перефразировке строк на них. Они важны не столько для выявления "музыкальных пристрастий поэта", сколько для полного выражения переживания. Характерно, что сходную функцию имеет подобное упоминание в стихотворении «Петроградское небо мутилось дождем» А.Блока (1914):

И, садясь, запевали Варята одни,

А другие – не в лад – Ермака,

И кричали ура, и шутили они

И тихонько крестилась рука[1].

Настроение стихотворения, размышления о войне, о «галицийских

---

[1] Блок А.Собр.соч.: В 8–ми т. М.; Л., 1960, т.3, с.275, Далее цитируем по этому изданию (римские цифры в скобках указывают на том, арабские – страницы).

кровавых полях» раскрываются неслучайно в названных песнях. В них и осознание неизбежной гибели, и отчаянный героизм «последнего парада», и вся жестокость войны.

Ассоциативные связи о народной песней пронизывают «Поэму о 36». Наиболее наглядно они выступают в перефразировке куплета песни «Паша, ангел непорочный», любимой отцом поэта[1].

В.В.Коржан, анализируя связь поэмы с фольклором, приходит к справедливому выводу о фольклорной песенной основе произведения, в соответствии с которой следует рассматривать особенности её композиции, харакрер обрисовки персонажей и т.д.[2]. Думается, что исследователь преувеличивает в данном случае значение народных исторических песен. Романтическая поэма С.А.Есенина соотносима, на наш взгляд, прежде всего не с народным историческим эпосом, а с народными тюремными, «каторжными» песнями, свободолюбивый романтический и революционный пафос которых часто недооценивается. В самом деле, С.А.Есенин не «прослеживает тяжелый путь борьбы народа за своё освобождение»[3]. Романтика революционной борьбы, служение революции предстают в типичной (для литературной и народной традиции) ситуации – побег с каторги, из ссылки. Собственно это и составляет основной лейтмотив «Поэму о 36». Лирическое вступление к ней выражает это со всей ясностью:

А ты под кандальный

Дзин

Шпарь, как седой

Баргузин.

---

1 См.: Есенина А. Это все мне родное и близкиое... – Молодая гвардия, 1960, № 8, с.210.
2 См.: Коржан В.В. Есенин и народная поэзия. Л., 1969, с.174–179.
3 Коржан В.В. Цит. Соч., с. 175.

Беги все вперед

И вперед (III, 258)

Если ты хочешь

В лес,

Не дорожи

Головой (III, 259)

И, наконец:

Если ты хочешь

Знать,

Как тяжело

Убежать –

Я знаю один

Рассказ (III,260)

Известно, что в основу поэмы положены воспоминания бывшего политкаторжанина, узника Шлиссельбурга И.И.Ионова (III, 368–369). В поэме рассказывается по сути об истории побегов из заключения двух участников революции 1905г. Одного – из тюремного вагона, другого – из тюремноц камеры, затем о встрече бежавших революционеров снова в тюрьме, откуда их освободила уже февральская революция ("метельный семнадцатый год"). А затем

И каждый в октябрьский

Звон

Пошел на влюблённых

В трон,

Чтоб навсегда их

Сместь (III, 271)

Глава II. Особенности светского фольклора в лирике С.А.Есенина 1910–х годов

Конец поэмы звучит как реквием павшим борцам.

Думается, что такое раскрытие революционной темы было правомерным, в есенинской поэме оно органично сплетается с глубоко личными мотивами детства, любви к родному дому.

Подобной реализации темы соответствует и широкий "фон" народных тюремных и каторжных песен с теми же мотивами борьбы "за правду за народну", тоски по дому, утраты близких, удачного или неудачного побегов с каторги со всеми их перипетиями («Славное море священный Байкал», «По пыльной дороге телега несется», «По диким степям Забайкалья», «Далеко в стране Иркутской», «Глухой неведомой тайгою» и др.). В поэзии начала века известны написанные в подобных традициях произведения. Так, бесспорно под влиянием упомянутых песен создано А.Белым стихотворение «Каторжник» («Бежал, распростился с конвоем», 1906).

В поэме С.А.Есенина присутствует и побочный романтический мотив столкновения в революции, гражданской войне родных братьев как идейных противников: «Целился в брата брат...» (III,261) ср. в «Песне о великом походе» – «Здесь отец с сынком могут встретиться» (III,245). Мотив этот так же звучит в народных песнях и частушках, например, в широкоизвестной песне времен гражданской войны:

В деревенской убогой избушке

Жили мирно два брата с отцом[1].

Как уже упоминает Н.В.Савушкина, близко по приемам к рассмотренным произведениям и стихотворение «*Есть одна хорошая песня у*

---

[1] См.: Русские народные песни / Сост. Новикова А.М. МюЮ 1957, №30.

соловушки», названное Есениным "Песней" (III,141). Написанное раньше их, весной 1925г., оно отмечено особой любовью поэта. По свидетельству С.А.Толстой-Есениной "Песня" в поледний год жизни С.А.Есенина была, пожалуй, самым любимым его стихотворением. Он часто и охотно читал его, вернее, пел, потому что положил стихотворение на мотитв, похожий на один из популяных кавказских мотивов. Иногда он плясал под эту песню, сам себе напевал её или прося слушателей подпевать ему" (III,345). Стихотворение, пожалуй, впервые в поздней лирике поэта наиболее "открыто" сориентировано на народную песню. Монолог-раздумье насыщен эмоционально взволнованными высказываниями лирического героя, его обращениями в форме повторов разных видов («Думы, мои думы», «Как случилось-сталось», «Лейся, песня звонкая, вылей трель унылую»). К фольклорной традиции восходит и поэтический образ "буйной головушки", свойственный и протяжной песне, и частушке. В стихотворения он значим и содержательно (определения вмещают целую жизнь:"Цвела – забубенная, росла – ножевая, А теперь вдруг свесиласт, словно неживая"), и композиционно (окольцовывает песню). Большую эмоциональную нагрузку несут уменьшительно-ласкательные суффиксы, усиливающие народно-песенный колорит (соловушка, головушка, любовь-калинушка).

В отличие от ранних стилизаций («*Хороша была Танюша*»,«*Под венком лесной ромашки*» и др.) использование и развитие народно-песенных приёмов и средств в поздней лирике приводит к созданию неповторимой "есенинской" песни, где вместо условного лирического героя в обличье "добра молодца" появляется образ самого поэта с его самыми искренними, обнажёнными чувствами, скорбными мыслями, глубокими раздумьями.

Вместе с тем в стихотворениях 1924г. и в особенности 1925г., отразивших важнейшие духовные искания и чувства поэта, в целых лирических циклах наблюдается характерное для этого периода обращение к фольклору, главным образом к песням. Известно, что в своёобразный цикл вошли стихотворения, посвящённые сестре Шуре («Я красивых таких не видел», «Ах, как много на свете кошек»,«Ты запой мнету песню, что прежде»,«В этом мире я только прохожий»)[1]. С.А.Толстая -Есенина вспоминает о замысле поэта создать цикл стихотворение «*Эх вы, сани! А кони, кони!*»[2].

II.1.2. Традиции частушки

Популярным видом народной лирики являются частушки. Частушка (припевка, пригудка, приговорка, прибаска, прибаутка) – шести-, четырех-, двухстрочная песенка, в которой фиксируется реакция на некую жизненную ситуацию. Ее связывает с лирическими песнями тематика: народная доля, труд, любовь, солдатчина и т.д. Однако жанровая черта частушки – отсутствие в ее содержании безысходности. Частушка состоит из двух частей: начальной и разъясняющей. Из приемов часты сравнения, повторы, уменьшительно-ласкательные суффиксы, усиленные приставки (раскудрявенький и др.). Между строками частушки порой отсутствует логическая связка. Например, при формальном параллелизме[3]. Последняя черта проявилась в строфической композиции поэтов Серебряного века[4].

---

[1] См. : Есенин С.А. Цит. Соч., т. 3, с.351–353. (Впервые опубликованы в журнале "Красная Нива", 1925, № 42).

[2] Там же, с. 354–355; См. Также: Наумов Е. *Сергей Есенин: Жизнь и творчество*. М.; Л.., 1965, с. 213.

[3] Даниелян Э.С. Частушка: Курс лекций по русскому народному творчеству. http: // do. Gendocs.ru /docs /index - 285678

[4] Б. Эйхенбаум приводит примеры неявной связи двух частей четверостиший у А. Ахматовой и И. Анненского: «Есть случаи, когда первая часть строфы представляет собой отвлеченное суждение, сентенцию или афоризм, а вторая дает конкретную деталь – связь остается невысказанной:

Сколько просьб у любимой всегда,
У разлюбленной просьб не бывает...
Как я рада, что нынче вода   (Перейти на следующую страницу)

С.А.Толстая-Есенина при подготовке неосуществлённого собрания произведений С.А.Есенина в 1940 г. сообщала редакторам: «Есенин несколько раз говорил и писал о том большом влиянии, которое оказали частушки на его творчество»[1]. С.А.Есенин, во-первых, собирал народные частушки; во-вторых, сочинял частушки; в-третьих, специфика частушки отразилась на его лирике.

Говоря о своих первых шагах в поэзии, С.А.Есенин отмечает:«Влияние на моё творчество в самом начале имели деревенские частушки»[2]. С.А.Есенин исполнял частушки на литературно-музыкальных вечерах, в частных литературных салонах (например, в Петрограде в 1915–1916 гг.): «Частушек С.А. <Есенин> знал множество, а пел их, как поют деревенские парни»[3] (А.П.Чапыгин); «Пел он по-простецки, с деревенским однообразием, как поет у околицы любой парень. Но иногда, дойдя до яркого образа, внезапно подчеркивал и выделял его с любовью, уже как поэт»[4] (В.С.Чернявский).

(Перейти на предыдущую страницу)
Под бесцветным ледком замирает.

Этот прием сближает Ахматову с Иннокентием Анненским, влияние которого в "Вечере" очень значительно <...> Приведу для сравнения примеры из "Кипарисового ларца" И. Анненского (1910):

Гляжу на тебя равнодушно.
А в сердце тоски не уйму...
Сегодня томительно душно,
Но солнце таится в дыму».

Эйхенбаум Б. Анна Ахматова: Опыт анализа // *Эйхенбаум Б.* О поэзии. Л.: Сов.писатель, 1969. С. 137–138.

1 *С.А.Есенин в воспоминаниях современников: В 2 т.* / Вст. ст., сост. и коммент. А.А.Козловского. М., 1986. Т.1. С. 529.
2 С.Есенин. *Автобиография.* В кн.: День поэзии. Изд.«Московский рабочий», 1956,стр.120.
3 *Есенин в стихах и жизни: Воспоминания современников* / Под ред. Н.И.Шубниковой-Гусевой. М., 1995. С. 156.
4 *С.А.Есенин в воспоминаниях современников: В 2 т.* /Вст. ст., сост. и коммент. А.А.Козловского. М., 1986. Т. 1. С. 202.

Глава II. Особенности светского фольклора в лирике С.А.Есенина 1910-х годов

Эмиль Кроткий (Э.Я.Герман) отмечал, что С.А.Есенин прекрасно владел репертуаром и исполнительской манерой не только своей «малой родины», но воспринял песенные традиции других регионов и даже адаптировал их к городской среде: «Певал он охотно частушки под гитару. Знал напевы нескольких губерний»[1]. Из частушечного репертуара С.А.Есенина современники вспоминают рекрутские тексты, о Гришке Распутине, царе и царице, о писателях, «похабные», ухарские и лирические (VII (1), 534–537).

Одной из первых книг С.А.Есенина была объявлена в анонсе издательства «Краса» в 1915 г. такая: «Рязанские побаски, канавушки и страдания» (не издана). О подготовке частушечного собрания свидетельствует письмо Есенина весной 1915 г. из Петрограда к своей подруге – сельской учительнице М.П.Бальзамовой: «Голубушка, будьте добры написать мне побольше частушек. Только самых новых» (VI, 65). Так, в переписке с отдельными респондентами С.А.Есенин просил записать и прислать фольклорные тексты.

Жена поэта С.А.Толстая-Есенина при подготовке неосуществленного «Собрания произведений Сергея Есенина» в 1940 г. сообщала редакторам: «Есенин несколько раз говорил и писал о том большом влиянии, которое оказали частушки на его творчество» (VII (1), 529).

Как подчёркивает Е.А.Самоделова, С.А.Есенин и сам сочинял частушечные тексты: во-первых, существуют отдельные произведения (18 штук), созданные в разное время и собранные есениноведами в подборку «Частушки» (1916–1924); во-вторых, известны «Частушки (О поэтах)» (1915–1919)[2].

В письме к А.А.Добровольскому в 1915 г. из с. Константиново С.А.Есенин сообщает о своей игре на гармошке-«ливенке» и сочинении хулигански-сатирической частушки во время проводов рекрутов на армей-

---

[1] С.А.Есенин: Материалы к биографии. М., 1992. С. 157–158.
[2] Самоделова Е.А. С.А. Есенин как собиратель, исследователь и интерпретатор фольклора // Современное есениноведение. 2010. № 15. С. 77–86.

скую службу: «Каждый день хожу в луга и в яр и играю в ливенку. <...> Сложил я, знаешь, на старосту прибаску охальную, да один ночью шел и гузынил ее. Сгребли меня сотские и ну волочить. Всё равно и я их всех поймаю. Ливенку мою расшибли. Ну, теперь держись. Рекрута все за меня, а мужики нас боятся» (VI, 69).

С.А.Есенин записывал и публиковал фольклор Константинова, поощрял к собирательству константиновского фольклора сестёр – Е. и А. Есениных, подготовивших и издавших сборник «Частушки родины Есенина – села Константинова» (М., 1927). А.А.Есенина в 1970–е гг. записала 24 частушки Константинова[1]. В «Автобиографии» поэта сказано: «Влияние на моё творчество в самом начале имели деревенские частушки»[2]. Современники отмечали, что Есенин пел частушки[3] и знал их немало. Из письма С.А.Есенина М.П. Бальзамовой: «Голубушка, будьте добры написать мне побольше частушек. Только самых новых»[4]. Он собрал и опубликовал в газете «Голос трудового крестьянства» (М., 1918, 19 мая, №127; 29 мая, №135; 2 июня, №139; 8 июня, №144) подборки частушек, расположив их по рубрикам: Девичьи (полюбовные); Прибаски; Страданья; Смешанные. Названия отражают народные внутрижанровые определения[5].

---

[1] См.: Архипова Л. «У меня в душе звенит тальянка...» Частушки родины Есенина – села Константинова и его окрестностей. Челябинск, 2002. С. 83–87.
[2] *Сергей Есенин в стихах и жизни: Поэмы 1912–1925.* Проза 1915–1925. С. 300.
[3] А.П. Чапыгин вспоминал: «Частушек С.А. <Есенин> знал множество, а пел их, как поют деревенские парни». Цит. по коммент.: *Сергей Есенин в стихах и жизни: Стихотворения, 1910–1925.* С.156. По воспоминанию В.С.Чернявского: «Пел он по-простецки, с деревенским однообразием, как поёт у околицы любой парень. Но иногда, дойдя до яркого образа, внезапно подчёркивал и выделял его с любовью, уже как поэт». Цит. по коммент.: Там же. С. 156.
[4] *Сергей Есенин в стихах и жизни: Письма. Документы.* С. 49.
[5] Цит.по коммент.: *Сергей Есенин в стихах и жизни: Поэмы 1912–1925. Проза 1915–1925.* С. 403. Друг Есенина, С.Н.Соколов свидетельствовал: «И позже, приезжая в Константиново, он любил слушать частушки. Спросит, бывало: " Знаешь, кто частушки поёт?". На мой ответ скажет: " Пойдём, может, споют нам". Приходим, случаем, а он нет-нет да что-то запишет в книжечку...» Кошечкин С. «До Сергея Есенина относящееся. Из записей разных лет» // Юность. М., 1985. № 10. С. 95.

Глава II. Особенности светского фольклора в лирике С.А.Есенина 1910-х годов

В «Автобиографиях» 1923 и 1924 гг. С.А.Есенин указывал на частушки как на побудительную причину собственного творчества и понятный пусковой механизм поэтики: «Стихи начал писать, подражая частушкам» и «Влияние на мое творчество в самом начале имели деревенские частушки» (VII (1), 11, 14). Об этом же воздействии он рассуждал в литературных кругах: например, критику Л.М.Клейнборту в 1913 или 1914 г. говорил о начале сочинительства «с частушек, затем перешел на стихи»[1].

Как вспоминал И.В. Грузинов: «Некоторые частушки, распеваемые им, – были плодом его творчества. Есенинские частушки большею частью сложены на случай, на злобу дня или направлены по адресу его знакомых: эти частушки, как и многие народные, имеют юмористический характер»[2]. Как пишет М.Т. Рюмина: «Для иронии, сатиры, юмора обязательно наличие той отправной точки, с позиции которой вырабатывается, выражается ироническое, сатирическое или юмористическое отношение к предмету, явлению и т.д. Этими константами могут выступать определенные идеалы, ориентиры разного порядка (мировоззренческого, нравственного, например) нормы, стереотипы, представления, господствующие в обществе, а также личные убеждения, принципы, представления о желаемом и должном»[3]. Юмор есе-

---

[1] *С.А.Есенин в воспоминаниях современников: В 2 т.* /Вст. ст., сост. и коммент. А.А.Козловского. М., 1986. Т. 1. С. 168.

[2] Цит. по коммент.: *Сергей Есенин в стихах и жизни: Стихотворения, 1910–1925.* С. 403. В письме от 11 мая 1915 г. из Константинова к А.А. Добровольскому Есенин сообщает о своей игре на гармошке-«ливенке» и сочинении хулигански-сатирической частушки во время проводов рекрутов на армейскую службу: «Каждый день хожу в луга и в яр и играю в ливенку. <...>Сложил я, знаешь, на старосту прибаску охальную, да один ночью шёл и гузынил её. Сгребли меня сотские и ну волочить. Всё равно я их всех поймаю. Ливенку мою расшибли. Ну, теперь держись. Рекрута все за меня, а мужики нас боятся». Есенин С.А. Письмо Добровольскому А.А., 11 мая 1915 г. Константиново // Есенин С. А. Полное собр. Соч.: В 7 т. Т. 6. М.: Наука; Голос, 1999. С. 69.

[3] Рюмина М.Т. *Эстетика смеха: Смех как виртуальная реальность.* М.: Едиториал УРСС, 2003. С. 118.

нинских частушек примиряющий, автор принимает героя частушки таким, каков он есть. Отправной точкой для юмористического восприятия служат прежде всего личные убеждения, но никак не общественные, политические идеалы.

К юмористическим относятся частушки С.А.Есенина 1915–1917 гг. на литературную тему:

1.
Я сидела на песке
У моста высокова.
Нету лучшей из стихов
Александра Блокова.

2.
Неспокойная была,
Неспокой оставила:
Успокоили стихи
Кузьмина Михаила.

3.
Шел с Орехова туман
Теперь идет из Зуева.
Я люблю стихи в лаптях
Миколая Клюева.

(347–348).

Юмористический пафос очевиден и в частушке, посвященной Мариенгофу (1918–1919):

Ох, батюшки, ох-ох-ох,

Глава II. Особенности светского фольклора в лирике С.А.Есенина 1910–х годов

> Есть поэт Мариенгоф.
>
> Много кушал, много пил,
>
> Без подштанников ходил.
>
> (348).

К юмористическим двухстрочным частушкам мы относим и поздние (1925):

> Пил я водку, пил я виски,
>
> Только жаль, без вас, Быстрицкий.
>
> Нам не нужно адов, раев,
>
> Только б Валя жил Катаев.
>
> Потому нам близок Саша,
>
> Что судьба его как наша[1].
>
> (353)

К саркастическим следует отнести посвященные Маяковскому и Брюсову (1915–1917), а также Каменскому (1918–1919):

> 1.
>
> Ах, сыпь, ах, жарь,
>
> Маяковский – бездарь.
>
> Рожа краской питана,

---

[1] Прочитаны Есениным во время шуточного стихотворного соревнования между ним, Багрицким, Катаевым. По версии Катаева («Алмазный мой венец»), «Быстрицкий» - ошибка, имеется в виду Багрицкий. См. комментарий. С. 406.

Обокрал Уитмана.

2.

Пляшет Брюсов по Тверской

Не мышом, а крысиной.

Дяди, дяди, я большой,

Скоро буду с лысиной.

3.

Квас сухарный. Квас янтарный,

Бочка старо-новая.

У Васятки Каменского

Голова дубовая.

(348).

Из приведенных примеров видно, что частушки С.А.Есенина имеют дружеский или полемический, близкий антагонистическому смысл. Эпатажность есенинской частушки не выходит за границы частушечного смеха, но обострена за счет конкретного адресата.

Отношения В.В.Маяковского и С.А.Есенина – известная тема в историко-литературных исследованиях, как известны и оценки, данные поэтами друг другу. Сопоставление творчества того и другого было и в прижизненной критике поэтов. Характерен отзыв М. Осоргина: «Блеска настоящей гениальности, не раз сверкнувшей в культурнейшем Андрее Белом и в некультурнейшем Сергее Есенине, в Маяковском нет, но исключительная даровитость его вне всякого сомнения»[1]. Противопоставление Маяковского и Есенина – общая черта критических разборов. Личные отношения

---

[1] Осоргин М. *Владимир Маяковский. Два голоса*. Гос.изд. РСФСР. Берлин, 1923 // Современные записки. Париж, 1924. № 22. С. 455.

Глава II. Особенности светского фольклора в лирике С.А.Есенина 1910-х годов

поэтов отличаются взаимной саркастичностью. Сложнее было отношение С.А.Есенина к Брюсову. Содержание частушки мы рассматриваем как реакцию С.А.Есенина на атмосферу модернистских салонов, в которых он был принят как некая народная экзотика. Он мог знать об отношении к нему Брюсова; например Б.М. Зубакин писал М. Горькому во второй половине 1926 г.: «А Брюсов мне же о Есенине: "Пустяк. На одной струне балалайка"»[1]. Не исключено и влияние на позицию С.А.Есенина Клюева, в чьих эпистолярных и поэтических суждениях Брюсов из покровителя превращается в антипода. Грубость в частушке о Каменском, очевидно, связана с литературно-групповыми столкновениями[2].

Однако в лирических героях поэтов, например С.А.Есенина и В.В.Маяковского, есть такие общие черты, как одиночество, импульсивность и др. Приведем вывод В.Н. Дядичева, высказанный в статье «Есенин и Маяковский в критике 1920-х годов: сопоставительный аспект»: «При противопоставлении творчества Есенина и Маяковского критики-современники нередко опирались не столько на индивидуальные особенности творчества самих поэтов, сколько на представлявшиеся им характерные черты литературных группировок (имажинистов, крестьянских поэтов, футуристов, лефовцев), принадлежность к которым декларировалась Есениным или Маяковским»; и далее: «Говоря о сопоставительных оценках Есенина и Маяковского, мы видим, как характеристика одного из поэтов служит критикам-современникам неким провокативным поводом, инициирующим импульсом для подчерки-

---

[1] *Сергей Есенин в стихах и жизни: Письма. Документы*. С. 422.
[2] Г. Устинов вспоминал, как Каменский познакомил его с Есениным: «Каменский сидел на табурете посреди пустой комнаты с гармошкой и играл деревенские мотивы под пермские частушки. И когда он играл и пел, как глухарь на току, не видел и не слышал вокруг себя ничего. Есенин стоял около и с вниманием слушал пермяка с его пермяцкими песенками, которые, вероятно, не были похожи на рязанские. И улыбался». Устинов Г.Ф. Мои воспоминания о Есенине // *Сергей Есенин в стихах и жизни: Воспоминания современников*. С. 480.

вания, характеристики, зачастую излишне акцентированной, утрированной, соответствующих черт творчества другого поэта»[1]. Антагонизм частушки – лишь эпизод в отношениях поэтов, не объясняющий всей сложности жизни того времени. Например, при жизни С.А.Есенина критики отмечали и общие черты поэтики С.А.Есенина, В.В.Маяковского, В.В.Каменского: «Наши молодые поэты из футуристов друг перед другом щеголяют гиперболами. Маяковский наряжает облако в штаны. В. Каменский мечтает устроить для спанья помост под самым небом. Сергей Есенин не отступает от них, наоборот, старается перегнать: "До Египта раскорячу ноги..." <...> Публика ждет очередных гипербол»[2]. Неоднозначность отношений проявилась и вследствие гибели Есенина; В.М. Ходасевич писала Горькому 19 января 1926 г.: «Настроение у людей, с которыми встречаюсь, неважное. Особенно у литераторов в связи со смертью Есенина. Видалась с Ник. Тихоновым, Слонимским, Тыняновым, Каменским, Асеевым, Маяковским. Все очень раздерганные <...>»[3].

Грубость частушечного смеха С.А.Есенина отвечает традициям русской народной смеховой культуры, о чем можно судить по положениям труда Д.С. Лихачева «Смех как мировоззрение». Приведенные в нем примеры говорят о простоте, незатейливости, наступательности, агрессивности юмора как протопопа Аввакума – оппонента новообрядцев, так и Ивана Грозного.Цель древнерусского смеха, по Лихачеву, обнаружить «голую» правду; «это смех "раздевающий", обнажающий правду, смех голого, ничем не дорожащего <...>

---

[1] Дядичев В.Н. Есенин и Маяковский в критике 1920–х годов: сопоставительный аспект // *Поэтика и проблематика творчества С.А. Есенина в контексте Есенинской энциклопедии.* М: Лазурь, 2009. С. 390.

[2] Из заметки «Изощрения в изощрениях» в газете «Воскресные новости» (1918. № 9). Цит.по: *Летопись жизни и творчества С.А. Есенина: В 5 т.Т. II* / Гл.ред. А.Н. Захаров. М.: ИМЛИ РАН, 2005. С. 127.

[3] *Сергей Есенин в стихах и жизни: Письма. Документы.* С. 389.

Глава II. Особенности светского фольклора в лирике С.А.Есенина 1910–х годов

большую роль играло выворачивание наизнанку одежды (выворачивание мехом наружу овчины), надетые задом наперед шапки <...> Все это знаменовало собой изнаночный мир, которым жил древнерусский смех»[1]. Смех, по Лихачеву, связан с раздвоением; например, в высоком обнаруживается низкое, что, на наш взгляд, демонстрируют частушки С.А.Есенина; как пишет Лихачев: «Смех делит мир надвое, создает бесконечное количество двойников, создает смеховую "тень" действительности, раскалывает эту действительность»[2].

В основу частушки С.А.Есенина положен принцип «удвоения видимости»[3] за счет эпатажного слова и гротескности: пляшущий «крысиной» Брюсов, дубовая голова Каменского, питаная краской «рожа» Маяковского, Мариенгоф без подштанников, клюевские стихи в лаптях. Создается парадокс: реальные формы жизни явно искажаются, достигают чрезмерности, но содержание реальности становится выпуклым, очевидным[4] (как его понимает Есенин). К есенинской частушке приминима мысль М. Бахтина о гротескности народной культуры («Франсуа Рабле и народная кулутра средневековья и Ренессанса»).

Из художественной специфики частушки активно использованы просторечия, повторы, короткие фразы, небогатый словарь. Очевидно смысловое деление некоторых строф на две части. Так называемый скрытый, неявный параллелизм видим в частушке о Каменском, где он подчеркнут смысловой

---

[1] Лихачев Д.С. *Историческая поэтика русской литературы.* Смех как мировоззрение. СПб.: Алетейя, 1999. С. 351.

[2] Там же. С. 370.

[3] Рюмина М.Т. Эстетика смеха: Смех как виртуальная реальность. С. 118.

[4] «Природа гротескного искажения <....> включает в себя противоречивое совмещение двух планов – реального и воображаемого. Если в карикатуре или в пародии еще требуется внешнее подобие реальных форм первоначально данному, их узнаваемость (например, использование в пародии тем или стилистических приемов пародируемого, или узнаваемость внешнего сходства в карикатуре), то гротеск основан на сохранении внутреннего подобия, поэтому посредством его возможно выражение внутренних противоречий». Там же.

ассоциацией «бочка» и «дубовая». Или в частушке «Шел с Орехова туман...» семантика слов «туман» и «шел» ассоциируется с мистикой и мотивом странствий в лирике Клюева. Все частушки содержат интонацию выкликания, свойственную народным частушкам, собранным Есениным (например: «Я свои перчаточки / Отдала Васяточке: / Я на то надеюсь – / Пойду плясать – согреюсь»[1]).

Для русской литературы свойственно обращение поэтов к фольклору. А. Блок использовал фольклор городской окраины в поэме «Двенадцать». Частушечные мотивы есть в «Мистерии Буфф», «150 000 000» В. Маяковского. На поэтику частушки в поэзии Ахматовой обратил внимание Б. Эйхенбаум: «Ахматова утвердила малую форму, сообщив ей интенсивность выражения. Образовалась своего рода литературная "частушка". Это сказалось как на величине стихотворений, так и на их строении. Господствуют три или четыре строфы – пять строф появляются сравнительно редко, а больше семи не бывает <интереса к изысканным строфам у Ахматовой нет <...>>»; Эйхенбаум пишет о коротких, лаконичных фразах Ахматовой придающих стиху «энергичную сжатость»; он пишет о «голошении или выкликании»: «В разных формах мы встречаем у Ахматовой этот тип интонации, приближающий некоторые ее стихи к речитативному фольклору – к частушкам и причитаниям. <...> От частушки здесь взято именно голосоведение – с его характерными взвизгиваниями и резкими скачками интонации от высокого положения к низкому. <...> Частушечное "выкликание" чувствуется в таких стихотворениях, как

Я с тобой не стану пить вино,

---

[1] Есенин С.А. Девичьи (Полюбовные) //*Есенин С. А. Полн. собр. соч.: В 7 т. Т. 7. Кн. 1*. 1999. С. 319.

Глава II. Особенности светского фольклора в лирике С.А.Есенина 1910-х годов

Оттого что ты мальчишка озорной.

Ты письмо мое, милый, не комкай,
До конца его, друг, прочти. <...> [1].

Опыт использования лексики, композиции частушки в лирике и поэмах нашел отражение и в поэзии С.А.Есенина. Так частушечные интонации и приемы можно найти в ранней лирике поэта:

Под венком лесной ромашки
Я строгал, чинил челны,
Уронил кольцо милашки
В струи пенистой волны.

И далее:

Не нашлось мое колечко,
Я пошел с тоски на луг,
Мне вдогон смеялась речка:
«У милашки новый друг».
(«Под венком лесной ромашки ...» 1911, 35)

В манере прибасок написано «Заиграй, сыграй, тальяночка ...» (1912):

Заиграй, сыграй, тальяночка, малиновы меха.
Выходи встречать к околице, красотка, жениха.

---

[1] Эйхенбаум Б. Анна Ахматова: Опыт анализа. С. 91, 92, 114, 115.

Васильками сердце светится, горит в нем бирюза.

Я играю на тальяночке про синие глаза ...

(50).

Частушечные выкликания, лаконизм фразы, просторечия, частушечный параллелизм и другие свойственные этому жанру приемы С.А.Есенин использовал и в позднюю пору творчества. Так, в поэме «Песнь о великом походе» (1924) встречаем:

Цветочек мой,

Цветик маковый.

Ты скорей, адмирал,

Отколчакивай[1].

Введение частушки в поэму не только способствует теме народной жизни, эпопейности изображения революционной реальности, но и передает лирическое отношение автора к участникам событий. Например, сочувствие, жалость по отношению молодым крестьянам, втянутым в Гражданскую войну:

Ах, рыбки мои,

Мелкие косточки!

Вы крестьянские ребята,

Подросточки. (91)

Как упомянул Н.И.Савушкина, значительной попыткой создания

---

1 *Сергей Есенин в стихах и жизни: Поэмы, 1912–1925; Проза, 1915–1925.* С. 96.

Глава II. Особенности светского фольклора в лирике С.А.Есенина 1910–х годов

эпического произведения на историческую тему не только использованием приёмов фольклорной поэтики, но почти целиком на народно-поэтической основе является поэма С.А.Есенина «Песнь о великом походе» (1924). В этой поэме сказались тонкое художественное чутье и такт поэта, воссоздавшего картины двух исторических эпох в соответствующих жанрах. Первая часть поэмы, повествующая о петровских временах, написана сказовым стихом, вторая – о гражданской войне – частушечным.

Авторское начало выступает в поэме в образе народного сказочника-балагура или раешного зазывалы, который обращается к "встречным-поперечным" с предположением послушать

> Новый волный сказ
>
> Про житье у нас.
>
> Первый сказ о том,
>
> Что давно было.
>
> А второй – про то,
>
> Что сейчас воплыло (III,236)

Автор – рассказчик о событиях – судит с позиций народа: его отношение к истории, к деятельности Петра, к гражданской войне стражает народные представления, известные по произведениям фольклора. Линия рассказчика на протяжении всей поэмы выделена раешным стихом, подчёркнутой грубоватостью обращения к слушателям, просьбой о ковшике браги и т.д.

В народных сказках и исторических песнях Петр предстает неутомимым, жестоким самодержцем, "на костях" построившим Петербург. Таким же он изображен и в поэме С.А.Есенина:

Ой, суров наш царь,

Алексеч Пётр.

Он в единый дух

Ведро пива пьет.

Курит – дым идёт

На три сажени...

Русский царь тебе

    (Лефорту. – Н.С.)

Как батрак, служил (III,239–240)

У Петра с плеча

Сорвался кулак...

И навек задрал

Лапти кверху дьяк (III,239)

Петру чудятся голоса загубленных строителей города, которые пророчат гибель ему и захват власти народом. События гражданской войны показаны широко, и естественно, что на первом плане возникает важная для С.А.Есенина судьба крестьянства в революции и гражданской войне.

Подобно Д.Бедному, В.В.Маяковскому, А.А.Блоку, С.А.Есенин ощутил необыкновенную идейно-художественную жёмкость частушки, её злободневность, классовую направленность, меткость. Поэтому изображение грандиозных событий в частушечной форме отнюдь не было их умалением, "скольжением по верхам", диокредитацией значительной темы, в чём пытались упрекнуть его некоторые критики.

Общее отношение народа к революции выражено в начале второго сказа серией частушек, ясно показывающих, на чьей стороне народ:

Веселись, душа

Молодецкая.

Нынче наша власть,

Власть Советская (III,244)

Говоря об участии крестьянства в гражданской войне, С.А.Есенин показывает противоречия крестьянства и те психологические и бытовые ситуации, которые возникали в ходе её были отражены в народных песнях и частушках.

Если «крестьянские ребята-подросточки» в большинстве пошли «гулять с партизанами», то старшему поколению были свойственны сомнения. Как и в «*Пугачёве*», С.А.Есенин показывает мелкособственническую эгоистическую привязанность крестьянина к земле:

Если крепче жмут,

То сильней орешь.

Мужику одно:

Не топтали б рожь! (III,247)

Семейные конфликты:

Красной Армии штыки

В Поле светятся.

Здесь стец с сынком

Могут встретиться (III,245)

Так же, как и при рассмотрении поэмы «*Двенадцать*», мы можем сказать, что народная частушка важна и нужна С.А.Есенину не только как формальная категория, но как выражение психологии народа, его отношения к событиям, которые раскрывается при помощи частушки в поэме. Трудно отделить есенинские четверостишия от народных частушек. Ясно одно, что

С.А.Есенин создаёт свои и вводит в поэму известные ему и популярные в те годы частушки. Вот пример введенных частушке:

Ах, яблочко,

Цвета милого!

Бьют Деникина,

Бьют Корнилова.

Цветочек мой,

Цветик маковый.

Ты скорей, адмирал,

Отколчакивай (III,251)

Использованные С.А.Есениным частушки широко бытовали именно в таких вариантах и напевах («Семеновна» и «Яблочко» были самыми распространенными в этот период). Новаторским для поэта был образ коммунара в "куртке кожаной", передового деятеля революции и гражданской войны, обрисованный с сочувствием и любовью:

Завтра, еле свет,

Нужно снова в бой.

Спи, корявый мой!

Спи,хороший мой!

Пусть вас золотом

Свет зари кропит.

В куртук кожаной

Коммунар не спит (III,252)

Таким образом, в «Песне о великом походе» С.А.Есенин выразил идеологически верное, зрелое отношение к революции, её движущим силам. Обращение к злободневной частушке помогло ему показать революционную действительность "изнутри", отразить верную расстановку сил, создать правдивую и психологически верную картину жизни.

II.2. Мотивы и образы

Характерные для фольклора мотивы, образы природы, животных, воспринятые русской поэзией, в поэтической системе ценностей С.А.Есенина оказались едва ли не первичными. Подавляющее большинство его текстов в эмоциональном, философском, композиционном отношении содержит названные мотивы. Поэт по-своему их интерпретирует, обогащает лексически, сохраняя основные идеи фольклорных произведений – единство человека, животных, природы; единство земли и космоса; высшая обусловленность трудового процесса и бытовой культуры.

II.2.1. Пейзажные образы

Природа – постоянный мотив фольклора и лирики С.А.Есенина. Многофункциональность природных образов в устном народном творчестве (параллелизм, обрядовость крестьянской жизни, психологизм и др.) актуальна для есенинской поэзии на протяжении всего его творческого пути. Как в фольклоре, пейзажные мотивы у С.А.Есенина тесно связаны с круговращением времени в природе. Однако фольклорная пейзажная образность, во-первых, во многом переосмыслена С.А.Есениным, выражает его субъективный мир; во-вторых, вбирает в себя опыт книжной поэзии.

Например, помимо временного круговращения, она выражает возрастное течение жизни, увядание, рефлексию по прошедшей юности («Этой грусти теперь не рассыпать...», 1924; «Отговорила роща золотая...», 1924; «Какая ночь! Я не могу...», 1925). Или мотив разлуки развит через ностальгическую тональность, приданную пейзажам в «Я покинул родимый дом...» (1918), «Исповедь хулигана» (1920), «Эта улица мне знакома...» (1923), «Низкий дом с голубыми ставнями...» (1924) и др. Остро поставлена проблема взаимоотношений природы с побеждающей цивилизацией в «Сорокоусте» (1920), «Я последний поэт деревни...» (1920), «Мир таинственный, мир мой древний...» (1921), «Неуютная жидкая лунность» (1925). В стихотворении «Чары» (1913–1915) – синтез фольклорной поэтической лексики («весна-царевна»), символистской («под чарами веселья», «как дым, скользит в лесах», «золотое ожерелье», «страстная фиалка»), есенинской, типологически близкой фольклорной тропеизации (весна «По роще косы расплела», «И с хором птичьего молебна», ожерелье «Блестит в косматых волосах», «А вслед ей пьяная русалка / Росою плещет на луну») (56).

Лирический герой С.А.Есенина, как герой фольклорных произведений, тесно связан с природой. О предопределенности этой связи говорит стихотворение «Матушка в Купальницу по лесу ходила...» (1912) – о рождении поэта в лесу. Эту ситуацию можно назвать устойчивой в текстах новокрестьянских поэтов. В отношениях человека и природы нет пасторальности. Под пасторальностью мы имеем в виду наивную идилличность сельщины, эстетизацию простоты, гедонизма, праздности пастушеской жизни. Как пишет Н.В. Дзуцева: «Усвоив клюевские уроки "новокрестьянского символизма", он <...> избирательно обращается с пасторальной топикой. <...> Мифологема сада, в пасторальной традиции, как правило, представляющая "рай" – архетип счастья и блаженства, – в есенинской лирике практически не актуализируется в силу её специфической маркированности как артефакта»[1]. Соглашаясь с этой мыслью, мы обращаем внимание на то, что отсутствие пасторальности не исключает идиллических картин природы. Гармония природы согласуется либо контрастирует с состоянием лирического героя, но и в том, и в другом случае связь человека и пейзажа органична, предельно естественна. Реже в лирике С.А.Есенина встречаются мотивы вьюги или бури. Например, в стихотворении *«Буря»* (1913–1915). Здесь С.А.Есенин переходит от констатации состояния природы, которому посвящено почти все произведение, к философскому осмыслению целесообразности хаоса (заключительная строка). Картина возмущения природы создана посредством перечисления пейзажных, прежде всего тропеических, деталей, обозначающих звуки, движение, эмоции, цветовые характеристики пространства («Дрогнули листочки, закачались клены, / С золотистых веток полетела пыль... / Зашумели ветры, охнул лес зеленый, / Зашептался с эхом высохший ковыль», «Плачет у окошка пасмурная буря», ветки «с тоской угрюмой смотрят в полумглу» [56–57] и т.д.). Буря обусловлена высшей силой: «Словно мечет землю сильная рука» (57). Реже встречается мотив неприглядности деревенского пейзажа («Край ты мой заброшеный...», 1914).

В поэзии С.А.Есенина создан образ *природного пространства*, в котором соединены земля и небо, земной пейзаж пронизан небесным, что, в свою очередь, отвечает фольклорной традиции, согласно которой небо – прежде всего свод, смыкающийся с землей и объясняющий человеку космогонические реалии. Как писал А.Н. Афанасьев, обращаясь к содержанию «Голубиной книги»: «Небесный свод наводил человека на вопросы: откуда солнце, луна и звезды, зори утренние и вечерние, облака, дождь, ветры, день и ночь? И потому с народным стихом, посвященным космогоническим

---

[1] Дзуцева Н.В. Идиллия и пастораль в творчестве С.А. Есенина // *Современное есениноведение*, 2006. №5. С. 117.

преданиям, соединено сказание о гигантской книге, в которой записаны все мировые тайны и которой ни обозреть, ни вычитать невозможно...»[1]. Как в народном творчестве, в поэзии С.А.Есенина пространство бесконечно: «Не видать конца и края – / Только синь сосет глаза» («Гой ты, Русь, моя родная...», 1914 [70]).

Концепту бесконечности соответствует доминирование в лирике Есенина синего цвета[2]. Помимо цветовой окрашенности есенинского пейзажа в его произведениях достаточно звуковых характеристик. В стихотворении «Колокол дремавший...» (1914) развит мотив распространения звука: колокол разбудил сонную землю, поля, звук несется к небесам, «Звонко раздается / Голос по лесам», по «тихой долине» и замирает вдали; использовано

---

1 Афанасьев А.Н. *Древо жизни* // М.: Современник, 1982. С. 35.

2 В работах есениноведов синий цвет рассматривается не только как образ пространства, но и внутреннего мира лирического героя. Например, синий «приобретает глубокое символическое значение – это несказанное, божественное, а вместе с тем – нежное, душевное, родное, человеческое». Лепахин В. Цветонаименование в русских частотных словарях и произведениях Лермонтова и Есенина // Свет и цвет в славянских языках. Melbourne: Akademia ress, 2004. S. 69. Приводим примеры по статье Н.М. Солнцевой со ссылками на академическое собрание сочинений Есенина: «У Есенина это оксюморон «Роща синим мраком / Кроет голытьбу» («Дымом половодье...», 1910. I, 33). ; «Только синь сосет глаза» («Гой ты, Русь, моя родная...», 1914. I, 50); просинь («Матушка в купальницу по лесу ходила...», 1912); «синели лужи» («На память Мише Мурашову», 1916. IV, 129); «синь затуманится» («За горами, за желтыми до́лами...», 1916. I, 22); отраженный свет «И синь, упавшая в реку...» («Запели тесаные дроги...», 1916. I, 83). Синий цвет характеризует и портрет. <...> синий платок («Подражанье песне», 1910), синие глаза («Заиграй, сыграй, тальяночка...», 1912), глаза «синее дня» («Алый мрак в небесной черни...», 1915. I, 98), синеглазый парень («Плясунья», 1915) и др. Нередок мотив голубого. У Есенина: «с голубизны незримой кущи» («Не ветры осыпают пущи ...», 1914. I, 44); голубой вечер («По селу тропинкой кривенькой...», 1914); «голубой водопой» («Весна на радость не похожа...», 1916. I, 97); «голубеет небесный песок» («За горами, за желтыми до́лами...», 1916. I, 22); «в голубой струе моей судьбы» («День ушел, убавилась черта...», 1916. IV, 148). Родствен синему и голубому, хотя крайне редок, мотив бирюзового. Например, у Есенина: «Васильками сердце светится, горит в нем бирюза» («Заиграй, сыграй, тальяночка...», 1912. I, 26) <...> встречающийся у романтиков близкий бирюзовому мотив лазурного не популярен у новокрестьянских поэтов». Солнцева Н.М. О мотивах ранней лирики С. Есенина и С. Клычкова // *Поэтика и проблематика творчества С.А. Есенина в контексте Есенинской энциклопедии*. С. 246–247.

кольцевое построение: начало – «Колокол дремавший», конец – «Замирает звон» / Разбудил поля» (63). Звук называется и изображается: «В звенящей ржью борозде» (66), «Слышу шепот сосняка» (71), «В дальних рощах аукает звон» (73); один из примеров аллитерации – «Резеда и риза кашки» (66), оксюморона – «Звонко чахнут тополя» (70).

Поэт создает панорамную картину, но создает и локальный пейзаж, конкретизируя образы, что связано с народной поэтической традицией, прежде всего с лирической песней; по Проппу, «лирический пейзаж – это лазоревые цветочки, шёлковая трава, берёзки и ивы, но это всё же – подлинный русский пейзаж»[1].

Как отмечает И.И. Степанченко, в состав «природной» парадигмы есенинских текстов входит около 500 различных лексем, «189 из них повторяется с частотностью 3 и более»; к частотным парадигмам относятся следующие: ветер (51), поле (49), луна (36), месяц (32), лист (30), заря (28), вода (26), земля (26), дорога (25), конь (24), звезда (23), роща (22), небо (21), сад (21), роза (21), трава (20), лес (17), солнце (15), туман (15), вечер (15), крыло (14), куст (14), липа (14), лунный (14), ночь (14), рожь (13), цветы (12), осенний (11), пруд (11), река (11), холм (11), береза (11), березка (11), песок (11), метель (10), облако (10), равнина (10), снег (10), чаща (10), клен (10)[2]. Приведенные данные дают основания сделать выводы:

1. Пространственные координаты картины мира С.А.Есенина, константные в фольклоре: ветер, поле, луна (месяц).

2. В пространстве есенинской лирики есть вертикаль и горизонталь.

Из небесных образов *луна и месяц* относятся к наиболее частотным.

---

[1] Пропп В.Я. *Поэтика фольклора* / Сост., предисл. и коммент. А.Н. Мартыновой. М: «Лабиринт», 1998. С. 328.

[2] Степанченко И.И. *Поэтический мир Сергея Есенина: Анализ лексики*. Харьков: ХГПИ, 1991. С. 47. В скобках указан индекс частотности.

Как писал А.Н. Афанасьев: «В народных сказках к солнцу, месяцу и звездам обращаются герои в трудных случаях жизни <...> Ночные светила: месяц и звезды, как обитатели небесного свода и представители священной для язычника светоносной стихии, были почитаемы в особенных божественных образах... Наравне с солнцем в заговорах часты обращения и к звездам, и к месяцу: "Месяц ты красный! звезды вы ясные! Солнышко ты привольное!"; "Месяц ты месяц! Сними мою зубную скорбь" и прочее. <...> Беспрестанные изменения, замечаемые в объеме месяца, породили мысль об его изменчивом характере, о непостоянстве и неверности в любви этого обоготворенного светила, так как и нарушение супружеских обетов выражается словом *измена*. <...> по славянским преданиям, от божественной четы Солнца и Месяца родились звезды <...> Как месяц представляется мужем богини солнца, так луна, согласно с женскою формою этого слова, есть солнцева супруга – жена Даждьбога»[1]. Афанасьев, выделяя различные смыслы образа, акцентирует внимание на поэтизации «творческой, плодородящей»[2] силы природы. Из творческой сущности есенинского образа луны/месяца, как и солнца, наиболее очевидна, на наш взгляд, коннотация, обозначающая течение времени. Например: «Тихо струится река серебристая / В царстве вечернем зеленой весны. / Солнце садится за горы лесистые, / Рог золотой выплывает луны» («Весенний вечер», 1911–1912. [49]); «Улыбнулась солнцу / Сонная земля» и «Скрылась за рекою / Белая луна» («Колокол дремавший...», 1914. [63]); «Прячет месяц за овином / Желтый лик от солнца ярого» («Прячет месяц за овинами...», 1914–1916. [94]).

В произведениях С.А.Есенина в месяце подчеркивается его силуэт, вызывающий ассоциации, например с лошадиной мордой, ягненком, рогом,

---

1 Афанасьев А.Н. Древо жизни. С. 41–44.
2 Там же. С. 46.

лодкой и т.д.; луна – это образ света, которым наполняется природное пространство, а также порожденное светом эмоциональное состояние лирического героя. Чаще всего луна или месяц у С.А.Есенина желтый. Затем идут: золотой, белый, рыжий, серебряный, лимонный, янтарный, алый, червонный, бледный, синий, а также жемчужный цвет. Свет от светила доминирует в есенинской картине мира, что соответствует реальности. Например, в стихотворении «Ночь»(«Тихо дремлет река...») (1911–1912): «Своим блеском луна / Все вокруг серебрит» (39); в «Анне Снегиной» (1925): «Луна золотою порошею / Осыпала даль деревень» (113); в «Лунном кружеве украдкой...» (1915): «В лунном кружеве украдкой / Ловит призраки долина» (105).

Если в фольклоре было отмечено порождающее начало в образах луны и месяца, то у С.А.Есенина они еще и придают произведению элегическую, интимную тональность. В раннем творчестве это наблюдение особенно актуально, на наш взгляд, в текстах, ориентированных на жанр романса. Например, во второй строфе стихотворения *Темна ноченька, не спится...* (1911) образ лунного света, во-первых, окрашивает элегичностью образ «сердечка», во-вторых, придает дополнительную, элегическую и световую, коннотацию образу березы: «На бугре береза-свечка / В лунных перьях серебра. / Выходи, мое сердечко, / Слушать песни гусляра» (35). Если образы этого стихотворения сравнить с образами раннего *Вот уж вечер. Роса...* (1910), то становится очевидным стремительный рост элегического настроения в поэзии С.А.Есенина; в тексте 1910 г. те же образы играют исключительно пейзажную роль и настроения поэта еще не выражают: «От луны свет большой / Прямо на нашу крышу», «И березы стоят, / Как большие свечки» (29). В стихотворении *Ночь* («Усталый день склонился к ночи...») (1911–1912) источник элегического настроения – эпитет как выразитель эмоционального состояния луны: «Погасло солнце, и над миром / Плывет задумчиво луна» (41). В «*Узорах*» (1914) образ луны усиливает тревожные предчувствия девушки от гибели возлюбленного на фронте: «Траурные косы тучи разметали, / В пряди тонких локон впуталась луна. / В трепетном мерцанье, в белом покрывале / Девушка, как призрак, плачет у окна» (86). В «*Гаснут красные крылья заката...*» (1916) образ месяца создает настроение любовной грусти и одновременно судьбой назначенного одиночества: «Чистит месяц в соломенной крыше / Обойменные синью рога. / Не пошел я за ней и не вышел / Провожать за глухие стога» (116). Луна раскрывает лирическую сущность, что свойственно и поздней поэзии С.А.Есенина; например, в «*Жизнь – обман с чарующей тоскою...*» (1925): «Обратись лицом к седьмому небу, / По луне гадая о судьбе, / Успокойся, смертный, и не требуй / Правды той, что не нужна тебе» (322). Как писал А.А. Потебня: «Нет ничего обыкновеннее в народных песнях, как сравнение людей и известных душевных состояний с солнцем, месяцем, звездою»[1].

Из земных пейзажных образов обратимся к *дендронимам*[2], которые также усиливают лирическое содержание произведений С.А.Есенина, создают лирического героя. Как отмечает В.А. Доманскаий: «Если сравнивать поэзию Есенина с вышивкой, то в ней будет преобладать растительный орнамент, причём здесь растительность является как отражением объектов реального мира, так и средствами художественной изобразительности: сравнениями, метафорами, символами. Самым значительным объектом в растительном мире для поэта, несомненно, является дерево»; «дендронимоцентричность художественного мира Есенина является неисчерпаемым источником поэтической образности и средством идентификации лирического героя, который

---

[1] Потебня А.А. *Символ и миф в народной культуре*. М.: Лабиринт, 2000. С. 24.

[2] Мы не рассматриваем распространенные в лирике Есенина флористические образы; этой теме была посвящена соответствующая диссертация: Борзых Л.А. Флористическая поэтика С.А. Есенина: классификация, функция, эволюция. Тамбов, 2012.

Глава II. Особенности светского фольклора в лирике С.А.Есенина 1910-х годов

то видит себя золотистым кустом, то запущенным садом, то молодым неразжелудившимся дубом, то опавшим и заледенелым кленом»[1].

Выбор дерева, по С.А.Есенину, моделирует быт крестьянина. В статье «Быт и искусство» (1921) есть следующее положение: «Сажая под окошком ветлу или рябину, крестьянин, например, уже делает чёткий и строгий рисунок своего быта со всеми его зависимостями от климатического стиля» (279)[2]. В то же время в есенинском восприятии деревьев проявилась философская коннотация, что было высказано им в «Ключах Марии»: первые поэты из народа увидели сходство человеческого тела с деревом и осознали единство человечества как чада древа, как семью ветхозаветного дуба. Там же С.А.Есенин обратился к уподоблению в былине «О хоробром Егории» тела древесной коре. Родственность человека и дерева – архаичный концепт. Как пишет Л.В. Карасёв: «Смысл прорастания тела в дерево универсален – отсюда устойчивая традиция сажать на могиле или рядом с ней дерево, которое превращается в живой памятник умершему. Он продолжает жить в его стволе, ветвях, шумящей листве»[3]. В поэзии С.А.Есенина развит мотив родственности лирического героя и дерева: «Я хотел бы стоять, как дерево, / При дороге на одной ноге, / Я хотел бы под конские храпы / Обниматься с соседним кустом» («Ветры, ветры, о снежные ветры ...», 1919–1920. [205]); «Сам себе казался я таким же клёном, / Только не опавшим, а вовсю зеленым» («Клён ты мой опавший ...», 1925. [340]).

Древесные образы С.А.Есенина антропоморфны, поэт придает им

---

[1] Доманский В.А. *Дендронимы в творчестве Есенина* // Есенинская энциклопедия: Концепция. Проблемы. Перспективы. С. 186, 197.

[2] Понятие «климатического стиля» в связи с дендронимами: Марченко А.М. Поэтический мир Есенина. М., 1972. С. 121., Базаров В.Г. Сергей Есенин и крестьянская Россия. Л., 1982. С. 32.

[3] Карасёв Л.В. Заметки о Лермонтове // *Современная филология: Итоги и переспективы*. Сборник научных трудов. М., 2005. С. 54.

портретные характеристики: у березы – «стан», «бедра», «груди», «ножка», «прическа», «подол», у клена – «нога», «голова»; «Над древесными бедрами ив» («Я по первому снегу бреду ...» , 1917. [175]); «Зеленая прическа, / Девическая грудь, / О тонкая березка, / Что загляделась в пруд?» («Зеленая прическа...» , 1918. [190]); «Я не скоро, не скоро вернусь! / Долго петь и звенеть пурге. / Стережет голубую Русь / Старый клен на одной ноге» («Я покинул родимый дом...», 1918. [192]).

Очеловечивание природы свойственно народной поэзии. По А. Афанасьеву, древний человек почти не знал неодушевленных предметов и всюду находил разум и чувство. Самые значимые из дендронимов – береза и клен.

Береза в русской народной поэзии символом весны, обновления. Береза упоминается в обрядовых песнях не только на Троицу, но и в течение годового цикла. С.А.Есенин при описании народных весенних праздников упоминает березу в значении этого символа в стихотворении *«Троицыно утро, утренний канон...»* (1914 г.): «Троицыно утро, утренний канон, / В роще по березкам белый перезвон» (65). В *«Зашумели над затоном тростники...»* (1914 г.) девушка ассоциируется с березкой. Радостная встреча весны омрачена предчувствием приближающейся смерти – на березе объедена кора, мотив несчастья усиливается использованием таких образов, как «мыши», «ель», «саван». Семиковые и троицкие песни составляют самостоятельную группу произведений в поэзии крестьянских праздников. Самый устойчивый из дендронимов – береза. Например:

Йо, йо,березынька!

Йо, йо, кудрявая!

Семик честной

Да Троица –

Только, только

Глава II. Особенности светского фольклора в лирике С.А.Есенина 1910-х годов

> У нас, у девушек,
> И праздничек![1]

> Завивайся ты, березка,
> Завивайся ты, кудрявая!
> Мы к тебе пришли
> Со яичками, со куличками.
> Яички-те красные,
> Кулички-те сдобные[2].

В стихотворении *«Зеленая прическа...»* (1918) очеловечивание облика березы достигает полного развития, береза становится похожей на женщину: «Зеленая прическа, / Девическая грудь, / О тонкая березка, / Что загляделась в пруд?» (190).

В *«Не жалею, не зову, не плачу...»* (1921) и *«Отговорила роща золотая...»* (1924) береза – символ детства, молодости: «И страна березового ситца / Не заманит шляться босиком» (213). Благодаря этому образу развивается тема скоротечности жизни. Береза еще и символ крестьянской России, «страны березового ситца». В лирике С.А.Есенина чувство любви к Родине выражается не отвлеченно, а в зримых образах, через картины родного пейзажа («Береза», 1913; «Возвращение на Родину», 1924; «Неуютная жидкая лунность...»,1925 и др.), как идеализированного, так и непритязательного (например, в последнем: «Нищету свою видеть больно / И березам и тополям» [315]).

В русской поэзии *клен*, в отличие от других деревьев, не имеет столь

---

[1] *Поэзия крестьянских праздников.* С. 359.
[2] Там же. С. 363.

определенного образного ядра, в фольклорных произведениях не играл значительной роли. Образ клена наиболее сформирован в поэзии С.А.Есенина. Этот дендроним в ряде текстов выражает эмоциональное состояние лирического героя и уподоблен ему. Например: «Оттого что тот старый клен / Головой на меня похож» («Я покинул родимый дом ...», 1918. [192]). В народной поэзии гнилое или засохшее, старое дерево – это символ потери чего-то дорогого. В данном случае – «родимого дома», «голубой» Руси (192). Клен (явор) в преданиях славян дерево, в которое заклят человек: «...явор от человека пошел»[1]. Есенин также антропоморфизирует его. В стихотворении «Клен ты мой опавший...» (1925 г.) лирический герой подобен клену своей разудалостью, он проводит параллель между собой и кленом.В некоторых фрагментах текста нет определенности, о ком идет речь – о человеке или дереве.

Среди дендронимов поэзии С.А.Есенина свое место занимает *тополь*. Поэтические характеристики тополя соответствуют его природным качествам. Например, в стихотворении *«Село (пер.из Шевченко)»* (1914) С.А.Есенин сравнивает листья тополя с шелком: «В шелковых листьях тополя» (62). Этот эпитет отражает специфику листа тополя, его двойную структуру: снаружи блестяще-зеленый, шелковый, с внутренней стороны матово-серебристый. Шелковая ткань тоже имеет двойную расцветку: одна сторона блестящая, гладкая, другая – матовая и невыразительная. Когда шелк переливается, оттенки меняются, при ветре переливаются и листья тополя. Таким образом, С.А.Есенин нашел максимально емкий эпитет,

---

[1] Агапкина Т.А. Клен // *Славянская мифология: Энциклопедический словарь*. М.: Эллис Лак, 1995.С. 225. Клен не использовался на дрова, его листья не подкладывают под хлеб в печи («в листе клена видят ладонь с пятью пальцами»), из него не изготавливали гробов («грешно гноить в земле живого человека»); «типичное для восточнославянских причитаний обращение к умершему сыну: "ай мой сыночек, мой же ты яворочек"». Там же.

Глава II. Особенности светского фольклора в лирике С.А.Есенина 1910–х годов

передающий как зрительные, так и осязательные впечатления.

Тополя растут вдоль дорог, что побудило, видимо, поэта использовать этот образ в теме странничества в стихотворении *«Без шапки, с лыковой котомкой...»* (1916. [128]). Лирический герой, странник, «бредет» «под тихий шелест тополей». Перед нами ассоциация странника-человека и странника-дерева. В этом же стихотворении свою художественную функцию (выражение темы гармонии человека и природы) выполняют образы березы («Цепляюсь в клейкие сережки / Обвисших до земли берез») и дубравны («Бреду дубравною сторонкой») (128).

Тополь, как береза, является символом дома, покидая который лирический герой грустит о том, что «Уж не будут листвою крылатой / Надо мною звенеть тополя» («Да! Теперь решено...», 1922. [217]).

Устойчивый эпитет к образу *ивы* – «плакучая». В русской народной поэзии ива – символ и любовной, и материнской разлуки. В поэзии С.А.Есенина образ ивы ассоциируется с одиночеством, разлукой, в том числе с родиной, с прошлым. Например, в стихотворении *«Нощь и поле, и крик петухов...»* (1917): «Здесь все так же, как было тогда, / Те же реки и те же стада. / Только ивы над красным бугром, / Обветшалым трясут подолом» (141). В этом же стихотворении упоминается осина, этот образ передает горечь лирического героя.

В ряде произведений ива, как береза, ассоциируется с девушкой: «И вызванивают в четки / Ивы – кроткие монашки» («Край любимый...», 1914. [66]); «Так и хочется руки сомкнуть / Над древесными бедрами ив» («Я по первому снегу бреду...», 1917. [175]).

Одна из коннотаций образа ивы – утекающее время как понятие биографическое и годового цикла: «И мне в окошко постучал / Сентябрь багряной веткой ивы, / Чтоб я готов был и встречал / Его приход неприхотливый» («Пускай ты выпита другим...», 1923. [225])

В творчестве С.А.Есенина образ *дуба* не является постоянным, упоминается всего в трех поэтических текстах («Богатырский посвист», 1914; «Октоих», 1917; «Несказанное, синее, нежное...», 1925). Дуб – сакральный библейский символ, связанный с историей Авраама. В «Октоихе» упоминается «Маврикийский» дуб: «Под Маврикийским дубом / Сидит мой рыжий дед»(161). Есенин объяснял значение этого образа в «Ключах Марии» как символ семьи. Есенин русифицирует библейский образ, делает его реалией своей родины («О родина, счастливый / И неисходный час!» [159]). Семья понимается как отчий край.

Дуб – устойчивый образ фольклора, где он обозначает степень твердости, мужества, силы[1]. В стихотворении *«Богатырский посвист»* С.А.Есенин вводит образ дуба, чтобы показать мощь России, ее народа. Это произведение можно поставить в один ряд с русскими былинами о богатырях: Илья Муромец и другие богатыри, шутя, валили дубы, в «Богатырском посвисте» мужик «насвистывает» «Задрожали дубы столетние, / На дубах от свиста листья валятся» (82).

Несменяемая зелень *сосны* и *ели* вызывает ассоциации с вечностью. Эти деревья упоминаются в стихотворениях 1914 г. «Не ветры осыпают пущи...», «Сохнет стаявшая глина...», «Чую радуницу Божью...», «Ус», а также 1915 г. «Туча кружево в роще связала...» и др. В «Пороше» сосна – «старушка»: «Словно белою косынкой / Подвязалася сосна. / Понагнулась, как старушка, / Оперлася на клюку» (62). С.А.Есенин акцентирует внимание на коннотации сказочности – сосна живет в заколдованном мире: «Заколдован невидимкой,

---

[1] «В заговорах и песнях дуб отождествляется с мужчиной, а береза – с женщиной»; «Как дерево вселенских масштабов изображается дуб в загадках, например: "Стоит дуб-вертодуб, на том дубе-стародубе сидит птица-веретеница; никто ее не поймает: ни царь, ни царица, ни красная девица" (мир, небеса и солнце)». Топорков А.Л. Дуб // *Славянская мифология*. С. 171.

Глава II. Особенности светского фольклора в лирике С.А.Есенина 1910-х годов

/ Дремлет лес под сказку сна» (62). В «Колдунье» (1915) ель – явление могучего, мрачного лесного мира («Роща грозится еловыми пиками».107), переживающего ужас перед колдуньей, которая пляшет «под звон сосняка» (107).

Поэтические смыслы дендронимов отличны друг от друга, но в целом образ древа в поэзии С.А.Есенина предстает в том же значении, что и в народной.

Есть основания говорить о многофункциональности пейзажной парадигмы у С.А.Есенина; среди функций выделяются а) пейзажная, б) отражающая отношения природы и человека, например параллелизм или антитезу, в) отражающая синонимичность природы и родины, г) указывающая на близость природы и религиозных ценностей, д) символическая.

В ранней лирике С.А.Есенина особенно проявилась пейзажная функция природных образов, в ряде текстов она самостоятельна и, по мнению Степанченко, не смыкается с другими. Например, пейзажная функция доминирует в *«Темна ноченька, не спится...»* (1911); здесь пространство конкретизируется лексикой «ноченька», «речка», «лужок», «зарница», «береза», «склоны», «заря» (35). Примером служит и *«Береза»* (1913), в котором доминирует пейзажная изобразительность; эмоциональное восприятие природы предельно снижено, оно выражается лишь в двух эпитетах: «в сонной тишине», «А заря, лениво / обходя кругом» (54). Еще одним примером, на наш взгляд, может служить стихотворение *«Черемуха»* (1915). Как и в «Березе», лирический герой отсутствует, весь текст воспринимается как пейзажная картина, в которой природные черты детализированы и – при явном любовании автора и черемухой, и солнцем, и ручьем – беспристрастны: «черемуха душистая», «ветки золотистые», на коре «роса медвяная», «зелень пряная» (98), ручей у проталины между корней и т.д. Исключительно пейзажная функция у образов природы в *«Прячет месяц за овином...»*

(1914–1916). Как замечено Степанченко: «По мере развития есенинского творчества постепенно эта функция отходит на второй план, сочетаясь с другими функциями, а в зрелом творчестве практически исчезает»[1].

Однако, на наш взгляд, и в ранней лирике С.А.Есенина пейзаж пронизан лиризмом, через пейзажные образы передано настроение поэта, они же являются фоном для поэтизации бытовых реалий. Например, в *«Вот уж вечер. Роса...»* (1910) привычная картина сельской природы создана через достаточно насыщенный для шестнадцатистрочного текста ряд деталей почвенной и космической семантики: вечер, роса на крапиве, дорога, ива, песня соловья вдалеке, свет от луны на крыше, березы, река, опушка. Однако доминирует мотив безмятежного настроения лирического героя: «Я стою у дороги, / Прислонившись к иве», «Хорошо и тепло, / Как зимой у печки», «Сонный сторож стучит / Мертвой колотушкой» (29). Или в *«Дымом половодье...»* (1910) пейзаж (половодье, месяц, стога, тишина болот, роща) дан как лирическое пространство, в котором кульминационные точки создаются глаголами в первом лице: «Еду на баркасе, / Тычусь в берега», «Помолюсь украдкой» (31, 32). В стихотворении *«Вечер, как сажа...»* (1914–1916) детали тревожного вечернего пейзажа противопоставлены настроению покоя колыбельной песни:

> Вечер, как сажа,
> Льется в окно.
> Белая пряжа
> Ткет полотно.
>
> Пляшет гасница,

---

1 Степанченко И.И. Поэтический мир Сергея Есенина: Анализ лексики. С. 49.

Глава II. Особенности светского фольклора в лирике С.А.Есенина 1910–х годов

> Прыгает тень.
>
> В окна стучится
>
> Старый плетень.
>
> Липнет к окошку
>
> Черная гать.
>
> Девочку-крошку
>
> Байкает мать.
>
> Взрыкает зыбка
>
> Сонный тропарь:
>
> «Спи, моя рыбка,
>
> Спи, не гутарь». (94)

При том, что автор фольклорного произведения – народ, некая неизвестная личность, лирическая функция пейзажных образов в народной поэзии очевидна. Пейзаж в фольклорном произведении, как и в книжной поэзии, передает сознание автора, его эмоциональный мир, он создает образ поэта, пусть и безымянного, наделяет его индивидуальностью, придает психологическую отчетливость, исповедальность, искренность. Так, отрицательный параллелизм с использованием пейзажного образа в лирической песне выражает высокую степень переживания, превосходящую человеческие возможности. Например: «Вот не с гор на гору снеги сыплют, / Снеги сыплют, лёли, снеги сыплют. / На меня, младу, свекор смотрит, / свекор смотрит, лёли, свекор смотрит»[1]. Эмоциональную картину создает и пейзажный образ, выполняющий функцию фона: «Коло речушки всё

---

[1] *Поэзия крестьянских праздников.* С. 256

рябинка, / Всё рябинка, лёли, всё рябинка. / Коло быстрою всё зеленая, / Всё зеленая, / Всё зеленая, лёли, всё зеленая. / Там Иванушка переходит, / Переходит, лёли, переходит. / Он Марусеньку переводит, / Переводит, лёли, переводит»; два антитетичных образа – быстрой «речушки» и статичной «рябинки» составляют психологический фон отношениям Иванушки и Марусеньки: щеголь Иванушка, одетый в новую шубу с «медяными» пуговицами и шелковыми петельками, запрещает девушке за него «хвататься»[1]. Пейзажный образ, выполняющий функцию характеристики персонажа или выражающий отношение исполнителей песни, также окрашен эмоционально и определенно наполнен лирическим содержанием, он выражает чувство. Например: «У нас на горушке лен посеян, / Лен посеян, лёли, лен посеян. / У нашей горушки травы нету, / Травы нету, лёли, травы нету. / А хоть есть трава репеёчек, / Репеёчек, лёли, репеёчек. / А Иванушка жеребочек, / Жеребочек, лёли, жеребочек. / На воду идет – он хохочет, / Он хохочет, лёли, он хохочет. / А с воды идет – гулять хочет, / Гулять хочет, лёли, гулять хочет»[2]. В данном фрагменте персонаж подобен «репеёчку» среди льна, он беззаботный юноша; лирическая ирония автора (авторов) усиливается через следующий сюжет, в котором пейзажный образ имеет не последнее значение: «Мы привяжем его ле згороды, / Ле згороды, лёли, ле згороды. / Мы положим ему куль соломы, / куль соломы, лёли, куль соломы. / Мы соломы ему, аржаницы, / Аржаницы, лёли, аржаницы»[3].

Многомерности восприятия реальности и функциональной многоплановости пейзажных образов соответствует тяготение С.А.Есенина к тропам. Тропеизация языка – черта фольклорной поэтики, о чем С.А.Есенин подробно пишет в «Ключах Марии». Согласно выводу В.Я.Проппа: «Одна

---

1 Там же. С. 254.

2 Там же. С. 252.

3 Там же. С. 252–253.

из особенностей лирики – её образность; народная лирика основана не только на прямых высказываниях, но на иносказаниях. Эти иносказания, принимающие форму сравнений, параллелизмов, метафор, не дают возможности говорить о жизни прямо, как это имеет место в ранней, примитивной лирике, в которой никаких иносказаний нет. Народная лирика основана на поэтизации жизни, и то, что не поддаётся такой поэтизации, не может стать её предметом»[1]. Мы не исключаем влияния на тропеическую пейзажную образность художественной специфики символизма или романтизма, однако эта тема не входит в задачи нашего исследования. Доминирование антропоморфических метафор говорит о понимании реальности как живой, что роднит поэтику Есенина с поэтикой народного творчества: «Антропоморфная метафора – одна из древнейших концептуальных структур в коллективном сознании общества»[2]. Фольклорный троп стал в эстетических воззрениях С.А.Есенина основой для обновления словаря ассоциативной образности. Как пишет Р. Вроон: «Повышенная метафоричность, как характерная черта новокрестьянских поэтов, сама по себе свидетельствует об особой "крестьянской" ментальности, однако характер этой метафоричности говорит об особом отношении к естественному предметному миру»[3].

В ранней лирике связь человека и природы выражается, как правило, через простые глагольные метафоры. Образы автологические, имеющие буквальный, видимый, привычный смысл, в поэзии С.А.Есенина сочетаются с тропеическими. Причем в «маленьких» поэмах второй половины 1910–х годов наблюдается тенденция к усиленной тропеизации, метафоры тради-

---

[1] Пропп В.Я. *Поэтика фольклора* / Сост., предисл. и коммент. А.Н. Мартыновой. М: «Лабиринт», 1998. С. 329.

[2] Маккормак Э. Когнитивная теория метафоры // Теория метафоры. М., 1990. С. 384.

[3] Вроон Р. Топос и ментальность: К сравнительному анализу космических образов в поэзии новокрестьянских поэтов // *Сергей Антонович Клычков: Исследования и материалы*. М.: Изд-во Лит. ин-та им. А.М. Горького, 2011. С. 72.

ционного характера уступают место авангардистским, о чем пойдет речь в следующей главе.

Уже в 1910 г. С.А.Есенин создал четырехстрочное стихотворение, в котором одна строка с автологической образностью, три – с тропеической: «Там, где капустные грядки / Красной водой поливает восход, / Кленёночек маленький матке / Зелёное вымя сосет» (29). В «Королеве» (1913–1915) встречаются отдельные глагольные метафоры («ползет туман», «обомлели тополя»), уподобление («Коромыслом серп двурогий / Плавно по небу скользит»), метафорические эпитеты («пряный вечер») (61). Примером двумирности реальности, выраженной через автологический образ и тропеический, может служить раннее стихотворение *«Пороша»* (1914): номинативное содержание образов первой строфы («Еду. Тихо. Слышны звоны / Под копытом на снегу. / Только серые вороны / Расшумелись на лугу»); тропеическое – второй строфы («Заколдован невидимкой, / Дремлет лес под сказку сна, / Словно белою косынкой/ Повязалася сосна»); в третьей строфе олицетворение обретает развернутый характер: сосна, «как старушка, / Оперлася на клюку», но следующие две строки той же строфы состоят из автологического образа («А под самою макушкой долбит дятел на суку»); такое же сочетание в заключительной четвертой строфе (например, «Валит снег и стелет шаль») (62).

С 1914 г. наблюдается частотность тропеической образности, обновление языка тропов и уменьшение стертых[1] метафор: «Колокол дремавший / Разбудил поля, / Улыбнулась солнцу / Сонная земля», «Резвая волна» (63),

---

[1] «В тех случаях, когда от постоянного употребления или по какой-либо другой причине между прямым и переносным значением (тропом) устанавливается отношение взаимнооднозначного соответствия, а не семантической осцилляции, перед нами – стёршийся троп, который лишь генетически является риторической фигурой, но функционирует как языковой фразеологизм». Лотман Ю.М. *Чему учатся люди? Статьи и заметки.* М.: Центр Книги Рудомино, 2010. С. 168).

«Скирды солнца в водах лонных», «Курит облаком болото», «в небесном коромысле», «Туда, где льется по равнинам / Берёзовое молоко» (66), «Рассвет рукой прохлады росной / Сшибает яблоко зари», «осень – рыжая кобыла – чешет гриву» (67), «Вяжут кружево над лесом / В желтой пене облака» (71), «Лижут сумерки золото солнца» (73). Это, как и другие черты поэтики Есенина, несомненно, говорят о том, что он стремительно и рано вышел за пределы традиционного словаря.

В пейзажных образах С.А.Есенина частотна церковная семантика. Например: «И березы стоят, как большие свечки» (29), «Церквами у прясел / Рыжие стога» (31), «Черная глухарка к всенощной зовет» (29), «И с хором птичьего молебна / Поют ей гимн колокола» (56), «риза кашки», «И вызванивают в четки / Ивы – кроткие монашки» (66), «схимник-ветер» (68), ветер «целует на рябиновом кусту / Язвы красные незримому Христу» (68), «С голубизны незримой кущи / Струятся звездные псалмы» (68), «На дворе обедню стройную / Запевают петухи» (69).

II.2.2. Образы быта и труда

А.А. Потебня среди мотивных констант фольклорных произведений определяет символы и мифы, связанные с повседневной, бытовой и трудовой, жизнью крестьян. Это относящиеся к еде, например к питью («Пить воду значит желать, стремиться <...> хотеть пить – жаждать любви. Вода – девица, женщина» <...> Пить воду значит любить и быть любимым; напиться воды представляется средством внушить к себе любовь»[1] и т.д.), собственно еде («Если признаем отношение питья – любви к огню, то можем туда же отнести и принимаемую в таком смысле еду <...> Дунай на ласки Ефросиньи Королевишны, которую сватал за князя Владимира

---

[1] Потебня А.А. Символ и миф в народной культуре. С. 11.

и считал для себя неприкосновенною, отвечает: "А и ряженой кус, да не суженому!"»¹), горечи («Слово *горький* согласно со своим происхождением значило в старину огненный, <...> горячий <...> Действие яда изображается так: "Канула капля коню на гриву, у коня грива загорелася"»²) и сладости («Сладкое – любовь, счастье <...> В влр. свадебной песне сваха говорит: "Как чужая-то сторонушка сахаром изнасеяна, сытою поливана...". На это ей отвечает мать невесты: "Уж как чужая-то сторонушка горем вся изнасеяна. Она слезами поливана, печалью огорожена"»³). Часть символов и мифов связана с трудовым процессом. Например, с «кованьем»: «Если *ковать* значит не только бить молотом, но и раскалять или, как говорили исстари, "варить" (*вар* – жар) железо и вообще металл, то понятно следующее выражение, в котором девица сравнивает себя с золотом, а любовника, жениха – с кузнецом <...>»⁴. В таком же мифологическом ключе представлена семантика понятий «огонь», «дым», «пыль», «лить» и «обливанье» («В Курской губернии, а вероятно, и в других местах России, независимо от обливанья на Светлое Воскресенье, есть обычай во время засухи обливать друг друга у колодца и тем вызывать дождь»⁵; «"сыра земля" значит тучная, жирная, обильная; но земля – мать (мать сыра земля), а потому *сыра* может означать: оплодотворенная дождем, как женщина семенем»⁶), «обсыпанье» (в свадебном обряде «двойное назначение: чтобы хлеб родился колосистый и чтоб сохранилась красота (и здоровье) молодых. Та же двойственность значения соединена с посыпанием на Новый год, как это видно из рожде-

---

1 Там же. С. 15.

2 Там же.

3 Там же. С. 16–17.

4 Там же. С. 17.

5 Там же. С. 58.

6 Там же. С. 59–60.

Глава II. Особенности светского фольклора в лирике С.А.Есенина 1910-х годов

ственских и новогодних песен»[1]), «разливанье, рассыпанье», «нить» («белая пряжа символ самой девицы, которая ее белит. Пряжа разделяет участь самой девицы: она тонка и бела, если та выйдет за милого и будет любима; толста и не бела в противном случае»[2]), «путо, узда» («символ любовных связей»[3]), «вязанье» («выражает взаимное отношение лиц»[4]), «ключ и замок» («символ власти»[5]; «замок и узел как символы силы слова получают значение запрещенья, уничтожения порчи»[6]), «рвать» (в связи с шерстью, льном, нитью, тканью), «платье» (как символ девицы: «Рубашечка полотняна, Анфисынька молодая, Рубашечка подарена, Анфисынька сговорена»[7]), «пахать».

Из приведенного материала видна роль ассоциативных значений привычных для крестьянина понятий и действий. В произведениях С.А.Есенина поэтизируется как быт и труд в их собственном значении, так и переносном. Однако в переносном значении акцент делается не на указанной Потебней семантике, а на связи быта и бытия, повседневности и вечности, избы и космоса. Еще одна коннотация бытовых и трудовых образов в произведениях С.А.Есенина – религиозная. Крестьянский образ жизни олицетворял в ранней лирике С.А.Есенина земной рай. Образ крестьянского рая воссоздан в *«Гой ты, Русь моя родная...»* (1914): «Хаты – в ризах образа», «Пахнет яблоком и медом / По церквам твой кроткий Спас» (70) и т.д. Здесь лирический герой – богомолец; дух на Руси – благодатный, райский. Как писал А.Н. Захаров: «Органичность, восприятие мира "церковно и бытом" в их единстве – важнейшая особенность есенинского мира, потому что во

---

[1] Там же. С. 60.
[2] Там же. С. 69–70.
[3] Там же. С. 73.
[4] Там же. С. 75.
[5] Там же. С. 80.
[6] Там же. С. 82.
[7] Там же. С. 86.

Вселенной, по мнению поэта, всё является живым и даже одушевлённым, ибо во всём Бог»[1].

Повторяющиеся образы в поэзии С.А.Есенина – рожь, овес. Как отмечает С.А. Щербаков, «по своей семантической насыщенности эти образы приближаются к таким древесным персонажам, как береза и клен»[2]. По подсчетам исследователя, рожь встречается в текстах С.А.Есенина около тридцати раз. В *«Заглушила засуха засевки...»* (1914) описано, как крестьяне просят Бога оросить засыхающие рожь и овсы. В *«Миколе»* рожь соединяет крестьян с Господним престолом, рожь сеют в честь Миколы. В *«То не тучи бродят за овином...»* Богодица замешивает Сыну ржаной колоб (отметим русификацию библейских реалий: в Библии упоминается не рожь, а пшеница, ячмень). В *«Кобыльих кораблях»* (1919) рожь сменяется стужей, этот символический образ означает демифологизацию революции. В *«Не бродить, не мять в кустах багряных...»* (1916) сема «овес» использована для портретной характеристики (овсяные волосы). В *«Запели тесаные дроги...»* (1916) «овес» использован как характеристика восприятия (грусть от овсяного ветерка). В *«Твой глас незримый, как дым в избе...»* (1916) этот образ дан для обозначения святости («Овсяным ликом питаю дух».137). В *«Пантократоре»* (1919) он символизирует волю крестьянина, его стихию («Дай с нашей овсяною волей / Засовы чугунные сбить, / С разбега по ровному полю / Заре на закорки вскочить». 200).

Поэтизируя крестьянский труд, С.А.Есенин исключает из мотивного ряда лексику со значением печали. В труде проявляется красота, сила человека:

---

[1] Захаров А.Н. Концепция теоретико-литературного раздела «Есенинской энциклопедии» // *Есенинская энциклопедия: Концепция. Проблемы. Перспективы.* С. 60.
[2] Щербаков С. А. Образы ржи и овса в произведениях Есенина // *Поэтика и проблематика творчества С.А. Есенина в контексте Есенинской энциклопедии.* С. 132.

Глава II. Особенности светского фольклора в лирике С.А.Есенина 1910-х годов

> И под сильной рукой
>
> Выметает зерно.
>
> Тут и солод с мукой,
>
> И на свадьбу вино.
>
> За тяжелой сохой
>
> Эта доля дана.
>
> Тучен колос сухой –
>
> Будет брага хмельна.
>
> («Молотьба»,1914–1916.[95–96]).

Обращаем внимание на семантику эпитета «тучен», в данном контексте лишенного негативной коннотации. По Потебне, «туча» по цветовой характеристике ассоциируется с «морок», «туман», «хмара»; «вражда и враг представляются тучею, заслоняющею свет»; «туча – клевета как последствие вражды»; «мрачный вид человека»[1]. С.А.Есенин, напротив, этим эпитетом выражает тему результативности крестьянского труда; поэт актуализирует значение, которое у В. Даля названо «огромное, пухлое», «огромное множество, пропасть, бездна»; из приведенных Далем примеров виден источник есенинского образа: «Стога, скирды, клади тучами стоят. Трава в лугах туча тучей <...> Туча стрел»[2].

В «Народном дневнике» И.П.Сахарова обращено внимание на поэтическое народное сознание во время полевых работ: с песнями, поговорками, с позитивным настроением (например, с приговариванием: «На счастье, на здоровье, на новое лето, роди, Боже, жито, пшеницу и всякую

---

[1] Потебня А.А. Символ и миф в народной культуре. С. 32.
[2] Даль В. *Толковый словарь живого русского языка: В 4 т.* М.: Русский язык, 1980. Т. IV. С. 445.

пашницю» ¹). Отметим, что в «*Миколе*» приведен обряд сеять зерно по снегу с верой в хороший урожай. Такое же эмоционально-мифологическое состояние в целом изображено в "трудовой" теме лирики С.А.Есенина, ранней и поздней. Например, в «*Кузнеце*» (1914): «И над пашнею счастливо / Созревают зеленя» (64). В «маленьких поэмах» труд мифологизирован как космическое действо. В позднем «*Я иду долиной...*» (1925) звучит тема радости земного труда:

Выйду на дорогу, выйду под откосы, -

Сколько там нарядных мужиков и баб!

Что-то шепчут грабли, что-то свищут косы.

«Эй, поэт, послушай, слаб ты иль не слаб».(319)

Крестьянский труд ассоциируется с поэтическим:

Нипочем мне ямы, нипочем мне кочки.

Хорошо косою в утренний туман

Выводить по долам травяные строчки,

Чтобы их читали лошадь и баран.(319)

Тема благословения труда – в стихотворении «*Каждый труд благослови, удача ...*» (1925): «Каждый труд благослови, удача, / Рыбаку – чтоб с рыбой невода, / Пахарю – чтоб плуг его и кляча / Оставляли хлеба на года» (317).

Бытовые мотивы – непременные элементы народных песен, особенно жнивных. Повседневность крестьянской жизни, избяной уклад, труд, ско-

---

1 Сахаров И.П. *Сказания русского народа*. М.: Худ.лит., 1989. С. 228.

тина – все поэтизировалось и получало не меньший статус, чем собственно лирические или религиозные мотивы. Например: «Во первом-то ворошке / Пирожки пекут, / А в другом-то ворошке / Пиво варят, / В третьем-то ворошке / Вино сурят», «Мышь пищит, / Коровай тащит», «Дежечка квашенечка маленька, / Утварю малёшеньку – / Взойдет полнёшенька», «Ходила корова по репищу. / Натыкала брюхо / По телище», «Курочка-ряба / Из-под ворот / Навоз гребла. / Вырыла курочка / Золот перстень», «Сын с отцом / Сеял рожь с овсом»[1].

«В хате» (68) – пример развернутой реалистической картины избяного уклада, в которой сочетаются идиллические бытовые («Пахнет рыхлыми драченами; / У порога в дежки квас, / Над печурками точеными», «Старый кот к махотке крадется / На парное молоко», «Квохчут куры беспокойные», «щенки кудлатые») и «низкие» бытовые детали («Тараканы лезут в паз. / Вьется сажа над заслонкою, / В печке нитки попелиц, / А на лавке за солонкою – / Шелуха сырых яиц»), детали труда («Мать с ухватами не сладится, / Нагибается низко», «над оглоблями сохи», «в хомуты») (68–69). В целом в лирике Есенина достаточно бытовизмов, например: «колотушкой» (29), «на баркасе» (31), «у прясел» (31), «ветхая избёнка» (48), «околица» (50), «на окнах сырых» (52), «кот на брусе» (51), «салазки» (57), «постели» (57), «Сгребая сено на покосах» (67), «кольца лычных прясел» (70), «у низеньких околиц» (70), «над лыками» (71). Картина быта передана и через прозаизмы, вроде «серые во́роны»(63), «ободравшись о пеньки» (70), «засевки»(74).

Бытовая, трудовая жизнь связана с понятием «семья». Мать – один из константных образов С.А.Есенина («Матушка в купальницу по лесу ходила...», 1912; «Исповедь самоубийцы», 1913–1915; «Бабушкины сказки», 1913–1915 и др.). К бытовым мотивам мы относим те, что составляют

---

[1] *Поэзия крестьянских праздников.* С. 143, 144, 147, 150, 151, 160.

солдатскую, рекрутскую тематику. Например, в «По селу тропинкой кривенькой...» (1914) описано гулянье рекрутов, которым С.А.Есенин придает идеализированные черты («кудрями русыми», «В пляс пускались весло», «парни бравые» [69]), и «девок», «девчоночек лукавых» (69).

II.2.3. Образы животных

Понятия крестьянского быта и труда включают отношения человека и животных. Зоологическая образность отражает идеологию жизни. Как сказано у Афанасьева: «Скот доставлял человеку и пропитание, и одежду; теми же благодатными дарами наделяет его и мать-сыра земля, производящая хлеб и лен, и небо, возбуждающее земные роды яркими лучами солнца и весенними дождями»[1]. Последний мотив стал сквозным в поэзии С.А.Есенина, понимавшего рождение нового мира как результат отелившегося неба.

В лирике С.А.Есенина в эти образы заложено и бытовое, и философское (библейское, космогоническое, витальное, экзистенциальное) содержание. Не менее значимая коннотация – родственность душ.

Ассоциативность образов животных – черта фольклора. Прежде всего, следует отметить космогонический смысл в определении Афанасьева «небесные стада»[2]. Имеется в виду отождествление творческих сил животных и природы[3]. Есенинскую лирику характеризует в большей мере мифологическое содержание образов животных. Во многом это происходит за счет

---

1 Афанасьев А.Н. Древо жизни. С. 157.
2 Там же.
3 «Санскр. *gô*, сохранившееся в русском *говядо*, имеет следующие значения: бык, корова, небо, солнечные лучи, глаз и земля. То же сближение встречаем в русской народной загадке: "Два быка бодутся, вместе не сойдутся" – небо и земля<...> О представлении грозовых облаков быками и коровами свидетельствуют следующие загадки: "Ревнул вол за сто гор, за сто речек" – гром; "Тур ходит по горам, турица-то по долам; тур свистнет, турица-то мигнет" – гром и молния. Народная фантазия, сблизившая грохот грома с топотом и ржанием коней, здесь сближает его с ревом быка». Там же. С. 157, 158.

Глава II. Особенности светского фольклора в лирике С.А.Есенина 1910-х годов

тропеизации языка. Есть метафоры-лейтмотивы: «Чистит месяц в соломенной крыше / Обойменные синью рога» («Гаснут красные крылья заката...», 1916) (116); «Месяц рогом облако бодает» («Месяц рогом облако бодает...», 1916) (120); «В затихшем озере с осокой / Бодаются его рога» («За темной прядью перелесиц...», 1916) (123); «Две луны, рога свои качая» («Мечта», 1916). (131). По мнению Н.М. Солнцевой[1] (153–158), такие метафоры близки романтической традиции, согласно которой, по В.В. Жирмунскому, «метафора – не поэтический вымысел, не произвольная игра художника, но подлинное прозрение в таинственную сущность вещей, в мистическую жизнь природы как живого, одушевленного, Божественного целого <...>»[2]. Но первичным источником подобной образности можно считать сознание крестьянина: его хозяйственная деятельность зависима от космоса, что зафиксировано в метафорах и сравнениях фольклорных произведений. Порой есенинская метафора, становясь мифом, как пишет Н.М. Солнцева, преображает реальность в фантастические состояния: «Дымом половодье / Зализало ил. / Желтые поводья / Месяц уронил» («Дымом половодье...», 1910) (50); «Осень – рыжая кобыла – чешет гриву» («Осень», 1914) (67); «Месяц, всадник унылый, уронил повода» («Покраснела рябина», 1916)[3].

Рисуя или упоминая животных в бытовом и природном пространстве (поле, река, деревня, двор, дом и т.п.), С.А.Есенин не прибегает к натуралистической изобразительности. Даже прозаическая коннотация образа обретает философский подтекст. В ряде текстов встречаем символические образы животных.

---

[1] Солнцева Н.М. Метафора Есенина // *Есенинская энциклопедия: Концепция. Проблемы. Перспективы.* С. 153–158.
[2] Жирмунский В.В. Метафора в поэтике русских символистов // Жирмунский В.В. *Поэтика русской поэзии.* СПб., 2001. С. 165–166.
[3] Солнцева Н.М. Метафора Есенина. С. 163.

Наиболее многозначны образы коровы и коня. Остановимся на семантике образа коня. С одной стороны, он выразитель скифства, связанного с представлениями С.А.Есенина о крестьянском космизме, что следует и из его поэзии, и из «Ключей Марии» (1918): «Конь как в греческой, египетской, римской, так и в русской мифологии есть знак устремления, но только один русский мужик догадался посадить его к себе на крышу, уподобляя свою хату под ним колеснице <...> Это чистая черта скифии с мистерией вечного кочевья. "Я еду к тебе, в твои лона и пастбища", – говорит наш мужик, запрокидывая голову конька в небо» (261). С другой – характеристика крестьянского быта («Табун», 1915; «Прощай, родная пуща...», 1916; «Этой грусти теперь не рассыпать...», 1924 и др.). Но и в названных стихотворениях образ коня, как в целом бытовые картины, не столько самоценен, сколько служит для развития мифолого-философской проблематики. В *Табуне* раскрывается многозначный крестьянский мир в космической и приземленной ипостасях: с одной стороны, «С холмов зеленых табуны коней / Сдувают ноздрями златой налет со дней», «Дрожат их головы над тихою водой, / И ловит месяц их серебряной уздой» (112), с другой – появляется такой прозаизм, как «первые мухи» над ухом коня, кони «брыкаются и хлопают ушами» (113). В *«Прощай, родная пуща...»* жеребенок – характеристика перемен в судьбе С.А.Есенина; прощаясь с деревней, с прежней жизнью, он замечает, что ему теперь «Под брюхом жеребенка / В глухую ночь не спать» (135). В позднем стихотворении *«Этой грусти теперь не рассыпать...»* (1924) ранее романтизированный и выражавший витальные силы образ дан параллельно с мотивами умирания крестьянского мира, нездоровья природы («И знакомые взору просторы / Уж не так под луной хороши»), изменений в интенциях поэта («А теперь даже нежное слово / Горьким плодом срывается с уст»); детали подчеркнуто реалистичны: «Машет тощим хвостом лошаденка, / Заглядевшись в неласковый пруд» (241). Искажение мира зафиксировано в семантике лексем «конь», «жеребенок» – «лошаденка».

Мифология коня (священное животное, атрибут богов, существо, связанное с плодородием и смертью, загробным миром, проводник на «тот свет») предопределяет символизацию его образа. В славянской традиции конь – одно из наиболее мифологизированных животных[1]. В художественном сознании С.А.Есенина сложился образ коня как символ судьбы; он рождается из ассоциаций; например: «Осенним холодом расцвечены надежды, / Бредет мой конь, как тихая судьба» (*Голубень*, 1917) (140). Вестник «тихой судьбы», естественного утекания жизни («И в короб лет улягутся труды». 140), этот образ в связи с революционными событиями теряет свою элегичность, преобразуется в символ украденной, подневольной судьбы:

> Отвори мне, страж заоблачный,
>
> Голубые двери дня.
>
> Белый ангел этой полночью
>
> Моего увел коня.
>
> Богу лишнего не надобно,
>
> Конь мой – мощь моя и крепь.
>
> Слышу я, как ржет он жалобно,
>
> Закусив златую цепь.
>
> Вижу, как он бьется, мечется,
>
> Теребя тугой аркан,
>
> И летит с него, как с месяца,
>
> Шерсть буланая в туман (178–179).

---

[1] Петрухин В.Я. Конь // *Славянская мифология*. С. 228–229.

Символ претерпевает свою эволюцию. В *«Не жалею, не зову, не плачу...»* (1921) конь – образ уже прошедшей жизни, которую не дано вернуть: «Словно я весенней гулкой ранью / Проскакал на розовом коне» (214). Символичен и цвет: розовый – образ восхода, условно – юности, расцвета; в то же время очевидна и реалистическая мотивировка образа: конь становится розовым в лучах восходящего солнца. Тема невозвратности прожитого и в то же время бешеного ритма жизни прочитывается в бытовых и ассоциативных образах стихотворения *«Эх вы, сани! А кони, кони!..»* (1924); это и «Все прошло. Поредел мой волос. / Конь издох, опустел наш двор», и символический колокольчик под дугой: «В залихватском степном разгоне / Колокольчик хохочет до слез» (328).

Конь как символ уходящей жизни – достаточно редкий в русской поэзии образ. Потому особо следует отметить близость есенинского символа мандельштамовскому. В стихотворении О. Мандельштама «Нашедший подкову» (1923) этот образ также передает течение жизни, ее энергетику, азарт, экспрессию (очевиден диалог с Пиндаром, в подзаголовке значится – «Пиндарический отрывок») и увядание; он трансформируется от «И лёгкие двуколки / В броской упряжи густых от натуги птичьих стай / Разрываются на части, / Соперничая с храпящими любимцами ристалищ» к «Конь лежит в пыли и храпит в мыле, / Но крутой поворот его шеи / Еще сохраняет воспоминание о беге с разбросанными ногами, / Когда их было не четыре, / А по числу камней дороги, / Обновляемых в четыре смены, / По числу отталкиваний от земли / Пышущего жаром иноходца» и далее – к артефакту, к старой подкове как свидетельнице исчезнувшей жизни: «Он вешает ее на пороге, / Чтобы она отдохнула, / И больше уж ей не придется высекать искры из кремня»[1]. Мандельштам отказывается от привычной символики

---

[1] Мандельштам О. *Сочинения: В 2 т. Т. I* / Сост. П.М. Нерлер. М., 1990. С. 147, 148.

подковы, приносящей счастье.

Частые в русской поэзии символические коннотации образов коня, тройки, кобылицы, как правило, раскрывали тему судьбы страны, народа. Этот же смысл видят и в «Купании красного коня» К. Петрова-Водкина. Картина поразила С.А.Есенина, который под ее влиянием создал *«Пантократора»* (1919). В этой маленькой поэме тоже есть красный конь как образ колоссальной миссии России, исторического и космического перелома («Лошадиную морду месяца / Схватить за узду лучей», «Сойди, явись нам, красный конь! / Впрягись в земли оглобли», «Пролей, пролей нам над водой / Твое глухое ржанье / И колокольчиком-звездой / Холодное сиянье», «О, вывези наш шар земной / На колею иную» (198, 200). И Петров-Водкин, и Есенин принадлежали к скифству, поэтизировавшему стихийные движения истории.

В дальнейшем, например в *«Сорокоусте»* (1920), через этот образ создается картина патриархальной деревни, не поспевающей за цивилизационным рывком России. Разворачивается антитеза поезда, железного коня («Видите ли вы, / Как бежит по степям, / В туманах озерных кроясь, / Железной ноздрей храпя, / На лапах чугунных поезд?») и «красногривого жеребенка» (207). Как и в теме личной судьбы, в теме России звучит мотив невозвратной смены эпох («Той поры не вернет его бег, / Когда пару красивых степных россиянок / Отдавал за коня печенег») (208).

Если в «Пантократоре» через символ коня романтизируется катаклизм, в «Сорокоусте» передана лирическая грусть поэта, то в *«Кобыльих кораблях»* (1919) «рваные животы кобыл» раскрывают тему русского апокалипсиса, трагической, кровавой утопии большевизма («Веслами отрубленных рук / Вы гребетесь в страну грядущего») (201).

Реалистическое и символическое содержание характерно и для других анимальных образов С.А.Есенина. Так, в стихотворении *«Корова»* (1915) выстраивается череда прозаизмов: «Дряхлая, выпали зубы», «Бил ее выгонщик грубый» и т.д.(112); используя принцип антропоморфизма, поэт наделяет животное человеческими мыслями и страданиями, переживанием за убитого телка-сына, предчувствием собственной гибели. Иная поэтика, иное художественное воображение в экспрессивном и мистическом мотиве рождения новой России из чрева Вселенной (*«Октоих»*, 1917): появляется образ неба, творящего красного телка (*«Не напрасно дули ветры…»*, 1917), звучит призыв «Господи, отелись!» (*«Преображение»*, 1917) (170). С.А.Есенин придает мистичность, библейский смысл своему лирическому герою; например, в *«О пашни, пашни, пашни…»* (1918) звучат строки: «И мыслил и читал я / По библии ветров / И пас со мной Исайя / Моих златых коров» (178).

Позднее миф о себе создается и через образ волка. Имеется в виду стихотворение *«Мир таинственный, мир мой древний…»* (1921), в котором лирический герой – в оппозиции к новой цивилизации, как волк – к обложившим его охотникам. С.А.Есенин для новой власти – «падаль и мразь», обречен на «черную гибель»; следует сравнение: «Так охотники травят волка, / Зажимая в тиски облав»; зверь готов к сопротивлению: «Вдруг прыжок… и двуногого недруга / Раздирают на части клыки»; следующий мотив – сочувствие зверю, гонимому, как сам поэт, и готовность поэта также «отпробовать вражеской крови» в «смертельном прыжке» (212). Стихотворение, как в целом образ человека-волка, актуализируется в современном литературоведении. Так, появились статьи польского исследователя Е. Шокальского «Волк в законе: "Калина красная" В. Шукшина и ее есенинский контекст»[1](352–362), петрозаводского филолога Е.И. Марковой

---

[1] Шокальский Е. Волк в законе: «Калина красная» В Шукшина и ее есенинский контекст // Столетие Сергея Есенина: Международный симпозиум. *Есенинский сборник.* Вып. *III.* М., 1997.

«Человек-волк в творчестве С.А. Есенина и в романе М.А. Шолохова "Тихий Дон"»[1] (211–217). С нашей точки зрения, есенинская коннотация созвучна образу волка как чудесного помощника из русских сказок. Поэт акцентирует внимание на теме родства судеб, единства помыслов, что в определенном смысле отвечает и фольклорному мотиву родства человека со зверем-тотемом.

Сходной функцией наделен и образ собаки – родственной души поэта: «Мне припомнилась нынче собака, / Что была моей юности друг», «Хочешь, пес, я тебя поцелую / За пробужденный в сердце май?» («Сукин сын», 1924) (243); «Давай с тобой полаем при луне / На тихую, бесшумную погоду» («Собаке Качалова», 1925) (306). Как в «Корове», в стихотворении *Песнь о собаке* (1915) доминирует тема материнской трагедии, раскрытой и через сюжетную ситуацию (хозяин утопил «рыжих семерых щенят»), и через перечисление поведенческих деталей: собака их ласкает, бежит за мешком со щенками по сугробам, смотрит на дрожь воды, воображает месяц одним из щенков, далее – «Покатились глаза собачьи / Золотыми звездами в снег») (114). В жанровом определении («песнь») акцентируется высокое содержание стихотворения.

Анимальный мир лирики С.А.Есенина не исчерпывается названными образами. Наш вывод сводится к следующему: а) тема зверья эволюционировала в творчестве С.А.Есенина; б) в ней отразилось многоуровневое художественное мышление поэта, ориентированное как на космическое, так и бытовое мировосприятие; в) анимальные образы представлены и как символы, и как прозаизмы.

---

[1] Маркова Е.И. Человек-волк в творчестве С.А. Есенина и в романе М.А. Шолохова «Тихий Дон» // *Есенин на рубеже эпох: Итоги и перспективы*. 2006.

II.3. Диалектизмы в творчестве С.А.Есенина

Лексика современного русского языка распадается на две основные группы: лексику общеупотребительную и лексику ограниченного употребления. К последней относятся диалектизмы. В художественной речи диалектизмы выполняют важные стилистические функции: помогают передать местный колорит, специфику быта, культуры, особенности речи героев; диалектная лексика может быть источником речевой экспрессии и средством сатирической окраски.

Просторечия и литературный язык состоят в отношениях взаимного обогащения. В. Шкловский признаком художественности считал нарочитое выведение рецепции из автоматизма восприятия, в том числе за счет диалектизмов[1]. Шкловский резюмировал: «Таким образом, язык поэзии – язык трудный, затрудненный, заторможенный»[2]. В лирике XX в. исследователь отмечал проникновение русского литературного языка, «по своему происхождению для России чужеродного», в народную культуру и таким образом он «уравнял с собой многое в народных говорах, зато литература начала проявлять интерес» к диалектам (названы А.М.Ремизов, Н.А.Клюев, С.А.Есенин) и варваризмам (речь идет о «возможности появления школы Северянина»)[3].

Из просторечий 1910–1912 гг. приведем следующие: «тычусь»(31), «ковыляли» (32), «милашка» (35), «женюся» (36), «запеклися» (36), «ввечеру»

---

[1] Шкловский В. Искусство как прием // *Поэтика: Вопросы литературоведения* / Сост. Б.А. Ланин. М.: Изд-во Российского открытого ун-та, 1992. С. 38.

[2] Там же. С. 39.

[3] Там же. С. 39.

Глава II. Особенности светского фольклора в лирике С.А.Есенина 1910–х годов

(36), «схолодела» (36), «сказаться» (36), «обречёна» (37), «разлучёна» (37), «истомилася» (37), «не слыхать» (38), «унеслася» (38), «далёко» (39), «накладём» (39), «примчалася» (40), «появилися» (40), «плачуся» (40), «склоняся» (40), «сломлённую» (43), «плачется» (47), «разлилося» (47), «вспоминаючи» (47), «не дознамо» (50), «породила» (50), «сутемень» (50), «укрываяся» (57), «на кулижку»,«жамкал» (67), «зорюй и полднюй» (68), «брякали» (69), «за корогодом» (70), «сугорья» (72), «заневестилася», «зеленистый косогор», «гуторит», «засучивши», «косницы берез» (77–79). При чтении своих стихотворений в Петрограде в 1915 г. С.А.Есенину, по воспоминаниям В.С. Чернявского, «пришлось разъяснять свой словарь», поскольку слушателям не были понятны «ни "паз", ни "дежка", ни "улогий", ни "скатый"»[1].

С самого раннего детства поэт слышал образную народную разговорную речь, поэтому диалекты в творчестве С.А.Есенина – это причудливая смесь старославянской книжной лексики, народного языка и говора рязанской деревни («корогод», «печурка», «соха», «сени» и др.).

В своем творчестве С.А.Есенин, как рязанский поэт, использует много местных слов, с помощью которых вносит особый колорит в стихотворения. Примером могут послужить строки из стихотворения «По дороге идут богомолки...»:

По дороге идут богомолки,

Под ногами полынь да комли.

Раздвигая щипульные колки,

На канавах звенят костыли[2][3, с. 83].

---

1 Чернявский В.С. Три эпохи встреч (1915–1925) // *С.А. Есенин в воспоминаниях современников: В 2 т.* Т. I. С. 201, 202.

2 Бельская Л.Л. *Песенное слово: Поэтическое мастерство Сергея Есенина.* М.:Просвещение, 1990. – С.83.

Диалектный эпитет «щипульные» образовался от слова щипульник (щиповник). «Щипульные колки», то есть колючки шиповника.

Для С.А.Есенина характерен своеобразный «билингвизм»[1]. В последние годы многие публикации посвящены употреблению диалектной лексики в произведениях Есенина[2]. Анализируя употребление диалектных слов в произведениях С.А.Есенина, А.А. Никольский приход к выводу, что диалектные слова используются не только в «деревенском контексте», но и вне его[3]. Разница между употреблением лексических диалектизмов в «деревенском» контексте и вне его заключается в том, что в «деревенском» контексте при передаче местного колорита этнографизмы играют ведущую роль, т.е. диалектные слова, которые представляют собой «названия предметов, понятий, характерных для быта, хозяйства данной местности, не имеющие параллелей в литературном языке»[4]. Как отмечает Т.С.Жбанова, «детально, подробно, точно описаны С.А.Есениным крестьянская изба с населяющими её предметами, двор с многочисленными хозяйственными постройками, деревенская улица. Описание потребовало от поэта множества этнографизмов»[5]. В качестве примеров ею приводятся такие диалектные слова, как *печурка, зыбка, гасница, дёжка, рушник, махотка, поветь, клеть,*

---

[1] Никольский А.А. К изучению диалектной лексики в произведениях Есенина // Проблемы научной биографии С.А.Есенина. С.226.

[2] К публикациям последних лет относятся: Кононенко Л., Шардина М. Художественные функции диалектного слова в прозе С.А.Есенина // Современное есениноведение: Научно-методический журнал. 2006. №5; Некрасова Е.А. Проблемы семантических диалектизмов у Есенина // Есенинская энциклопедия. Концепция. Проиблемы. Перспективы; Осипова Е. Лексика рязанского народного костюма в поэзии С.Есенина // Современное есениноведение: Научно-методический журнал. 2008. №9.

[3] Никольский А. Диалектизмы в языке С.Есенина (материалы для «Есенинской энкциклопедии») // Современное есениноведение: Научно-методический журнал. Рязань, 2008. №8. С.90–93.

[4] Лиигвистический энциклопедический словарь. М., 1990.С.133.

[5] Жбанова Т.С. Диалектная лексика в поэзии С.Есенина // *Диалектная лексика Рязанской области: Учебное пособие.* Рязань. 1981. С.38.

закут и др. Такие диалектизмы характерны в «деревенском» контексте.

По мнению А.А.Никольского, диалектные слова, употребленные вне «деревенского» контекста, представляют собой синонимы по отношению к литературной лексике. Например: «Дар поэта – ласкать и карябать, / Роковая на нём печать. / Розу белую с чёрного жабой / Я хотел на земле повенчать» («Мне осталась одна забава», 1923, 223). В рязанских говорах «карябать» значит «царапать»[1]. Или: «И Лермонтов, тоску леча, / Нам рассказал про Азамата, / Как он за лошадь Казбича / Давал сестру заместо злата» («На Кавказе», 1924, 244). Слово «заместо» в рязанских говорах имеет значение «вместо»[2]. В «Весне» (1924) встречается слово «завируха»; в говорах Центральной России оно является лексическим эквивалентом для «метель, вьюга»[3]. Встречаются диалектные обозначения времени, например, «летошней» («За рекой горят огни...», 1914–1916). Из лексико-семантических диалектизмов специалисты приводят яркий пример «Задымился вечер, дремлет кот на брусе» (51) из одноименного стихотворения 1912 г.; здесь брус – часть полатей для хранения хлебов.

Диалектизмы порой служат для сохранения ритма. Например: «И так, вздохнувши глубко, / Сказал под звон ветвей: / "Прощай, моя голубка"» («Зелёная причёска...», 1918 [190]). Еще одна поэтическая функция диалектизмов – сохранение рифмы. Например: «Пятками с облаков свесюсь, / Прокопыту тучи, как лось; / Колесами солнце и месяц / Надену на земную ось» («Инония», 1918 [179]).

Использование диалектизмов не было самоцелью, в задачи С.А.Есенина

---

1 Даль В.И. *Толковый словарь живого великорусского языка*. М., 1979. Т.2. С.160.
2 Ваношечкин В.Т. *Словарь русских народных говоров рязанской Мещеры. А – Н.*: Материалы по русской диалектологии. Учебное пособие. Воронеж, 1983. С.136.
3 *Словарь русских народных говоров*. Л., 1972. Вып.9. С.317.

не входило изменение литературного языка за счет архаизации, что, например, характерно для эстетических установок А.М. Ремизова.

—

Светский фольклор повлиял на жанры, образы, лексику лирики С.А.Есенина. Наиболее продуктивен жанр фольклорной лирической песни. С.А.Есенин целиком опирался на претекст, либо включал в авторский текст реминисценции, либо сочетал лирическую песню с иными фольклорными жанрами, либо использовал ее поэтику как источник в жанрах книжной лирики. С.А.Есенин обращался к темам народной песни, сюжетам, композиционным и речевым приемам. В главе проанализирована частушечная традиция: в произведениях С.А.Есенина встречается собственно жанр частушки, а также очевидны художественные черты частушки в иных жанрах его лирики.

Среди мотивов и образов выделяются пейзажные, трудовые и бытовые, анимальные. Частотные образы его лирике являются таковыми и в народных произведениях. Фольклорные образы рассматриваются как источники есенинских образов. Поэтизация основных концептов народного сознания либо основана на фольклорной традиции, либо переосмысливает ее. Согласно фольклорной специфике есенинская образность имеет и буквальный, и ассоциативный смысл.

Своеобразный «билингвизм» С.А.Есенина выражен в сочетании литературного языка и диалектизмов, не только раскрывающих языковую культуру народа, но и служащих для рифмовки, для соблюдения ритма. Тропеизация есенинской образности связана с метафоричностью фольклора. С 1914 г. обновляется язык тропов, ослабевает привязанность к диалектной лексике.

Глава III

Эстетика авангарда в художественной концепции С.А.Есенина

К концу 1910-х годов в поэзии С.А.Есенина усиливается образность, по экспрессии отвечающая поэтике стихотворческого авангарда. Новый образный словарь проявился в текстах различной тематики, в том числе соответствовал модернизации религиозной темы. С.А.Есенин синтезировал авангардную поэтику и образные традиции средневековой русской литературы. В автореферате О.В. Юдушкиной «Библейские мотивы в поэмах С.А. Есенина 1917–1920 годов» (2011) замечено, что первые стихи «Пришествия» (1917) («Господи, я верую!.. / Но введи в свой рай / Дождевыми стрелами / Мой пронзенный край» [166]) – перифраза строк «Моления» Даниила Заточника: «Помяни меня каплями дождевыми, яко стрелами пронизаема»[1]; шестая часть поэмы – стилизованная молитва об усопшем, здесь же использован евангельский фрагмент об истязании Христа; окончание шестой части («Но не в суд или во осуждение» [169]) рассмотрено исследовательницей как отсылка к словам молитвы Св. Иоанна Златоуста «Да не в суд или во осуждение будет мне причащение святых Твоих таин, Господи, но во исцеление души и тела»[2]. Такая реминисценция в контексте современной темы также создавала новую поэтику.

Как пишет Л. Швецова, в этот же период творчества С.А.Есенин «отходит от канонических форм стиха, обращается к полиритмии, рифменному стиху (начало поэмы "Товарищ"), верлибру (в отдельных "главках" "Отчаря", "Пришествия", "Преображения", в "Сельском часослове")»[3]. О

---

[1] *Русская хрестоматия: Памятники древней русской литературы и народной словесности.* Для средних учебных заведений / Сост. Ф. Буслаев. М., 1912. С. 135.
[2] Православный молитвослов. СПб., 1998. С. 78.
[3] Швецова Л. Андрей Белый и Сергей Есенин: К творческим взаимоотношениям в первые послеоктябрьские годы // *Андрей Белый: Проблемы творчества* / Сост. Ст. Лесневский, Ал. Михайлов. М.: Сов. писатель, 1988. С. 423.

метрическом разнообразии поэзии С.А.Есенина идет речь в исследовании Ю.Б. Орлицкого «О стихосложении новокрестьянских поэтов»[1]. В целом, по результатам исследования Орлицкого, метрическая картина текстов С.А. Есенина эволюционирует от песенного хорея к литературному ямбу: «Есенин, начиная с Х4 и Х3 [хорея – *У Д.*], затем последовательно осваивает ямб, трехсложники, потом – дольники, акцентный стих, верлибр, и наконец, в двадцатые годы, используя все формы классического и неклассического стиха, он переживает заметное увлечение ямбом, особенно вольным»[2].

Неудовлетворенность современной миссией поэзии, как и собственной, высказана в стихотворении «Проплясал, проплакал дождь весенний...» (1917): поэзия не способна воскресить, в ней слаба творящая сила. Пример требовательности уже прошедшего школу имажинизма С.А.Есенина к поэтической форме – положения его письма к Иванову-Разумнику из Ташкента в мае 1921г.:

1. Критическое отношение к современным поэтам. С.А.Есенин называет Клюева и Блока «плохими» поэтами, имея в виду «бесформенность», отсутствие «фигуральности нашего языка»[3]: образы Клюева мелки, Блок «исключительно чувствует только простое слово по Гоголю»[4]. С.А.Есенин

---

[1] Орлицкий Ю.Б. О стихосложении новокрестьянских поэтов (к постановке проблемы) // *Николай Клюев: исследования и материалы* / Сост. С.И. Субботин. М.: Наследие, 1997. С. 150–162. Характеризуя «метрический репертуар» новокрестьянских поэтов, исследователь приводит следующую статистику: «По общему количеству использованных типов стиха – впереди А. Ширяевец (31 тип), за ним идут Н. Клюев и С. Есенин (25), С. Клычков (16) и П. Радимов (15)». Там же. С. 151.

[2] Там же. С. 154.

[3] «Блок, конечно, не гениальная фигура, а Клюев как некогда пришибленный им не сумел отойти от его голландского романтизма, но все-таки они, конечно, значат много. Пусть Блок по недоразумению русский, а Клюев поет Россию по книжным летописям и ложной ее зарисовке всех проходимцев, в этом они, конечно, кое-что сделали. Сделали до некоторой степени даже оригинально». *Сергей Есенин в стихах и жизни: Письма. Документы.* С. 99.

[4] Там же.

в 1921 г. поясняет свою характеристику примерами метафор и уподоблений из стихотворений Клюева 1910-х гг., в которых, на наш взгляд, фольклорная поэтика синтезирована с модернистской, что являет новый образный словарь. Например, из «Скрытого стиха» <1914>, в котором намеренно силен акцент на фольклорную поэтику и текст которого предварен эпиграфом из песен олонецких скрытников, С.А.Есенин приводит строки: «И черница-темь сядет с пяльцами // Под оконце шить златны воздухи»[1]; цитата иллюстрирует и характерную для стиля Клюева густоту тропеических, цветовых, фонетических образов, и неожиданность их сочетания. Отзываясь о Блоке, С.А.Есенин цитировал не статьи Блока эстетического характера, а гоголевскую «Учебную книгу словесности для русского юношества».

2. Лексика. С.А.Есенин считает, что русская поэзия слабо использует корневой состав языка: «...500, 600 корней хозяйство очень бедное, а ответвления словесных образов дело довольно скучное, чтобы быть стихотворным мастером, их нужно знать дьявольски»[2].

3. Фонетика. О фонетической целостности лексики в поэтическом образе он писал: «...некоторое звуковое притяжение одного слова к другому, то есть слова входят в одну и ту же произносительную орбиту или более, или менее близкую»[3]. Фонетическая специфика стиха подводит С.А.Есенина к характеристике рифм, он восстает против очевидных, «четких» фонетических совпадений: «Поэтическое ухо должно быть тем магнитом, которое соединяет в звуковой одноудар по звучанию слова разных образных смыслов, только тогда это и имеет значение. Но ведь "пошла – нашла", "ножка – дорожка", "снится – синится" – это не рифмы. Это грубейшая неграмотность, по которой сами же поэты не рифмуют "улетела – отлетела". Глагол

---

[1] Клюев Н. Сердце Единорога С. 208.
[2] *Сергей Есенин в стихах и жизни: Письма. Документы.* С. 99.
[3] Там же.

с глаголом нельзя рифмовать уже по одному тому, что все глагольные окончания есть вид одинаковости словесного действия. Но ведь и все почти существительные в языке есть глаголы. Что такое синица и откуда это слово взялось, как не от глагола синеет, голубица – голубеет и т.д.»[1]. Критичный и к себе, он пишет Иванову-Разумнику о том, что отказался от «четких» рифм и рифмует «обрывочно, коряво, легкокасательно, но разномысленно, вроде: почва – ворочается, куда – дал и т.п. Так написан был отчасти "Октоих" и полностью "Кобыльи корабли"»[2].

4. Повторяя сквозную тему «Ключей Марии», С.А.Есенин пишет о «двойном зрении» поэтического творчества, о «двойном чувствовании» в образах фольклорного «календарного стиля» («Мария зажги снега», «Авдотья подмочи порог»)[3], источник которого – в двояком, церковном и бытовом, переживании русским человеком своего существования; это для С.А.Есенина очевидно в стиле А. Белого и этого он не видит в поэзии Маяковского, «лишенного всяческого чутья слова»[4].

5. Миссия поэзии – изменить мир посредством образов, о чем шла речь в «Сельском часослове».

Интерес С.А.Есенина к поэтике, прежде всего к авангардистской образности, усилился в связи с его не только социальным, религиозным, но и художественным восприятием предреволюционного времени и революционных событий. Новое бытие, стремительные изменения в обществе, новое осмысление русской жизни побуждали к новой поэтике, что особенно проявилось в его «маленьких поэмах», созданных под влиянием «скифских»

---

[1] Там же. С. 100.
[2] Там же.
[3] Там же.
[4] Там же.

Глава III. Эстетика авангарда в художественной концепции С.А.Есенина

идей[1] и представляющих собой мировоззренческий авангард. Если в ранний период С.А.Есенин принимал мир, то период «скифства» проходил под знаком изменения мира. Новый поэтический язык С.А.Есенина словно выплавлялся в «маленьких поэмах», он стал выразителем темы преображения России, что отвечало имажинистским импульсам. Как пишет Е.Р. Арензон, имажинизм был «принципиально свободен от норм традиционалистского мышления»[2]. Новые художественные формы утверждались параллельно неканоническому, неклассическом, недогматическому осмыслению действительности, переживающей расшатывание основ миропорядка.

Трактовкой поэм занимались Е.Р. Арензон, А. Бахрах, Вяч. Завалишин, Н. В. Михаленко, А.А. Никольский, С.Г. Семёнова, М.В. Скороходов, Н.М. Солнцева, С.И. Субботин, Н.И. Шубникова-Гусева и др.

III.1. Содержание «маленьких поэм»

Творчество С.А.Есенина в предреволюционную, революционную пору

---

[1] Серёгина С.А. «Скифы»: рецепция символистского жизнетворчества (Иванов-Разумник, Андрей Белый, Есенин, Клюев) // Поэтика и проблематика творчества С.А. Есенина в контексте Есенинской энциклопедии. С. 281–299; Леонтьев Я. В. «Скифы» русской революции: Партия левых эсеров и её литературные попутчики. М.: АИРО-XXI, 2007. 328 с.; Солнцева Н. М. *Китежский павлин: Документы. Факты. Версии.* М.: Скифы, 1992. 423 с.; Солнцева Н.М. Скиф и скифство в русской литературе // Историко-литературное наследие. 2010. № 4. С. 147–159; Солнцева Н. М. Скифы или азиаты? // Мир литературы: К юбилею профессора А. С. Карпова. М.: РУДН, 2010. С. 130–140. Основные концепты скифства: стихийность, ураганность революции, равная стихийности природной, внепартийность исторического процесса, неизбежность вечной революционности в ущерб застою, духовный максимализм, мессианство России, социализм и христианство – две равные вселенские идеи, союз скифа и эллина как психологических типов в оппозиции мещанину, сакрализация народа, русская революция как Голгофа, за которой следует воскрешение.
[2] Арензон Е.Р. «Иорданская голубица» в ряду «маленьких поэм» Есенина 1917–1918 гг. // *Поэтика и проблематика творчества С.А. Есенина в контексте Есенинской энциклопедии.* С.359.

отражает его желание преображения России и в то же время его привязанность к родовой культуре. В.И. Фатющенко отмечал: на первый взгляд, было как бы два С.А.Есенина, один – автор «маленьких поэм», другой – лирических стихотворений; первый приветствовал революцию, второй «выражал любовь к непреходящим ценностям, древнему миру деревни, к природе»[1], что говорит о его психологической конфликтности.

Одиннадцать «маленьких поэм» написаны в 1917–1918 гг.: «Товарищ», «Певущий зов», «Отчарь», «Октоих», «Пришествие», «Преображение», «Сельский часослов», «Инония», «Иорданская голубица», «Небесный барабанщик», «Пантократор». В «маленьких поэмах» есть «признаки как лирического стихотворения (воспроизведение субъективного личного чувства или настроения автора, создающего семантическую напряженность), так и эпоса (наличие единого эпического пространства, сюжетообразующего конфликта; символико-философская разработка темы; тяготение к циклизации)»[2]. Эпопейной тематике поэм отвечает стилизация под библейский текст, лирической тональности – лексика и интонация молитвы.

Поэмы объединяет:

1. религиозно-космогоническая трактовка русской революции, что говорит об авангардном толковании реальности; во многих эпизодах неканоническое, нецерковное христианство; мотивы пророчества, синтез космизма и «почвы»;

2. мифологизация современной ситуации за счет синтеза эпох и культур; «настоящее время растягивается до размеров бесконечности,

---

[1] Фатющенко В.И. *Русская лирика революционной эпохи (1912–1922)*. М.: Гнозис, 2008. С. 57.

[2] Юдушкина О.В. Библейские мотивы в поэмах С.А. Есенина 1917–1920 годов. Автореф. дис. ...канд. филол. наук. М.: МПГУ, 2011. С. 8.

сочетает в себе различные темпоральные характеристики»[1], что усиливает символический смысл происходящего;

3. значительная авангардистская тропеизация;

4. поэмы отмечены утопически-крестьянским взглядом на преображение России; С.А.Есенин исходил из идеи избранности крестьянина.

Нам представляется интересной версия Г.Д. Суслопаровой, которая в кандидатской диссертации «Типология утопического мышления в литературе Серебряного века (символизм, футуризм, новокрестьянская поэзия)» (2012) показывает близость взглядов новокрестьянских поэтов и Т. Карлейля. Таким образом, в поэмах актуализируются популярные идеи времени. В 1912 г. вышел перевод работы Карлейля «Крестьянин – святой», автором предисловия был И. Брихничев, как голгофский христианин близкий Н. Клюеву. По предположению Г. Суслопаровой, С.А.Есенин мог быть знаком с трудами Карлейля через Н. Клюева или благодаря А. Белому[2].

В воззрениях Карлейля религиозность синтезирована с социальными вопросами бытия: крестьянин – гегемон в социализме, он же святой, поскольку свят его труд («В сущности говоря, мы совершенно согласны

---

[1] Михаленко Н.В. Временная характеристика образа Небесного Града в библейских поэмах Есенина // Поэтика и проблематика творчества С.А. Есенина в контексте Есенинской энциклопедии. С. 77. В свою очередь, исследовательница обращается к мысли П.Н. Евдокимова о том, что способность становиться выше конкретного времени характерна для литургии: «...мы переносимся в точку, где вечность пересекается со временем, и в этой точке мы становимся действительными современниками библейских событий от событий книги Бытия до Второго пришествия; мы переживаем их конкретно, как их очевидцы» (Евдокимов П.Н. Православие. М., 2002. С. 342–343).

[2] «Читаю Карлейля, Пьера, Жореса <...> чтение перегружает меня; кипы выписок, конспектов, регистров» (из ноябрьского письма А. Белого за 1919 г.). Андрей Белый и Иванов-Разумник. Переписка / Публ., вступ.ст., коммент. А.В. Лаврова, Дж. Мальмстада. СПб.: Atheneum, Феникс, 1998. С. 195. Идеи Карлейля были известны в России благодаря работам К. Маркса и Ф. Энгельса, В. Ленина: Маркс и Энгельс писали рецензии на работы Карлейля («Положение Англии. Томас Карлейль. "Прошлое и настоящее"», 1848; «Томас Карлейль. "Современные памфлеты" № 1. Современная эпоха № 2. "Образцовые тюрьмы"», 1850). Карлейль упоминался в «Тетрадях по империализму» Ленина.

со старинными монахами: *трудиться – значит молиться*»[1]), по сути миссионерский – благодаря этому труду человечество придет в новый Назарет. Отметим, что идея нового Назарета актуализирована Есениным. Но, на наш взгляд, С.А.Есенин, в отличие от Карлейля, не пропагандировал идеи врага-аристократа; ему более близка идея «скифа» Иванова-Разумника: народу, то есть органичному, стихийному, внепартийному в своих исканиях «скифу» противостоит мещанин как символ застоя[2].

Как отметил Н.И.Савушкина, Февральскую, а затем и Октябрьскую революцию С.А.Есенин встретил в стане "Скифов", неонароднической литературной группе, политической платформой которой были буржуазно-демократические, эсеровские идеи. Главным теоретиками группы были А.Белый и Р.В.Иванов-Разумник. Они поддерживали и развивали в Есенине мысли и представления об особом мужицком характере русской революции, революционном мессианстве России. Зерна этой идеологии падали на подготовленную почву. Идеализация патриархальной старины в творчестве С.А.Есенина сомкнулась с представлением о грядущем мужицком рае, мечта о котором составляет пафос его первых советских поэм. Две из них – "Пришествие" (посвящена А.Белому) и "Преображение"(посвящена Разумнику Иванову) – очень близким поэме А.Белого "Христос Воскрес". Революция рисуется в них в религиозно-мистических тонах, трактуется как новое пришествие Христа:

    Снова мне, о боже мой,

---

[1] Карлейль Т. *Этика жизни*. СПб.: Знамение, 1999. С. 46.

[2] «Это он, всесветный Мещанин, погубил мировое христианство плоской моралью, это он губит теперь мировой социализм, покоряя его духу компромисса, это он губит искусство – в эстетстве, науку – в схоластике, жизнь в прозябании, революцию – в мелком реформаторстве. И компромиссный социализм, и замаранное моралью христианство, и эстетствующее искусство, и вырождающаяся в реформизм революция – его рук это дело <…> он, мелкий и злобный и безустанный враг Скифа…». Иванов-Разумник Р.В., Мстиславский С.Д. Скифы (вместо предисловия) // *Скифы*. Сб.I. 1917. С. XI.

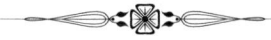

Глава III. Эстетика авангарда в художественной концепции С.А.Есенина

Предстает твой сын.

По тебе молются я

Из мужичьих мест;

Из прозревшей Руссии

Он несёт свой крест[1].

Большое место занимает идея жерственности, искупления и мессианских прорицаний будещего:

Зреет час преображенья,

Он сойдёт, наш светлый гость,

Из распятого терпенья

Вынуть выржавленный гвоздь[2].

«Маленькие поэмы» во многом создавались под влиянием идеологии эсеров[3] и «Скифов». Стремление к обновлению жизни объединяло разных

---

1 Пришествие (с. 46).- Зн. тр., 1918, 24(11) февраля, № 141; сб. «Мысль», кн. 1 {Вышел не позднее 30(17) марта 1918 г. (см. газ. "Дело народа", Пг., 1918, 31(18) марта, № 9, с. 4)}, Пг., 1918, с. 7–11; Зн. тр., 1918, 7 апреля, (25 <марта>), № 174; журн. «Наш путь», Пг., 1918, № 1, <13> апреля, с. 38–42; П18; Триптих; Рж. к.; П21; Грж.

2 Преображение (с. 52).- Зн. тр., 1918, 13 апреля (31 <марта>), № 179; журн. «Наш путь», Пг., 1918, № 1, <13> апреля, с. 47–50; П18; сб. «Явь», М., 1919, с. 50–53; Триптих; Рж. к.; П21; Грж.

3 В социальных проектах эсеров крестьянству отводилась особая роль в силу его многочисленности и сложившегося в его среде общинного уклада. «Народники рассматривали крестьянскую общину как ячейку социализма, как русский путь к общественному прогрессу. В.М. Чернов, один из лидеров и идеологов партии эсеров, начинавший свою революционную деятельность как народник, отмечает, что концепция народничества включала в себя "построение на народном трудовом правосознании, на общинном и артельном укладе, под руководящим реформаторским влиянием народнической интеллигенции, основ эволюционного, трудового народного социализма". Такие представления имели распространение и среди эсеров, партия которых возникла в 1902 году в результате объединения народнических групп и кружков. В.М. Черновым эсерство поэтому характеризуется как "новое народничество"». А.А. Никольский. Крестьянская тема в поэме (Перейти на следующую страницу)

по своим культурным, религиозным, социальным приоритетам участников группы «Скифы». Как писал Иванов-Разумник: «Чаем "Града Нового": в пылающем клубке первых дней революции сочетались все смыслы, слились все ожидания»[1]. Синтез революционных и религиозных идей – характерная черта скифства. Иванов-Разумник писал: «Революция – акт действия "светлых сил"; идеал социальной справедливости – светлый путь; гибель во имя революции – подлинный "крестный путь", подлинное распятие, подлинная Голгофа; тяжелая революционная борьба – не жажда крови, а жертва кровью»[2]. Этой идее соответствуют слова «скифа» А. Белого: «Россия инсценирует мистерию, где Советы – участники священного действа»[3].

Контекстом «маленьких поэм» с их синтезом революционных и религиозных идей явилось творчество «скифа» Н. Клюева[4], для которого революция – синоним Преображения, путь к раю на земле: на месте городов, царства зверя из бездны, будут «поля "благоуханны и росны", на "счастливые пашни" с небес будут слетать стаи белых птиц, колосья будут "полны медом"», «братья-серафимы» будут «обходить людские кущи», а жнецы выйдут «на вселенскую ниву» («Пленники города», 1911)[5]. Мотив Преображения характерен для его лирики. Утопия земного рая сопутствовала вере во всемирное братство, также горячо воспринятое С.А.Есениным

(Перейти на предыдущую страницу) Есенина «Отчарь» // Поэтика и проблематика творчества С.А. Есенина в контексте Есенинской энциклопедии. С. 88. В статье использованы цитаты из: Чернов В.М. Перед бурей: Воспоминания. Мемуары. Минск, 2004. С. 96, 201.

1 Иванов-Разумник Р.В. Две России // *Скифы*. Сб. 2. СПб.: Скифы, 1918. С. 233.
2 Иванов-Разумник Р.В. Вершины. Александр Блок. Андрей Белый. С. 151.
3 Андрей Белый и Иванов Разумник. Переписка. С. 107.
4 О творческих связях поэтов: Михайлов А.И. Любовью, нравом, молитвой... Есенин и Клюев: к интерпретации их взаимоотношений // Есенин на рубеже эпох: итоги и перспективы. С. 217–224; Солнцева Н.М. *Странный эрос: Интимные мотивы поэзии Н. Клюева*. М.: Эллис-ЛАК, 2000. 126 с.; Киселева Л.А. Есенин и Клюев: скрытый диалог // Николай Клюев: Исследования и материалы. М.: Наследие, 1997. С. 183 – 198.
5 Клюев Н. *Словесное древо*. С. 104, 113, 114.

и составившее в «маленьких поэмах» сквозную тему. В воспоминаниях Б. Филиппова приведены слова Клюева о «небратстве как источнике зла»[1].

Несомненным источником есенинской утопии является мифологема Града Китежа. Одна из последних работ, посвященных этому аспекту поэм, кандидатская диссертация Н.В. Михаленко «Небесный Град в творчестве С.А. Есенина: поэтика и философия» (2009). Град Китеж получил в воззрениях новокрестьянских поэтов аналоги: Новый Назарет, Новый Иерусалим, Новый Град; традиционный Китеж подменяется С.А.Есениным Инонией, которая в определенной степени представляет тот же китежский идеал гармонии и жизнеутверждения, но с некарающим Саваофом и нестрадающим Христом. Идея о граде Китеже родилась в старообрядческой среде. Из этой же среды вышли сюжеты об идеальном Беловодье. Известно, что С.А.Есенин читал книгу А.П. Щапова «Русский раскол старообрядства» (1859)[2]. Таким образом, авангардное переосмысление преображения России опиралось и на мифы русского фольклора.

При общности идей «маленьких поэм», при единой тенденции утвердить авангардное осмысление библейской истории на современном русском материале содержание цикла не статично.

«Товарищ» (март 1917)

В поэме отразились мартовские события 1917 г. Это образование Временного правительства 15 марта по старому стилю, отречение Николая II, на следующий день отречение великого князя Михаила Александровича, далее

---

[1] Филиппов Б. «Явление» (Николай Клюев) // Филиппов Б. Миг, к которому прикасаюсь. Вашингтон, 1973. С. 53–76.

[2] Свирская М. Знакомство с Есениным // *Русское зарубежье о Есенине: В 2 т.* / Вступ.ст., сост., коммент. Н.И. Шубниковой-Гусевой. М.: ИНКОМ, 1993. Т. I. С. 145. Полное название тома: «Русский раскол старообрядства, рассматриваемый в связи с внутренним состоянием русской церкви и гражданственности в XVII веке и в первой половине XVIII: Опыт исторического исследования о причинах происхождения и распространения русского раскола» (Казань: Изд-е книгопродавца Ивана Дубровина, 1859).

арест императорской семьи. До этого прошла забастовка на Путиловском заводе, 8 марта по старому стилю – день начала политических стачек, через два дня – всеобщая забастовка в Петрограде, далее – приказ государя о подавлении беспорядков в столице, расстрел демонстрации в Петрограде.

С одной стороны, сюжет поэмы развивается в традициях духовного стиха: Господь сходит с рук иконной Богородицы, сочувствует страждущим. Ребенок Христос – товарищ другого ребенка, Мартина, «сына простого рабочего» (145). С.А.Есенин дает своему герою символическое имя в ознаменование мартовских событий. Близость Христа и Мартина, на наш взгляд, отвечает традиции, если обратиться к упоминавшемуся в первой главе духовному стиху о «Милосливой жене, милосердной». К милостливой жене обращается за помощью Богородица, просит спасти Иисуса от преследователей ценой гибели младенца жены в печи. После ухода преследователей развивается сюжет о чудесном спасении чада:

> Во печи трава вырастала,
>
> На траве цветы расцветали,
>
> Во цветах младенец играет,
>
> На нем риза солнцем воссияет,
>
> Евангельскую книгу сам читает,
>
> Небесную силу прославляет
>
> И со ангелами, с херувимы,
>
> И со всею небесною силой[1].

В духовном стихе утверждается идея близости страданий, но и спасения

---

1 *Голубиная книга: Русские народные духовные стихи XI – XIX веков* / Сост., всуп.ст., примеч. Л.Ф. Солощенко, Ю.С. Прокошина. М.: Мос.рабочий, 1991. С. 172.

дитя Бога и дитя обыкновенного. Сюжет этого стиха, воплотившись в поэме Есенина, отражал его мысль о библейском смысле происходящего в России.

Однако далее С.А.Есенин отступает от канонического фольклорного сюжета. Развивая тему справедливого рабочего бунта, поэт вводит мотивы участия Иисуса в народном движении «за волю, за равенство и труд» (147), Его гибели и погребения на Марсовом Поле. По-авангардистски эпатирующей выглядит тема С.А.Есенина «Больше нет воскресенья!» (147), за окном звучит «железное слово» «Рре-эс-пуу-ублика!» (148). Возможно, в этом фрагменте поэмы поэт выразил мысль о республике, заменяющей на земле религиозные чаяния народа и открывающей путь к земному раю. Возможно, С.А.Есенин пересмотрел свое мнение, высказанное ранее в письме к Панфилову (конец августа – начало сентября 1913 г.): «...все погрузились в себя, и если бы снова явился Христос, то он и снова погиб бы, не разбудив эти заснувшие души»[1].

Поэма «Товарищ» более других привязана к конкретике событий. В последующих поэмах сильнее звучит тема богоизбранности революционной России. Но именно «Товарищ» открывает цикл поэм, которые продолжили утопическую традицию Серебряного века.

«*Певущий зов*» (апрель 1917)

Эта поэма показывает, насколько сильно в художественном сознании С.А.Есенина объединились революционные события и мистика. Об этом говорят уже первые строки, обращенные к миру: «Радуйтесь! / Земля предстала / Новой купели!», звучат слова о поражении дьявола: «И змея потеряла / Жало» (148). Россия ассоциируется с Новым Назаретом, только она может познать Фавор, поэт призывает восхвалить Бога, в современных событиях видит космогонический акт: «О Родина, / Мое русское поле, / И вы, сыновья

---

[1] *Сергей Есенин в стихах и жизни: Письма. Документы.* С. 35.

ее, / Остановившие / На частоколе / Луну и солнце» (148).

Очень важно отметить: миф С.А.Есенина о революционной России исключает насилие («Не губить пришли мы в мире, / А любить и верить!» [150]). Поэт напоминает:

Все мы – яблони и вишни

Голубого сада.

Все мы – гроздья винограда

Золотого лета,

До кончины всем нам хватит и тепла и света! (150)

Из содержания поэмы следует, что новая Россия (Новый Назарет) создает мироустройство на основах любви и прощения.

«Отчарь» (19–20 июня 1917)

В названии поэмы использован неологизм (от «отче»). Отчарем С.А.Есенин считает крестьянина («Здравствуй, обновленный / Отчарь мой, мужик!» [153]). Крестьянин – главный в «буйственной Руси» (152). Его он наделяет особой миссией в созидании новой цивилизации.

Свобода в новом мире всеобщая, она достигается без насилия («Гибельной свободы / В этом мире нет», крестьянин прогоняет «лихо двуперстым крестом» [153]). С.А.Есенин повторяет высказанную ранее тему о ненасилии, прощении, братстве: «И рыжий Иуда / Целует Христа / Но звон поцелуя / Деньгой не гремит» (155); «русское племя» с Волхова, Урала, Волги, Каспия, Дона, Соловков собирается на пир, угощается «сыченою брагой» (155). Последний образ повторяется в «Ключах Марии» (сентябрь – ноябрь 1918).

Крестьянин воплощение религиозной идеи и космогонической силы («Под облачным древом / Верхом на луне / Февральской метелью / Ревешь ты во мне» [153]); он космический кормилец кладет краюху «на желтый

Глава III. Эстетика авангарда в художественной концепции С.А.Есенина

язык» зари (153).

С.А.Есенин подчеркивает свою родственность крестьянской культуре, а таким образом и свою включенность в преображение мира:

Я сын твой,

Выросший, как ветла,

При дороге,

Научился смотреть в тебя,

Как в озеро.

Ты несказанен и мудр (154).

«Октоих» (Август 1917)

Октоих – богослужебная книга с песнопениями, которые делятся на восемь напевов (гласов). Эпиграф поэмы «Гласом моим пожру Тя, Господи» (159) несодержит по сути дерзости, он означает принесение жертвы Господу голосом[1], в данном случае – поэзией.

В поэме восхваляется родина в ее «счастливый час» (159); ей поэт несет «солнце на руках», ей желает святиться «рождеством» (160).

Образ созидателей нового мира содержит в себе коннотации «почвы» и космоса: «Овсом мы кормим бурю, / Молитвой поим дол, / И пашню голубую / Нам пашет разум-вол» (160).

Вторая глава – обращение поэта к Богородице. В поэму С.А.Есенин включил свой духовный стих «О Дево Мария!..». Он молит ее о помощи в земных делах («На нивы златые / Пролей волоса» [160]).

---

1 В комментариях к поэме указано: «Эти слова близки к словам одного из церковных песнопений – "Пожру Ти со гласом хваления, Господи"; их канонический перевод: "Со гласом хваления принесу жертву Тебе, Господи" ("Православный Молитвослов...". СПб., 1907. С. 117)». С. 380.

Третья глава – обращение к Богу:

О Боже, Боже,

Ты ль

Качаешь землю в снах?

Созвездий светит пыль

На наших волосах. (161)

Таким образом, если Богородица – помощница в преображении России, то участие в нем Бога знаменует вселенский смысл происходящего в России, предначертанный в космосе.

В четвертой главе С.А.Есенин возвращается к образу родины, «отчего края» (161), но пребывающего в раю. От конкретики поэт переходит к эпической картине. Сначала он видит в раю своего «рыжего деда» (162), бытовые детали синтезированы с мистическими характеристиками («И светит его шуба / Горохом частых звезд» [161], «И та кошачья шапка, / Что в праздник он носил, / Глядит, как месяц, зябко / На снег родных могил»[162]); поэт пытается вступить с дедом в разговор, но его слова пока не имеют вселенской силы. Однако поэма заканчивается пророчеством о «часе и сроке», когда «Вострубят Божьи клики», «млечный пуп» откроется, небесный рай станет земным: «И вывалится чрево / Испепелить бразды...» (162)

«Пришествие» (Октябрь 1917)

Поэма посвящена А. Белому[1].

В «Пришествии» продолжена тема «Октоиха»: с помощью Бога Россия

---

1 В «Пришествии» встречаются мотивы, впоследствии развитые А. Белым в поэме «Христос воскрес» (апрель 1918): Россия-невеста богоносна, она должна принять революцию, поразить змия и пройти через Голгофу, на которую обречен Христос. У обоих поэтов возникает образ Нового Назарета (Назареи).

достигнет райского бытия. Она звучит уже в первой строфе: «Господи, я верую!.. / Но введи в свой рай / Дождевыми стрелами / Мой пронзенный край» (166). Россия ассоциируется с Богородицей: «О Русь, Приснодева, / Поправшая смерть! / Из звездного чрева / Сошла ты на твердь» (167).

Однако по сравнению с «Октоихом» тема Преображения родины разработана гораздо глубже, она обрела трагические коннотации. Во-первых, Преображение невозможно без пришествия Христа в Россию и его новых страданий; во-вторых, Господь в России одинок (в поэме звучит мотив предательства Симона-Петра, который ассоциируется с Иудой).

Поэт обращается к Саваофу и рассказываем Ему о Христе:

По Тебе молюся я

Из мужичьих мест;

Из прозревшей Руссии

Он несет Свой крест.

Но пред тайной острова

Безначальных слов

Нет за ним апостолов,

Нет учеников (167).

Поэт молит Саваофа уберечь Сына. Кульминация трагедии – истязания Христа (как впоследствии в поэме А. Белого «Христос воскрес»): «Опять Его вои / Стегают плетьми / И бьют головою / О выступы тьмы...» (167), «Под ивой бьют Его вои / И голгофят снега твои» (168) – усиливает тему глобального конфликта Божьих и дьявольских («Дьяволы на руках / Укачали землю» [169]) сил. Этот конфликт осуществляется в русской современности, на уровне отношений человеческих. Потому поэту трудно подняться к райскому саду с грузом людской жестокости («С кровью на отцах и братьях» [168]).

Поэма завершается гимном Преображению («Холмы поют о чуде, / Про рай звенит песок»[170]), но, по-видимому, обстановка октября 1917 г. побуждает Есенина к реалистичному суждению: «Но долог срок до встречи / И гибель так близка!» (170). Таким образом, оптимистичная тональность «Певущего зова», «Отчаря», «Октоиха» уступила место драматическим размышлениям поэта. Ему понятен высокий смысл новой Голгофы, но нравственно ему трудно принять страдания Христа (а по сути - страны). Он, всегда стоявший на позициях ненасилия, осознает, что преображение России, которого он так жаждет, не бескровно. В «Пришествии», по-видимому, отразился конфликт идеи и чувства С.А.Есенина, который в «Инонии» приведет его к вызову Саваофу.

«Преображение» (Ноябрь 1917)

Поэма посвящена лидеру «скифов» Иванову-Разумнику.

В «Преображении» повторяются сквозные темы «маленьких поэм»: Россия порождает новое учение, новый мир, а россияне – «ловцы вселенной» (171). Продолжена тема космичности и органичности происходящего. Русь названа телицей (170). Образ коровы еще раньше воспринимался поэтом как символ русского жизнетворения, суть крестьянской России. Образ обрел сакральный, метафизический смысл: «Господи, отелись!» (170)[1]. В «Инонии» по смыслу сходный образ: «По-иному над нашей выгибью / Вспух незримой коровой Бог» (181).

В связи с отмеченным в «Пришествии» мировоззренческим конфликтом

---

[1] О столь авангардном образе сохранились слова поэта, сказанные П. Орешину: «Ты понимаешь: Господи, отелись! Да нет, ты пойми хорошенько: Го-спо-ди, о-те-лись! Понял? Клюеву и даже Блоку так никогда не сказать». Орешин П.В. Мое знакомство с Сергеем Есениным // Там же. С. 265.

С.А.Есенина обратим внимание на то, что в «Преображении» поэт пытается преодолеть его прежней верой в пришествие «светлого гостя», «нового сеятеля», в безжертвенность катаклизма – «бури» (172): «Зреет час преображенья, / Он сойдет, наш светлый гость, / Из распятого терпенья / Вынуть выржавленный гвоздь» (173).

«Инония». Январь 1918)

Наиболее полное своеобразное понимание С.А.Есениным революции, её смысла и целей сказалось в поэме "Инония"(1918). В "Инонии" особенно сильно ощущаются черты народной образности и стиля. Лирическое "Я" поэта воплощается здесь в образе "пророка Есенина Сергея". В отличие от предшествующих поэм он утверждает себя главным вершителем революции, проповедует не только разрушительное, но и созидательное её начало.

«Инония» кульминационная в цикле «маленьких поэм». Во-первых, ее содержание предельно авангардно своим вызовом Богу. Во-вторых, предложенная в ней концепция нового мироустройства является отрицанием одного из основных смыслов христианского понимания мировой истории – страдания. В-третьих, после «Инонии» в мифологизации С.А.Есениным действительности происходят существенные изменения.

В «Октоихе» прозвучал мотив райских «иных земель и вод» (161) – в «Инонии» изображена иная, бесслезная, безбедная, Россия. Инония – утопическая идиллия, эквивалент Китежа, Белой Индии, Шамбалы, Нового Назарета. Но, в отличие от названных топосов земного рая, человек Инонии отмечен титанизмом, он вместо Бога управляет космосом.

Отрицая целесообразность страданий человечества, поэт отрицает и православные ценности (Радонеж, Китеж), и суровость Саваофа; он пророчит для Инонии доброго Бога и не страдающего за грехи человеческие Христа. Потому поэт отрицает и причастие, заявляет о своем отказе от просфоры как символа Христовых страданий.

Поэма отразила самый насущный для интеллигенции вопрос того времени – о насильственных методов революции как оправданных высшими целями или как зле, уничтожающем смысл преображения. С.А.Есенин пытается отстоять третью позицию: и ненасилие, и преображение.

По мнению Н.И.Савушкина, отрекаясь от "заобрачного рая", С.А.Есенин проповудует рай мужицкий. Отталкиваясь от народных легенд о Китеже и Радонеже в их религиозном осмыслении ("Проклинаю я дыхание Китежа. И все лощины его дорог"), которые являются как бы символами пассивной веры, ожидания чуда, С.А.Есенин выступает как активный созидатель сказочного града Инонии – мужицкого рая. Сквозь условную библейскую сиволику пробивается фольклорное начало в раскрытии вековечной крестьянской мечты о богатом урожае:

> И вспашу я чёрные щеки
>
> Нив твоих новой сохой;
>
> Золотой пролетит сорокой
>
> Урожай над твоей страной...
>
> Прободят голубое темя
>
> Колосья твоих хлебов[1].

«Сельский часослов» (Июнь 1918)

В поэме сделан акцент на «муках страны моей» (184). Описывая распятие Христа, С.А.Есенин имеет в виду распятие России. Как замечает

---

[1] Инония (с. 61).- Зн. тр., 1918, 19 (6) мая, № 205, без ст. 61–72, 101–104, 109–172 и с примечанием редакции: «Отрывки из поэмы, имеющей появиться в № 2 журнала „Наш Путь"»; журн. «Наш путь», Пг., 1918, № 2, май <фактически: 15 июня>, с. 1–8; П18; сб. «Россия и Инония», Берлин, 1920, с. 69–80; П21; Рж. к.; Грж.

С.А. Серёгина: «...на кресте висит сакральный двойник реальной России»[1].

Еще одна тема поэмы – тщетность преодолеть земные тяготы, достичь райской идиллии:

Каждый день,

Ухватившись за цепь лучей твоих,

Карабкаюсь я в небо.

Каждый вечер

Срываюсь и падаю в пасть заката (184).

После «Инонии» «Сельский часослов» воспринимается нами как шаг к отступлению от революционного романтизма. Для поэта очевидно, что преображение без насилия невозможно. Россия распята на Голгофе, перебиты ее «голени дорог и холмов» (184). С.А.Есенин пишет о бессилии России: «И лежишь ты, как овца, / Дрыгая ногами в небо» (185), о стране, потерявшей свой путь: «Лыками содрала твои дороги / Буря» (185), путающей небо с яслями, звезды с овсом.

Мотивы «Сельского часослова» близки мотивам «Слова о погибели Русской Земли» (1918) А. Ремизова. Близость текстов проявляется даже на уровне лексики. Например, С.А.Есенин падение родины выражает через похожее на свинью солнце, через ее пятачок, просунутый в «частокол» (185) его души; у Ремизова народ в поисках счастья «одураченный плюхнулся свиньей в навоз»[2]. Схоже и отношение писателей к судьбе обманувшейся России: ремизовское «Слово» интонационно, повторами, эпитетами после существительных, обращениями, короткими абзацами соответствует плачу

---

[1] Серёгина С.А. «Скифы»: рецепция символистского жизнетворчества (Иванов-Разумник, Андрей Белый, Есенин, Клычков). С. 293.

[2] Ремизов А. Слово о погибели Русской Земли // *Скифы. Сб. II*. СПб., 1918. С. 198.

(«Русь моя, земля русская, родина беззащитная, обеспощаженная кровью братских полей, подожжена горишь!», «О, моя родина обреченная, пошатнулась ты, неколебимая, и твоя багряница царская упала с плеч твоих», «О, моя родина горемычная, мать моя униженная»»[1]). Та же горечь от незащищенности родины и в «Сельском часослове»: «Тяжко и горько мне... / Кровью поют уста... / Снеги, белые снеги – / Покров моей родины – / Рвут на части» (184). Плачевые интонации придают отточия, повторы («О солнце, солнце», «Снеги, белые снеги», «О месяц, месяц», «О, путай, путай!», «О звезды, звезды» [184, 185, 186]).

Но ни Ремизов, ни С.А.Есенин не отрекаются от поверженной страны. У Ремизова: «И мне ли оставить тебя, – я русский, сын русского, я из самых недр твоих», «Ты и поверженная, искупающая грех свой, навсегда со мной останешься в моем сердце»[2]. У С.А.Есенина: «Не отрекусь принять тебя даже с солнцем, / Похожим на свинью» (185)

После титанизма есенинского героя предыдущих поэм особенно контрастно в «Сельском часослове» звучит тема самопокаяния, признания своей ошибки, упрек себе, что также сближает поэму с произведением Ремизова. У Ремизова: «Я не раз отрекался от тебя в те былые дни, / Грозным словом Грозного в отчаянии задохнувшегося сердца моего проклинал тебя за крамолу и неправду твою»[3]. У С.А.Есенина: «О красная вечерняя заря! / Прости мне крик мой. / Прости, что спутал я твою Медведицу / С черпаком водовоза» (186). По сравнению с поэтом-пророком Инонии автор «Сельского часослова» неразумный, сознающий свою малость, растерянный:

Только ведь приходское училище

---

1 Там же. С. 196.
2 Там же. С. 196–197.
3 Там же. С. 196.

Я кончил,

Только знаю библию да сказки,

Только знаю, что поет овес при ветре...

Да еще

По праздникам играть в гармошку (186).

Но есть и отличие «слова» Ремизова и «часослова» С.А.Есенина. Все же С.А.Есенин высказывает надежду на то, что Русь родит сына по имени Израмистил, он появится «из чрева неба» (187). Речь идет уже не о «светлом госте», не о Мессии, а о новом поэте, новом искусстве, суть которого в мистическом изографстве. Уточнение термина содержится в письме С.А.Есенина к Иванову-Разумнику (май 1921 г.); напоминая своему адресату об Израмистиле из «Сельского часослова», он писал: «Тогда мне казалось, что это мистическое изографство. Теперь я просто говорю, что это эпоха двойного зрения, оправданная двойным слухом моих отцов, создавших "Слово о полку Игореве" и такие строчки, как:

На оболони телеги скрыпать

Рцы лебеди распужены

<...> Дело в моем осознании, преображении мира посредством этих образов»[1]. Из приведенной цитаты видно, насколько логично усиленная тропеизация поэтических текстов С.А.Есенина проистекает из его восприятия земного мира и вселенского в их синтезе.

Ремизов, напротив, пишет о тотальной смерти России – явной и тайной («Ты весь Китеж изводи сетями – пусто озеро, ничего не найти. Единый

---

[1] *Сергей Есенин в стихах и жизни: Письма. Документы.* С. 101.

конец без конца», «И нет спасения свыше»), о том, как с гибелью России «из бездны подымается ангел зла» и на пустом месте можно строить «новую Россию», но без Бога: «И нету Бога <...> Черная бездна разверзлась вверху и внизу»[1].

Иванов-Разумник в статье «Две России» (1918), противопоставляя «взыскующих Града Нового и взыскующих Града Старого», называя «Слово о погибели Русской Земли» «одним из самых сильных, самых удивительных произведений», видел в Ремизове, тем не менее, выразителя мещанства, испугавшегося революции: «...в крестную могилу преданной мещанами революции он так рачительно вбивает осиновый кол!»; «огненный вихрь революции ненавистен Ремизову: сметает и испепеляет вихрь этот самое дорогое, самое исконное, самое любимое, чем жила его душа: "Святую Русь". Испепеляет старое, но не рождает ли новое?»[2]. Положительный ответ о рождении Нового Града дают, по его мнению, произведения Клюева и Есенина[3]: их Святая Русь «не позади, а впереди», «и не проклинают они, а благословляют, не приходят в отчаяние, а верят в будущее, не Ангела Зла видят в мировой революции, а Мессию грядущего дня, не ужас бессмыслицы видят вокруг, а трагедию Голгофы»[4].

Но «Сельский часослов», не рассмотренный Ивановым-Разумником, уже в меньшей степени, чем предыдущие поэмы, отвечает вере в Светлый Град.

---

1 Ремизов А. Слово о погибели Русской Земли. С. 198.
2 Иванов-Разумник Р.В. Две России // *Скифы*. Сб. 2. СПб.: Скифы, 1918. С. 207, 208–209.
3 В первом сб. «Скифов» (1917) публиковались: стихи «Земля и Железо» Н. Клюева; стихи «Голубень» С. Есенина «Марфа Посадница» во втором (1918): «Песнь Солнценосца», «Избяные песни» Н. Клюева; поэмы «Товарищ», «Ус», «Певущий зов», «Отчарь», лирика С. Есенина.
4 Иванов-Разумник Р.В. Две России // *Скифы*. Сб. 2. СПб.: Скифы, 1918. С. 216.

Глава III. Эстетика авангарда в художественной концепции С.А.Есенина

«Иорданская голубица» (20–23 июня 1918)

По авторскому плану Есенина по составу, композиции тома «маленьких поэм» в готовившемся собрании сочинений «Иорданская голубица», как пишет Е.Р. Арензон, «как бы подготавливает бескомпромиссные интонации "Инонии". Тем не менее, реальная хронология и событийная подоплека этих вещей не вполне соответствуют авторской воле»[1]. Исследователь обращает внимание на то, что первая публикация в Рязани имеет датировку – 1918, июль.

Эта поэма свидетельствует об устремлении С.А.Есенина вернуть себе веру в целесообразность современных событий и без утопического максимализма «Инонии» разглядеть смысл происходящего. До появления поэмы в России происходили трагические события, создавались драматические судьбоносные ситуации. Это, во-первых, социализация земли, декрет от 9 мая о чрезвычайных мерах борьбы с кулачеством, введение продовольственной диктатуры; во-вторых, наступление германо-австрийских войск по всему фронту, подписание Брестского мира, высадка американского и японского десанта на русском Востоке; в-третьих, объединение кадетов, меньшевиков, эсеров против большевиков, продолжение Гражданской войны. Для биографии С.А.Есенина существенно то, что 6 июля 1918 г. закончилось легальное положение левых эсеров как партии, весь июль продолжалось подавление мятежа левых эсеров, были закрыты их печатные органы «Дело народа», «Знамя труда», «Наш путь», в которых С.А.Есенин публиковал свои произведения («Ус», «Певущий зов», «Товарищ», «Отчарь», «Октоих», «Пришествие», «Преображение», вплоть до «Инонии»).

Земля – «светлый храм», в котором «несчисленная рать» (187) преображенных душ устремлена к облакам, впереди них лебедь – символ

---

[1] Арензон Е.Р. «Иорданская голубица» в ряду «маленьких поэм» Есенина 1917–1918 гг. С. 359.

«отчалившей Руси» (188), ей на смену устанавливается вселенское братство. На наш взгляд, именно «Ради вселенского / Братства людей» (188) поэт называет себя большевиком (он в братстве большинства). С точки зрения Е. Арензона, после разгрома левых эсеров С.А.Есенин обращается к большевикам как единственной реальной политической силе[1]. Исследователь определение «большевистская» берет в кавычки. Но в самом образе новой России нет ничего от большевизма как идеологии, С.А.Есенин по-прежнему выстраивает образ России на библейских аналогиях и космических мотивах: «Древняя тень Маврикии / Родственна нашим холмам, / Дождиком в нивы златые / Нас посетил Авраам» (189). Он желает, чтобы страна воплотила небесный рай, где «голубой Иордань» (188), «С дудкой пастушеской в ивах / Бродит апостол Андрей», на окраине села «Мати Пречистая Дева» (189).

Нам трудно целиком принять точку зрения Д. Д. Ивлева, полагающего, что слово «большевик» в «Иорданской голубице» означало «разрыв со "скифами" и идеологией "социалистов-революционеров", которая к лету 1918 года перестала удовлетворять С.А.Есенина. Сохранение связей с Ивановым-Разумником для С.А.Есенина имело, по-видимому, чисто личный характер. Именно в противовес своим недавним увлечениям "скифством" С.А.Есенин ищет новых союзников и в политическом и в художественном планах. Летом и осенью 1918 года ими, на взгляд С.А.Есенина, могли быть только поэты пролеткульта и большевики <...> Помочь вступлению С.А.Есенина в партию должна была поэма "Небесный барабанщик"»[2]. Нежелание участвовать в третьем (не состоявшемся из-за арестов) сборнике «Скифов» объясняется не политической переориентацией, а осложнениями в отношениях с Клюевым; к

---

[1] Арензон Е.Р. «Иорданская голубица» в ряду «маленьких поэм» Есенина 1917–1918 гг. С. 360.

[2] Ивлев Д.Д. К вопросу об идейно-стилевой эволюции С. Есенина в первые послеоктябрьские годы // Ивлев Д.Д. *Избранные труды*. Чебоксары: Чуваш. гос. Педуниверситет им. И.Я. Яковлева, 2003. С. 195.

тому же последовало организационное уничтожение «скифства».

«Небесный барабанщик» (Конец 1918)

Поэма создана в лозунговом стиле, что, по мнению Д.Д. Ивлева, сближает ее с пролетарской поэзией. Она вновь свидетельствует о том, насколько сложно С.А.Есенину отказаться от мечты о преображении России. Более того, в поэме преображение названо революцией, чего ранее поэт избегал: «Да здравствует революция / На земле и на небесах!» (194); зазвучал антицерковный вызов в духе «Инонии»: «Что нам слюна иконная / В наши ворота высь?» (195); появился образ врага: «Нам ли страшны полководцы / Белого стада горилл?» (195); возобновилась тема титанизма как характеристики революционеров: «Разметем все тучи, / Все дороги взмесим. / Бубенцом мы землю / К радуге подвесим», «Тот солнце корявой рукою / Сорвет на златой барабан» (195). Как в «Иорданской голубице», оправдание находится в идее братства: «Кто хочет свободы и братства, / Тому умирать нипочем» (195).

В поэме вместо конкретных социальных лозунгов прозвучал скифский «чаемый град» (196), революционная лексика уравнивается с религиозной («Сердце – свечка за обедней / Пасхе массы и коммун» [196]).

«Пантократор» (Февраль 1919)

«Пантократор» иллюстрирует не только мастерство С.А.Есенина-имажиниста, но во многом соответствует эпатажной, протестной этике имажинистов (декларация имажинистов была опубликована в начале 1919 г.). Поэт называет себя «непокорным, разбойным сыном» (199), он бросает вызов морали: «Не молиться тебе, а лаяться / Научил ты меня, Господь» (198), ради обновления страны он готов к смерти: «С земли на незримую сушу / Отчалить и мне суждено» (199). Однако и в этой поэме нет понимания политической конкретики; революция предстает в сознании поэта как космогонический миф.

«Пантократор» последняя революционно-мистическая из «маленьких поэм». Антиутопичной можно считать двенадцатую – *«Кобыльи корабли»* (сентябрь 1919). Написанная в авангардистском ключе, она в содержательном отношении перечеркивает все грезы С.А.Есенина о грядущем рае. По проблематике она ближе всего к «Сельскому часослову». В ее апокалиптических образах («небо тучами изглодано», «Рваные животы кобыл», «Черепов златохвойный сад» [201], «скачет по полю стужа», «Даже солнце мерзнет, как лужа», «На дорогах голодным ртом / Сосут край зари собаки», «В этом бешеном зареве трупов» [202] и др.) высказан упрек большевизму: «Веслами отрубленных рук / Вы гребетесь в страну грядущего» (201). Если в «Пантократоре» поэт был готов отдать свою жизнь за «страну грядущего», то в «Кобыльих кораблях» он тему смерти выражает в трагической тональности: «Скоро белое дерево сронит / Головы моей желтый куст» (201). В поэме прозвучал политический символ «злой октябрь» (202), объясняющий причину катастрофы; синонимичный образ: «Сложет рощи октябрьский ветер» (203). Свое положение в стране он определяет как маргинальное: «Сестры-суки и братья-кобели, / Я, как вы, у людей в загоне» (203). С.А.Есенин смысл жизни и творчества видит в милосердии и любви, чем преодолевает, на наш взгляд, мировоззренческую растерянность; если в третьей главе поставлен безответный вопрос: «О, кого же, кого же петь / В этом бешеном зареве трупов?» (202), то в финальной пятой дан ответ: «Буду петь, буду петь, буду петь! / Не обижу ни козы, ни зайца! / Если можно о чем скорбеть, / Значит, можно чему улыбаться» (203); смысл жизни теперь – в согласии с природой, а не в ее титаническом сломе; смысл также в творчестве: «Он пришел целовать коров, / Слушать сердцем овсяный хруст. / Глубже, глубже серпы стихов! / Сыпь черемухой, солнце-куст» (203).

III.2. Общая характеристика имажинизма и авангардистские образы С.А.Есенина

Из принципов изобразительности и выразительности в «маленьких поэмах» приоритетным стал второй, что отвечает эстетике авангарда[1]. Мифологизация реальности проявилась в экспрессивной лексике и интонации, гротескности, многочисленных метафорах.

Интерес С.А.Есенина к стихотворной форме[2] объясняет его интерес к имажинизму, в основу теории и поэтической практики которого было

---

[1] «Если реализм тяготел к многогранному и потенциально исчерпывающему изображению мира во всем богатстве его связей, органично воссоздаваемых художником, то школы а<ван-гардизма> считали саму эту органику и многоплановость картины невозможной в условиях, когда разрушен былой порядок жизни и мир находился в состоянии хаоса, переживая тяжелые исторические потрясения и революционные встряски невиданного масштаба. В искусстве а<вангардизма> господствует принцип отказа от репрезентативности, т.е. от воссоздания мира в узнаваемых и жизненно достоверных формах. Им противопоставлена идея художественной деформации, придающая мощный стимул развитию всевозможных форм алогизма и гротеска <...>». Зверев А.М. Авангардизм // *Литературная энциклопедия терминов и понятий* / Гл.ред., сост. А.Н. Николюкин. М.: Интелвак, 2001. С. 12.

[2] О внимании Есенина к художественной форме может свидетельствовать, кроме известных высказываний, перечень литературно-критических, теоретических работ из его личной библиотеки. Например: Айхенвальд Ю. Слова о словах (Пг., 1916); Бердяев Н. Смысл творчества: Опыт оправдания человека (М., 1916); Грузинов И. Имажинизма основное (М., 1921); Иванов-Разумник. Литература и общественность (СПб., 1910); Лансон Г. Метод в истории литературы (М., 1911); Львов-Рогачевский В. Поэзия новой России: Поэты полей и городских окраин (М., 1919); Мережковский Д. Две тайны русской поэзии: Некрасов и Тютчев (Пг., 1915); Мильфорд П.К. К жизни... Книга о красоте и радости (СПб., 1913); Розанов В. Опавшие листья (СПб., 1913); Романовский В.Е. Поэт-философ (Шиллер) (М., 1910); Тэн И. Чтения об искусстве: Пять курсов лекций, читанных в школе изящных искусств в Париже (СПб, б/г); Философов Д. Слова и жизнь: Литературные споры новейшего времени (1901–1908) (СПб., 1909); Философов Д. Старое и новое. Сборник статей по вопросам искусства и литературы (М., 1912); Философов Д. Неугасимая лампада (М., 1912)Чуковский К. Поэт анархист Уот Уитман (СПб., 1907).

положено выявление образно-семантических возможностей слова, его экспрессивных потенций. Для С.А.Есенина того времени с имажинизмом были связаны пути дальнейшего развития поэзии[1].

Однако влияние имажинизма на художественное сознание С.А. Есенина не является абсолютным. Во-первых, интерес к имажинизму – результат его собственного эстетического пути, его пристрастия к поиску новых тропов, проявившегося до знакомства с имажинизмом. Во-вторых, его понимание имажинизма далеко не во всём совпадает с концепциями В. Шершеневича, А. Мариенгофа и в ряде позиций противоположно имажинистским принципам того и другого. С.А.Есенин писал: «Имажинизм был формальной школой, которую мы хотели утвердить. Но эта школа не имела под собой почвы и умерла сама собой, оставив правду за органическим образом»[2]. Это признание имеет принципиально важное значение не только для понимания судьбы имажинизма. Оно указывает на связь образности и жизненных идеалов С.А.Есенина, которые определяют его эстетические вкусы.

В. Львов-Рогачевский, излагая версию зарождения термина «имажинизм», сослался на статью З. Венгеровой «Английские футуристы», в которой автор приводит слова Э. Паунда: «Мы вортисты, а в поэзии "Имажинисты". Наша задача сосредоточена на образах, составляющих первозданную стихию поэзии»; это высказывание, с точки зрения Львова-Ро-

---

[1] В. Кириллов привёл его высказывание: «Ты понимаешь, какая великая вещь и-мажи-низм! Слова стёрлись, как старые монеты, они потеряли свою первородную поэтическую силу. Создавать новые слова мы не можем. Словотворчество и заумный язык – это чепуха. Но мы нашли способ оживить мёртвые слова, заключая их в яркие поэтические образы. Это создали мы, имажинисты. Мы изобретатели нового. Если ты не пойдёшь с нами – крышка, деваться некуда». Кириллов В.Т. Встречи с Есениным // *Сергей Есенин в стихах и жизни. Воспоминания современников.* С. 170.

[2] Есенин о себе. «Вечерняя Москва», 1926, №30, 6 февраля.

гачевского, натолкнуло группу русских поэтов[1] принять имя «имажинистов» или «имажистов»[2]. У нас нет сведений о том, знакомы ли были имажинисты с поэзией Э. Паунда (его первая книга переводов появилась в России в 1992 г.), но в статье Венгеровой содержится достаточно высказываний, характеризующих его стихотворскую программу; ее положения отвечают эстетике имажинистов.

Например:

1. «Наш "вихрь", наш "vortex" – тот пункт круговорота, когда энергия врезается в пространство и дает ему свою форму. Все, что создано природой и культурой, для нас общий хаос, который мы пронизываем своим вихрем. Мы не отрицаем прошлого – мы его не помним. Оно далеко и тем самым сентиментально. Для художника и поэта оно средство отвести инстинкт меланхолии, мешающий чистому искусству <...>»;

2. «Мы не футуристы: прошлое и будущее сливается для нас в своей сентиментальной отдаленности, в своих проекциях на затуманенном и бессильном восприятии. Искусство живо только настоящим <...>»;

3. «Мы – новые egos, и наша задача "обесчеловечить" современный мир <...> Нужно создать новые отвлеченности, столкнуть новые массы, выявить из себя новую реальность»[3].

---

[1] Группа основана в 1918 г. В состав группы вошли В.Шершеневич, С.Есенин, А.Мариенгоф, Р.Ивнев, художник Б.Эрдман и Г.Якулов, членами группы стали А.Кусиков, М.Ройзман, И.Грузинов, Н.Эрдман. Петроградское объединение имажинистов носило название «Воинствующий орден имажинистов», им принадлежал «Манифест новаторов» (1922), в состав ордена входили А.Золотницкий, Влад.Королевич, С.Полоцкий, Г.Шмерельсон, В.Ричиотти, И.Афанасьев-Соловьев, Н.Григоров, В.Эрлих и др. О знакомстве с С. Есениным Шершеневич вспоминал: «...На одном из вечеров в Политехническом музее встретились сразу трое: Это были Сергей, Анатолий Мариенгоф и я <...> После этого вечера мы поехали на квартиру Мариенгофа, там долго беседовали <...> Были мы люди незнакомые друг другу, и вдруг оказалось, что кроме любимой нашей поэзии, у нас есть ещё нечто общее, и это общее путём долгих споров вылилось в движение, дошедшее до вас под названием имажинизм». Ивнев Р. Четыре выстрела в Есенина, Кусикова, Мариенгофа, Шершеневича. М., 1921. С.15.

[2] Львов-Рогачевский В. *Новейшая русская литература*. М., 1927. С.293.

[3] Венгерова З. Английские футуристы // Контекст. 2000. Вып. VI. С. 87–88.

Венгерова отмечает математичность поэтических установок Паунда, что мы также наблюдаем в теоретических работах имажинистов[1]. Общим можно считать и увлечение теоретизированием живого поэтического процесса. Так, Венгерова пишет: «Я тщетно пытаюсь отвлечь беседу от программ и формул в сторону живых художественных достижений "вортистов" и "имажистов". Им владеет соблазн теории, и ему кажется, что, создавая программы для "новых egos", он точно волшебными заклинаниями вызовет их к жизни»[2].

И.Яжембиньска выделяет четыре этапа развития имажинизма: доорганизационный период (1913–1918), активная деятельность (1919–1921), попытки обновления программы (1922–1924), формальное и коммерческое существование группы (1924–1927)[3]. Эстетические принципы имажинизма берут начало в теории и практике футуризма. Важнейшие принципы имажинизма родились, по мнению Н.М. Солнцевой, из полемики еще эгофутуриста Шершеневича с кубофутуризмом[4].

Имажинизм был притягателен для С.А.Есенина *апологией и новизной образотворчества, густотой тропов*. Прежде всего речь идет о приоритете метафоры. По словам А.Н. Захарова, "избыточный характер метафорической образности становится у имажинистов" характернейшей особенностью их поэтического мышления. Самодовлеющая метафора оказывается

---

[1] Например, в «2 x 2 = 5» В. Шершеневича: «Так как каждое художественное произведение есть только схема материалов, то формуле $a + в$, где "a" и "в" – материалы, придавали значение x, т.е. $a + в = x$. Но это, конечно, неверно, так как поэт – это точный математик и только он знает точное значение a и $в$ (конечно, левая часть формулы может быть увеличена и приведена к виду $a + в + c + d + e$...). X всегда равен понятию красоты, красота же есть равновесие материалов» (21–22).

[2] Там же. С. 88.

[3] Яжембиньска И. Русский имажинизм как литературное явление: Автореф. дис....канд. филол. наук. Л., 1986. С.3.

[4] Солнцева Н.М. Имажинизм // *История русской литературы XX века. 20–50–е годы: Литературный процесс*. М.: Изд-во Моск. ун-та, 2006. С. 401.

определяющим художественным принципом, а метафорический образ — единственным методом "обновления слова"»[1].

Как сказано в «Декларации» (<1919>) имажинистов: «Поэт работает словом, беромым только в образном значении» (9). Эстетика имажинистов выстраивалась на противопоставлении всем существовавшим поэтическим школам, в том числе авангардистским; так, футуризм обвинялся и в мистике, и в преданности содержанию. В теоретических работах имажинистов, особенно в «2 х 2 = 5. Листы имажиниста» (1920) Шершеневича, актуализировался принцип нетрадиционных, неожиданных и в целом случайных связей слов, что нашло широкое применение в поэтической практике.

Образ отличался экспрессией. Как отмечает В.Н. Терёхина: «Подобно раннему русскому футуризму имажинизм внутри своей доктрины содержал типологически близкие экспрессионизму положения, потенциально способные породить соответствующую эстетику»[2]. Так, образотворческим был принцип пограничных состояний, болезненных реакций, деформированности.

Приведем примеры:

В. Шершеневич: «Тучи расселись чинно в небесные кресла и стулья / И облачковые тюли, как программы, развернули» (66), «Нет, уж лучше пред вами шариком сердца наивно / Будет молиться влюбленный фигляр» (92), «День минус солнце плюс оба / Полюса скрипят проселком веков. / Над нами в небе пам-пам пляшет злоба, / Где аэро качается в гамаке ветров» (94), «Луна выплывала воблою вяленой» (96), «За окошком намазаны икрою галочьей / Бутерброд куполов и стволы» (98), «Полночь стирает полумрака

---

[1] Захаров А.Н. Русский имажинизм: Предварительные итоги // *Русский имажинизм* / Под ред. В.А. Дроздкова, А.Н. Захарова, Т.К. Савченко. М.: ЛИНОР, 2003. С. 15.

[2] Терёхина В.Н. *Экспрессионизм в русской литературе первой трети XX века: Генезис. Историко-культурный контекст*. М.: ИМЛИ РАН, 2009. С. 204.

резинкой / На страницах бульваров прохожих» (101), «В портсигаре губ языка сигарета» (103), «Череп мира земного вымою» (108).

А. Мариенгоф: «головы человечьи, / Как мешочки / Фунтиков так по десять, / Разгрузчик барж, / Сотнями лови, на!» (201), «Багровый мятеж палец тычет / В карту / Обоих полушарий» (204), «В каждой дыре смерть веником» (204), «Кто это сваливал вчера в нас-то / Пламени глыбы ударами кирк? / Небо – в красном трико гимнаста, / А город – обезумевший цирк» (205), «Месяц ввысь дискобол, / И туда же – электричества дротики» (207), «Бьют зеленые льдины / Дни о гранитные набережные» (209), «Опять трехдюймовки хохотали до коликов» (213), «Дни горбы по ступенькам / Из погребов тысяча девятьсот восемнадцатого... / Сейчас – на хрусткий крахмал улиц кашне бы, / А тут: звенькают / Вьюги / Ветрами, как в бубен, в небо, / И тучи струги / На зори, а зори красные лисьи / Хвосты в сугробы...» (215).

Р. Ивнев: «И кожа падает, как платье» (297), «Раскрыла колени Астрахань, / Глядит, смуглый горб обнимая» (299), «Уста пристегнув к стремени, / Летим, как рыбы на привязи, / Как будто кусок, из времени / с мясом и кровью вырезанный» (300), «Красная влага веры и крови / падает в коченеющий чан рта» (301), «Моя голова как будто из воска / Среди лекарств и зеркал» (301).

И. Грузинов: «Неба сочная полудыня. / Звезды – семечки синие» (308), «Охапки порыжелых лун» (310), «На травы клонит солнцелень» (310), «Линялой бичевой на пустыри легла / Дорога» (316).

А. Кусиков: «Оранжевый глаз заката» (327), «Мои мысли повисли на коромысле – / Два ведра со словами молитв» (328), «Кто-то небо чернилами залил» (330), «Тоска на плетне лошадиным черепом / Скалит зубы сквозь просинь в осеннюю даль» (333), «Синей усталью взор мой вытек» (333), «Грустным тупозвоном в пятносинь потемок / Разбросался дождь по лужицам булавками» (334), «В папахе взъерошенных мыслей» (335), «День сплывал, / И узорно синеющей плесенью / Вечер / Прял на небе / Спокойно / И просто» (338), «Запрокинув / Пушистые / Мысли / Хвостом» (339), «О время, грива поределая, / Я заплету тебя стихом» (341), «Швырнул я сердце звонко в эхо, / В расстегнутый раскат грозы» (341), «Дырявый шатер моих дум / Штопают спицы луны» (343), «слепое солнце – куриные потемки» (360), «Кивнется рыжей челкой / Подстриженная первая звезда» (361).

М. Ройзман: «Как заорали / Горластые колокола / Хмельному рыжему трамваю» (369), «Твой полдень расстрелянный умер» (371), «И буквы набухшие выпучил» (371), «Вбиты в ладони осени / Наглухо ржавые гвозди» (372), «над фонарями безрукими» (372), «Пятый раз теперь / Зима из крыльев на крыши / Лебяжие перья / Крестами роняет неслышно, / И галки распяты» (373).

По мнению М.А. Галиевы, для С.А.Есенина образность (думается, и его сложная метафорика) была связана, прежде всего, с неким культурным кодом, памятью народа: «Имажинизм не формальное учение, а национальное мировоззрение, вытекающее из глубины славянского понимания мертвой и живой природы своей родины», для С.А.Есенина имажинизм произрастает через образное зерно первых слов загадки, через пословицу, наконец, идет от «Слова о полку Игореве» и Державина к образу национальной революции [Гостиница, с. 7]. Обращаясь к монографии Я.Э. Голосовкера «Логика мифа», встречаемся с понятием «целокупного образа», которое ученый мыслит как «совокупность таких конкретных образов, представленных в плане одного развивающегося смысла», образов, созданных «в разные времена народом, его поэтами и мыслителями, иногда независимо друг от друга» [Голосовкер, с. 48]. В этой связи возникает закономерный вопрос о наличии такого «целокупного образа» в поэтике С.А. Есенина. Не является ли орнамент, вышивка, о которых так подробно написал поэт в «Ключах Марии» частью, составляющей этой картины, где уже хотя бы орнамент, например, логическое звено смысла в сложной образной поэтической системе? Я.Э. Голосовкер также отмечает: «Поражает то обстоятельство, что воображение народа или множества особей, принадлежащих к разным векам, коллективно работает творчески так, что в итоге перед нами возникает законченная картина логического развития смысла целокупного образа – до полного исчерпывания этого смысла» [Голосовкер, с. 49]. И последнее замечание Голосовкера в этом контексте, о котором стоит сказать, об «имажинативном абсолюте», присущем в той или иной мере любому творческому процессу.

За счет непривычных связей понятий образ обретал черты чрезвычайности и визуальности, нарочитой изобразительности. Задача имажиниста соединить разнородные понятия в единый образ, что принципиально отличает имажинизм от общего авангардистского положения о сниженных структурных связях внутри текста. Строке придавалась смысловая и формальная завершенность, строка была поэтической единицей, что отвечало и специфике лирики С.А.Есенина доимажинистского периода. Сочетание принципов главенства, целесообразности каждого образа, с одной стороны, и единства образов – с другой, соответствовало задаче писать понятную лирику, что также не входило в противоречие с художественными установками Есенина.

Имажинистская чрезвычайность – черта поэтического словаря С.А. Есенина: «Пролей, как масло, / Власа луны» (173), «Я сегодня снесся, как курица, / Золотым словесным яйцом» (179), «Лай колоколов» (180), «Ты огня золотого залежи / Разрыхлял киркою воды» (180), «И вспашу я черные щеки / Нив твоих новой сохой» (182), «О солнце, солнце / Золотое, опущенное в мир ведро, / Зачерпни мою душу!» (184), «Души бросаем бомбами» (195), «Бубенцом мы землю / К радуге подвесим» (195), «Волны белыми когтями / Золотой скребут песок» (196), «Лошадиную морду месяца / Схватить за

Глава III. Эстетика авангарда в художественной концепции С.А.Есенина

узду лучей» (198), «Я понял, что солнце из выси / В колодезь златое ведро» (199), «Облетает под ржанье бурь / Черепов златохвойных сад» (201), «Это грабли зари по пущам» (201), «Веслами отрубленных рук / Вы гребетесь в страну грядущего» (201), «Скоро белое дерево сронит / Головы моей желтый лист» (201), «На дорогах голодным ртом / Сосут край зари собаки» (202), «В чашки рук моих злобу выплакать» (202), «Взбрезжи, полночь, луны кувшин / Зачерпнуть молока берез!» (204), «Вертеть жернова поэм» (204). Отмечая сходство образов, мотивов, теоретических тем имажинистов, А.Н. ахаров («Эволюция есенинского имажинизма», 2005) приходит к выводу о том, что в поэмах Есенина 1919 г. «Пантократор» и «Кобыльи корабли» есть влияние некоторых принципов имажинизма Шершеневича и Мариенгофа. Прежде всего это касается усложненных образов. По наблюдению исследователя, есть они и в «Пугачёве» (1921) (например: «Клещи рассвета в небесах / Из пасти темноты / Выдергивают звёзды, словно зубы»[1] и др.).

Выскажем три замечания:

1) Положенная в основу эпатажности, чрезвычайности образа экспрессивность для Есенина не была чертой лишь имажинистской поэтики, а скорее являлась признаком фольклорной архаики. В «Ключах Марии» (1918) речь идет о сочинительстве загадок, в целом о фольклоре Древней Руси как о предельно экспрессивном.

2) В лирике место заданности на необычный образ, на наш взгляд, гораздо скромнее, чем в «маленьких поэмах»; из стихотворений 1918 г. нет ни одного, созданного соответственно имажинистской эстетике.

3) В потоке образов С.А.Есенина эпатажность – фрагмент в контексте привычной для него тропеизации, что отличает его произведения от многих стихотворений Мариенгофа и Шершеневича. Например, в *«Преображении»*

---

[1] *Сергей Есенин в стихах и жизни. Поэмы 1912–1925. Проза 1915–1925.* С. 15.

(1917) традиционные для С.А.Есенина образы вроде «О том, как Богородица, / Накинув синий плат, / У облачной околицы / Скликает в рай телят» (171) преобладают над такими авангардистскими, как «Над рощею ощенится / Златым щенком луна» (171). В шестнадцатистрочном стихотворении *«Я покинул родимый дом...»* (1918) лишь две строки – «Золотою лягушкой луна / Распласталась на тихой воде» (192) – написаны в имажинистской манере, в шестнадцатистрочном «В час, когда ночь воткнет...» (1919) только две «В час, когда ночь воткнет / Луне на черный палец» (197) отвечают имажинистским установкам. Показателен тропеический ряд в *«Душа грустит о небесах...»* (1919):

Душа грустит о небесах,
Она нездешних нив жилица.
Люблю, когда на деревах
Огонь зеленый шевелится.

То сучья золотых стволов,
Как свечи, теплятся пред тайной,
И расцветают звезды слов
На их листве первоначальной.

Понятен мне земли глагол,
Но не стряхну я муку эту,
Как отразивший в водах дол
Вдруг в небе ставшую комету.

Так кони не стряхнут хвостами
В хребты их пьющую луну...

Глава III. Эстетика авангарда в художественной концепции С.А.Есенина

О, если б прорасти глазами,

Как эти листья, в глубину. (200–201)

Стихотворение характеризуется высокой плотностью глагольных метафор, метафорических эпитетов. В стихотворении С.А.Есенина нет «износившихся поэтических образов»[1]. Новизна тропа достигается разными путями: непривычным лексическим сочетанием или метафорическим новообразованием («Огонь зеленый шевелится», «земли глагол», «И расцветают звезды слов»), развитием привычных метафор (душа – «нездешних нив жилица» вместо «нездешней души»)[2]. В первых трех строфах приведенного тексте каждая строка отражает метафорическое мышление С.А.Есенина, однако троп гармонично согласован с автологическими понятиями, номинативными обозначениями. Четвертая строфа создана по имажинистскому принципу, тропы по-авангардистски эпатажны, в них очевидна намеренность. Как сказано в «Декларации» имажинистов: «Мы с категорической радостью заранее принимаем все упреки в том, что наше искусство головное, надуманное, с потом работы. О, большего комплимента

---

[1] Жирмунский В. Метафора в поэтике русских символистов // Жирмунский В. *Поэтика русской поэзии*. СПб.: Азбука-классика, 2001. С. 163.

[2] «В языке поэта метафоры оживают. Это оживление метафорического смысла слова достигается различными приемами. Иногда – несколько необычным сочетанием метафорических слов, например, вместо прозаического "бархатный голос" – у И. Анненского "эти в *бархат ушедшие* звуки". В других случаях – более или менее последовательным развитием метафоры; например, вместо прозаического "отравленная жизнь", "отравленное чувство" – у Баратынского "мы *пьем* в любви *отраву* сладкую"; вместо обычного "горькие слова" – у А. Блока необычное и последовательное развитие метафоры "Горек мне *мед* твоих слов". Наконец, нередко оживление метафоры достигается метафорическим новообразованием ("неологизмом"), заменяющим износившийся поэтический образ другим, сходным по смыслу, но выраженным иными словами; например, вместо обычного "холодное чувство", "холодная душа" – у А. Блока "снежная вьюга в сердце", "снежная любовь" и т.д.; вместо прозаического "острые", "резкие" (= "режущие") слова – у Бальмонта "Я хочу кинжальных слов" <...>». Там же.

вы не могли нам придумать, чудаки. Да. Мы гордимся тем, что наша голова не подчинена капризному мальчишке – сердцу. И мы полагаем, что если у нас есть мозги в башке, то нет особенной причины отрицать существование их. Наше сердце и чувствительность мы оставляем для жизни и в вольное, свободное творчество входим не как наивно отгадавшие, а как мудро понявшие. Роль Колумбов с широко раскрытыми глазами, Колумбов поневоле, Колумбов из-за отсутствия географических карт – нам не по нутру» (9). Сходная тема содержится в «2 х 2 = 5» Шершеневича: «Все упреки, что произведения имажинистов неестественны, нарочиты, искусственны, надо не отвергать, а поддерживать, п<отому> ч<то> искусство всегда условно и искусственно» (22). В системе ценностей имажинистов таланту отводилась маргинальная роль, что следует из теоретических пассажей Мариенгофа; доминирующее значение в поэтическом творчестве придавалось логике. В «2×2 = 5» Шершеневича поэтическое творчество интерпретировалось как математический расчёт.

«Головные» тропы четвертой строфы, как в целом лирики имажинистов, семантически чрезмерны и уплотнены. Особенно это касается образа «Так кони не стряхнут хвостами / В хребты их пьющую луну...», где заключено два действия («кони не стряхнут», луна пьет), выраженные одним сказуемым и подлежащим и осложненные дополнениями и определением.

Фрагментарность имажинистской образности в произведениях С.А.Есенина не означает снижения выразительности. Выразительность – один из основных поэтических критериев в теории имажинизма. Показательны слова Шершеневича из «2 × 2 = 5»: «Для символиста образ (или символ) – способ мышления; для футуриста – средство усилить зрительность впечатления. Для имажиниста – самоцель. Здесь основное видимое расхождение между С.А.Есениным и Мариенгофом. С.А.Есенин, признавая самоцельность образа, в то же время признает и его утилитарную сторону – выразительность. Для Мариенгофа, Эрдмана, Шершеневича – выразительность есть случайность» (25).

4) Экспрессия и намеренная искусность тропов были присущи есенинской поэтике и до знакомства с имажинистами. От ранних поэтических опытов до овладения имажинистской техникой С.А.Есенин прошел сложный путь, осваивая новые темы и расширяя свои художественные возможности. С начала 1914 г. есенинская поэзия отличается густотой органической образности. Речь идет об отдельных образах вроде «Туда, где льётся по равнинам / Берёзовое молоко»; «Рассвет рукой прохлады росной / Сшибает яблоки зари» (66) и о целых стихотворениях («Осень», «Не ветры осыпают пущи...», «Чую радуницу Божью...» [1914] и др.). Возможно, уже тогда начинался есенинский имажинизм. К 1916–1917 гг. поэтика еще теоретически и организационно не существовавшего имажинизма отчетливо проявилась в произведениях С.А.Есенина. Например, в «Пришествии» (1917): «С шеста созвездья / Поет петух» (167), «Вздохнула плесень» (168), «Вздыбился мрак» (168), «Шамкнул прибой» (169), «Рухнули гнезда / Облачных риз» (169), «И голгофят снега Твои» (169), «О ланиту дождей / Преломи / Лезвие заката...// Трубами вьюг / Возвести языки...» (169), «Горстьми златых затонов / Мы окропим твой крест» (169), «О верю, верю – будет / Телиться Твой восток!» (170), «Пролей ведро лазури / На ветхое деньми! // И дай дочерпать волю / Медведицей и сном, / Чтоб вытекшей душою / Удобрить чернозем» (170). Или в «Преображении» (1917): «Облаки лают, / Ревет златозубая высь... / Пою и взываю: / Господи, отелись!» (170), «Звездами спеленай / Телицу Русь» (170), «Небесного молока / Даждь ми днесь» (170), «Мудростью пухнет слово, / Вязью колося поля. / Над тучами, как корова, / Хвост задрала заря» (172).

Свою роль в обновлении стиля сыграли неологизмы. Неологизм может способствовать развитию словаря, может выступать в виде варваризма, в качестве элемента понижения качества языка, расшатывания культурных традиций. Для поэтического творчества особую роль играют неологизмы с яркой экспрессивной окраской, придающие образную характеристику предметам, которые уже имеют названия. У стилистических неологизмов есть синонимы, которые обычно уступают им по интенсивности.

С.А.Есениным введено в художественный язык около 300 неологизмов («заунывным карком» [31], «пряжа выснежного льна» [79], «колдовная» от «колдовство» [50], «на кивливом языке» [71] и многие другие), большинство которых прозрачно по строению и семантике. Однако не все есенинские новообразования следует признать оригинальными, поскольку они бытуют в похожей форме или значении в языке поэтов. Новообразование «лунность» регулярно повторяется в неолексиконе Серебряного века: оно встречается у И. Серевянина[1] в значении «время, когда светит луна», у Вяч. Иванова (первично), у С.А.Есенина в значении «лунный свет». Глагол «вскрутить» и в северянинском («Почти газэлла», 1910), и в есенинском («Ус», 1914) контекстах обладает значением «закрутить вихрем». Или «мордища» с разным ударением, но с одинаковыми семантическими и стилистическими оттенками у Маяковского («Про это», 1923), у С.А.Есенина («Сорокоуст», 1920). Глагол «обрыдать», отмеченный стилистической сниженностью, Маяковский вводит в состав олицетворения («Облако в штанах», 1914–1915), а С.А.Есенин использует в прямом значении – «оплакать» («На Кавказе»,1924). Для нашего исследования особенно актуальны аналогии неологизмов С.А.Есенина и авангардистов, прежде всего В. Хлебникова[2]. Это

---

[1] Никульцева В. В. *Словарь неологизмов Игоря-Северянина* / ИРЯ им. В. В. Виноградова РАН; Под ред. проф. В. В. Лопатина. М.: ООО «Азбуковник», 2008. 378с. Далее приведены примеры из указанной работы.

[2] Между поэтами установились творческие связи. Например, в «Воле труда» (ноябрь 1918) сообщалось о работе Хлебникова, Есенина, А. Белого и других в рубрике «Искусство»; книга «Харчевня зорь» (апрель 1920) написана (Перейти на следующую страницу)

«1) неологизмы, совпадающие по форме и значению в словаре обоих поэтов, и 2) неологизмы, совпадающие по форме, но обладающие нетождественным лексическим значением»; первая группа – *водь*, *звань*, *рыдальный*; вторая – *безмясый*, *крысина*, *рыдальщик*, *хмаровый*, *ясь* ; «отдельные новообразования, которые частично совпадают по форме и тождественны либо нетождественны по значению, такие как *мо́розь*, *голубень* у Есенина и *моро́зень*, *голубель* и *голубонь* у Хлебникова <...>»[1]. Характерной для есенинского языка чертой можно назвать отсутствие в нём заимствований из окказиональной лексики таких авангардистов, как В. Каменский, А. Кручёных, К. Большаков, Н. Асеев, Е. Гуро, Г. Петников, В. Шершеневич, Б. Лившиц, Р. Ивнев, Д. Бурлюк и др[2]. Помимо задачи экспрессионистского характера, авангардисты, создавая неологизмы, стремились подчеркнуть материальную и очевидную суть слова, которую можно видоизменять, как вещь. Только в таком случае, по их мнению, слово становилось самоценным, действительно живым.

Контекстом для неологизмов С.А.Есенина служили не только лексические эксперименты Хлебникова, Маяковского, Северянина, но и односложные и двусложные бессуфиксальные существительные, соответствующие архаичной, фольклорной, традиции. Например, есенинские *водь*, *звень*, *сочь*, *трясь* и др. По наблюдению Е.М. Галкиной-Федорук, в поэзии С.А.Есенина «чаще, чем у других поэтов, употребляются существительные особого фонетико-морфологического образования безаффиксального характера. Эти

(Перейти на предыдущую страницу) Есениным в соавторстве с Мариенгофом при участии Хлебникова, тогда же состоялся их совместный творческий вечер в Харькове. О есенинском контексте творчества Хлебникова: Леннквист Б. *Мировоззрение в слове: Поэтика Велимира Хлебникова*. СПб.: Академический проект, 1999. С. 120–124.

[1] Никульцева В. В. Идентичные неологизмы в неолексиконе Сергея Есенина и Велимира Хлебникова // Поэтика и проблематика творчества С. А. Есенина в контексте Есенинской энциклопедии. С. 318, 319.

[2] См.: Масленников Д. Б. *Словарь окказиональной лексики футуризма*. Уфа: Изд-во БГПУ, 2000. 140с.

краткие слова обладают особой ритмичностью из-за корневого ударения и потому бесценны для поэтизации речи <...> Безаффиксальные слова образуются от существительных и прилагательных (путем отбрасывания окончаний), но чаще всего от глаголов (в этом случае удаляется суффикс. Этот вид словообразования присущ народному языку и лишь иногда используется поэтами)»[1].

В образной экспрессии имажинистов явно проступает и эстетический, и этический *вызов,* позднее представленный как проект их школы во имя словесного образа[2]. Социальным и идеологическим контекстом вызова явилась революционная эпоха, в которой авангард позиционировал себя как искусство нового времени, радикальных перемен. Однако отметим, что пафос коренного преображения жизни не исключал трагического восприятия революции («Ангел катастроф» [1921] Шершеневича, «Словно навозные кучи кабан...» [1919] Мариенгофа).

Вызов очевиден в отрицании прошлой культуры, что распространялось и на ранний авангард. В «Декларации» имажинисты упрекнули футуристов в мрачности и угрюмости. В «2×2=5» Шершеневич объявил Хлебникова пережитком древнего славянского творчества.

Вызов проявился в броской креативности собственного «я», в теме своих сверхвозможностей. Мариенгоф писал: «Мы! мы! мы всюду / У самой рампы, на авансцене, / Не тихие лирики, / А пламенные паяцы» (199). Есенин в «Инонии» этический разрушитель: «Как овцу от поганой шерсти, я / Остригу голубую твердь. / Подыму свои руки к месяцу, / Раскушу его, как

---

[1] Галкина-Федорук Е.М. *О стиле поэзии Есенина.* М., 1965. С. 20–22.

[2] Из «Почти декларации» имажинистов (1923): «...опять перед глазами сограждан разыгрывалась буффонада: расписывался Страстной монастырь, переименовывались московские улицы в Есенинские, Ивневские, Мариенгофские, Эрдманские, Шершеневические, разыгрывались потешные мобилизации в защиту революционного искусства, в литературных кафе звенели пощечины, раздаваемые врагам *образа*; а за кулисами шла упорная работа по овладению мастерством, чтобы уже без всякого épater через какие-нибудь пять-шесть лет, с твердым знанием материала эпох и жизни начать делание большого искусства» (13).

орех <...> / Я сегодня рукой упругою / Готов повернуть весь мир» (179). Э.Б. Мекш рассматривает общие в идеологии Ницше и имажинистов концепты: отношения сверхчеловека и толпы, разрушение как начало созидания, пол, имморализм, антиэстетизм, культ мужественности в ущерб состраданию, а также стиль афоризма[1].

Эпатажность достигает предела в религиозном вызове. Шершеневич («2 х 2 = 5») декларировал религию как систему образов («Религия – это не качество. Не свойство, не наука. Это искусство готовых форм». [23]), что оправдывало имажинистскую вседозволенность по отношению к религиозным идеям и символам. Например, у Мариенгофа: «Кричу: "Мария, Мария, кого вынашивала! / Пыль бы у ног твоих целовал за аборт!.." / Зато теперь: на распеленутой земле нашей / Только Я – человек горд» (202); у С.А.Есенина в «Инонии»: «Тело, Христово тело, / Выплевываю изо рта» (179), «Даже Богу я выщиплю бороду / Оскалом моих зубов» (180), «Проклинаю я дыхание Китежа / И все лощины его дорог» (180), «Проклинаю тебя я, Радонеж, / Твои пятки и все следы!» (180), «Я кричу, сняв с Христа штаны» (181). Если у Мариенгофа: «Кто-то Бога схватил за локти» (203), то у С.А.Есенин: «Ухвачу Его за гриву белую» (180).

Во-первых, имажинисткий вызов в художественном и этическом сознании С.А.Есенина – временное явление, от которого он вскоре отступился; во-вторых, эпатаж религиозный не был общим для имажинистов. Например, уже в 1919 г. Р. Ивнев создал покаянное стихотворение «От чар Его в позорной злобе...». Или его же покаянные строки из «Ртом жадным и мерзлым...» (1920): «Во имя какой, какой любви / Было искромсано тело Христа? // Не я ль это тело кромсал, как коршун? / Удавленник Иуда в моих зрачках» (301).

В отличие от есенинского богоборчества, «за которым всегда, полагает

---

[1] Мекш Э.Б. Традиции Ницше в поэзии имажинистов // *Русский имажинизм*. С.260.

О.Е. Воронова, скрыта устремлённость к поиску нового духовного идеала или близкая готовность к покаянию, имажинистские инвективы к Богу – это всегда предельно нигилистическое богохульство, богоотрицание и безбожие в самом падшем его варианте, порой умело прикрытое революционной фразой или лозунгом»[1]. Кроме того, мы считаем справедливым замечание исследовательницы о том, что материалом для библейских аналогий служил «общий образно-символический фонд революционной поэзии, в формировании которого С.А.Есенину, наряду с А. Белым, А. Блоком, В. Маяковским, Н. Клюевым, Д. Бедным, В. Хлебниковым, принадлежала определяющая роль»[2]. Например, как считает В.А. Сухов, есенинское «Преображение» оказало влияние на стихотворение Мариенгофа «Россия»: оба поэта использовали библейские образы и мотивы; но отмечается и отличие в поэтическом мировосприятии С.А.Есенина и Мариенгофа: мотив рождения нового мира выражен С.А.Есениным через образы, которые связаны с «крестьянским миропониманием и космологическим мифологизмом», у Мариенгофа нет «такой глубинной образной системы» отсутствуют культурные корни, многие строки "России"» звучат «кощунство и оскорбительно»[3].

Вызов выразился и в принципе равенства этических и неэтических образов, о чем было сказано в работе Мариенгофа «Буян-остров. Имажинизм» (1920): приветствовалось соединение в произведении чистого и нечистого. Физиологический образ приравнивался к нормативному. Об этом же идет речь в «2 x 2 = 5»: «Необходимо решить раз и навсегда, что все искусство строится на биологии и вообще на естественных науках. Для поэта важнее

---

[1] Воронова О.Е. Поэтика библейских аналогий в поэзии имажинистов революционных лет // *Русский имажинизм*. С. 172.

[2] Там же.

[3] Сухов В.А. Есенин и Мариенгоф (К проблеме личных и творческих взаимоотношений) // Там же. С. 223.

один раз прочесть Брема, чем знать наизусть Потебню и Веселовского» (23).

В поэтической практике Шершеневича встречается: «Сам себе напоминаю бумажку я, / Брошенную в клозет» (97). У Мариенгофа: «Скоро / К сосцам твоим присосутся, / как братья, / Новые своры народов» (199), «Словно навозные кучи кабана, / Разворачивает души отчаяние» (205). У Есенина: «Златое солнце, как пуп, / Глядит в Каспийский рот» (197), «Значит, небо тучами изглодано» (201), «Даже солнце мерзнет, как лужа, / Которую напрудил мерин» (202), «Дождик мокрыми метлами чистит / Ивняковый помет по лугам» (203). В приведенных строках образы отражают эстетический проект. Однако в поэзии Ивнева они, на наш взгляд, не являются самоцельными, но выражают рефлексию на унижение человеческой плоти в революционную эпоху: «Друзья, пора домой, на палубу земли. / Там – груды человеческого мяса» (296), «И кости – вот уже обнажены, / Омыты гнойной поволокой» (298). Нечастые в поэзии Грузинова, они скорее являются данью натуралистичности некоторых явлений деревенского быта; например: «Бьет кровь в лохань, / Где сдохлись за ночь мутные помои, / И, брызнув на зипун / Хозяина, слипается как черное клеймо. / Парные потроха / Зеленой грудою у ветхого плетня. / И птицы реют над добычей. / Труп бычий / Вздыбили на пялы» (312).

Возможно, сознавая слабую мотивировку существования «нечистых» образов, Мариенгоф предложил в качестве теоретического обоснования закон притяжения противоположностей: «Почему у С.А.Есенина "солнце стынет, как лужа, которую напрудил мерин", или "над рощами, как корова, хвост задрала заря", а у Вадима Шершеневича "гонококк соловьиный не вылечен в мутной и лунной моче"? <...> А разве не знаем мы закона о магическом притяжении тел с отрицательными и положительными полюсами? Поставьте перед "лужей, которую напрудил мерин", "коровьим хвостом", "гонококком" и "мочой" знак "–" и "+" перед "солнцем", "зарёй" и "соловьём", и вы поймёте, что не из-за озорства, а согласно внутренней покорности творческому замыслу поэт слил их в образе» (34). Можно предположить, что Мариенгоф опирался на общий принцип авангарда – текст по сути противоречив[1].

М.Сибинович пишет о том, что С.А.Есенин «решительно» отверг «"самоценный образ" имажинистов, чуждым было и "самоценное слово" кубофутуристов – слово без здравого смысла и хорошего вкуса», но в то же время сам С.А.Есенин «использовал эксперессивные возможности футуристического приема шокирования "общественного вкуса" грубостью и бранью»[2]. Однако отметим, что «нечистые» образы С.А.Есенин вводил в свои произведения не безоговорочно, уравновешивая словесный вызов лексическим, мотивным «целомудрием». Например, в *Исповеди хулигана* (1920) сопрягаются «Стеля стихов злаченые рогожи, / Мне хочется вам нежное сказать» и «Мне сегодня хочется очень / Из окошка луну обоссать» (210). В *Мне осталась одна забава...* (1923) была высказана дуалистическая эстетическая теза «Дар поэта – ласкать и карябать, / Роковая на нём печать. / Розу белую с чёрною жабой / Я хотел на земле повенчать» (223).

Сочетание этически и эстетически нормативных образов и низких не означал для Есенина резкого перехода к новой для него поэтики. Сочетание противоположного – принцип его ранней лирики, особенно это касалось поэтического лексикона («Хаты – в ризах образа» [70], «Богомольный льется пот» [71], «Воробей псалтырь читает»[72], рифмующиеся «дулейки» – «келейки»[73] и др.).

В целом имажинизм как авангардистская школа ориентирован на ци-

---

[1] «Авангардистский текст внутренне противоречив, он противостоит классическому тексту по принципу "плюс – минус" (иерархизация – деиерархизация, конструкция – деконструкция, закрытость – открытость, завершенность – незавершенность и т.д.) <...>В авангардистском тексте подобная несовместимость приобретает глобальный характер». Сахно И.М. С. 10. Русский авангард. С. 12.

[2] Сибинович М. Поэтика Есенина на распутье между модернизмом и авангардом. С. 187.

вилизацию современного *города*. Город в большей степени поэтизировался, чем представал миром порока и бездушия. Например, у Шершеневича: «Где раньше леса, как зеленые ботики, / Надевала весна и айда, / Там глотки печей в дымной зевоте / Прямо в небо суют города. // И прогресс стрижен бобриком требований / Рукою, где вздуты жилы железнодорожного узла, / Докуривши махорку деревни, / Последний окурок села. // Телескопами очистивши тайну звездной перхоти, / Вожжи солнечных лучей машиной схватив, / В силомере подъемника электричеством кверху / Внук мой гонит, как черточку, лифт» (99); «И солнце над московским грохотом / Лучей чуть рыжих лисий смех» (104). У Ивнева: «От воздушного ли костра, / От небесной ли синевы / Эти пышные вечера / Эти пышные вечера / Возжигающейся Москвы?» (297).

Однако и эта особенность не является абсолютной. Принципиально отлична в этом отношении поэзия Грузинова, Кусикова, С.А.Есенина, впоследствии признавших бесперспективность и искусственность имажинистской эстетики. Показательно стихотворение Грузинова «Русь» (1921). Он автор брошюры по теории стиха «Имажинизма основное» (1921), и в ней он критически высказался в адрес города, «перед которым преклоняются Верхарн, Уитмен, Маринетти»[1]. Деревня – доминирующая тема его лирики, приоритетными были не столько мотивы бытовой, хозяйственной жизни крестьянина, сколько крестьянского мира в контексте времен и пространств; например: «Мне изба российская просторна. / Светится медянкою поветь. / Окна на восток, в Европу двери / И крыльцо дубовое на юг» («Хлеб», 1924. [317]).

Особенно очевидна эта тема в произведениях «последнего поэта деревни» (205) С.А.Есенина: деревня – «светлый храм» (187), отечество («голубая» Русь [192]), «родимый дом» (192), микрокосм, включенный в

---

[1] Грузинов И. *Имажинизма основное*. М.: Имажинисты, 1921. С. 20.

космический универсум. Поэтизация деревни двуполярна: и воспевание «ложноклассической Руси» (190), и надежда на ее преображение вплоть до Инонии.

Внутри группы не было эстетического и мировоззренческого согласия. Расхождения во взглядах на роль образа в поэтическом искусстве привели в 1922 г. к расколу «Ордена имажинистов» на «правое» (С.А.Есенин, Ивнев, Кусиков, Грузинов, Ройзман) и «левое» (Шершеневич, Мариенгоф, Н.Эрдман, Б.Эрдман и Г.Якулов) крыло. Как отмечает В.А. Сухов, «правые» считали образ средством, «левые» самоцелью в ущерб содержанию. С.А.Есенин возглавил «правое» крыло имажинистов, Шершеневич – «левое». Показателен фрагмент из воспоминания Р. Ивнева: «...С.А.Есенин, изъездив Европу и Америку, начал задыхаться в узком кругу имажинизма <...> Своё недовольство он вдруг перенес на Мариенгофа. Он стал различать как бы два имажинизма. Один одиозный мариенгофский, с которым он <будет бороться>, а другой свой, есенинский, который он <признавал> и от которого не уходил...»[1].

Для поэтов, объединявшихся вокруг С.А.Есенина, характерна тенденция к созданию органических образов, в чём отразилось есенинское влияние. Среди поэтов «левого» крыла сохранилась эстетика «механической» образности. Теоретическая работа И. Грузинова «Имажинизма основное» (1921) была оценена ими как отступничество. «Ключи Марии» С.А.Есенина, написанные также до раскола, содержали положения, на основании которых уже можно судить о двух версиях имажинизма в русской поэзии: С.А.Есенин, с одной стороны, и Шершеневича, Мариенгофа – с другой.

В «Почти декларации» (1923) есенинская поэтика органичного образа, а также признание ранее отвергнутого Шершеневичем принципа подчинения

---

[1] Цит. по: Савченко Т.К. С. Есенин и его окружение. Литературно-творческие связи. Взаимовлияния. Типология. Диссертация...докт. филол. наук. М., 1991., С.376.

образов лейб-образу нашли выражение в тезисе «Малый образ теряет федеративную свободу, входя в органическое подчинение образу целого» (14). При сравнении «Декларации» и «Почти декларации» видна принципиальная разница в формулировании задач поэзии и средств их решения. В «Почти декларации» говорилось о «лирическом переживании» («Лирическое чувство в круге образных синтаксических единиц-метафор» [13]), что также можно расценить как влияние эстетики С.А.Есенина. Если в «Декларации» содержание характеризовалось бессмысленным и глупым явлением, в «Почти декларации» говорилось о задаче творить человека и эпоху, образ эпохи определялся как композиция характера.

Официальный выход С.А.Есенина и Грузинова из группы в 1924 г. во многом был определён эстетическими причинами. Раннее (1922 г.) уехал из России Кусиков. В парижском письме, написанном Ройзману в марте 1924 г., он писал: «Всё это ерунда. Никаких имажинизмов не существует. Всё это мальчишество, хулиганство. Мне с этим совсем не по дороге»[1]. Лирика Шершеневича последних лет жизни близка по образам и лирическому настроению есенинской поэзии. Примеры реминисценций приведены В.А. Суховым[2]. В журнале «Гостиница для путешествующих в прекрасном» имажинисты пытались обновить свою эстетическую концепцию, объяснить прежние позиции буффонадой, но в сборнике Шершеневича «Итак итог» (1926) обозначился и его отход от имажинистских поэтических принципов. Точкой в истории группы стала статья Шершеневича «Существуют ли

---

[1] РГАЛИ. Ф. 2809. Оп. 1. Ед. хр. 127. Цит.по: Солнцева Н.М. *Китежский павлин: Документы. Факты. Версии.* М.: Скифы, 1992. С. 245.

[2] Однако исследователь на фактическом материале иллюстрирует и влияние лирики Шершеневича («Итак итог», 1922) на лирику Есенина («До свидания, друг мой, до свиданья...», 1925). Сухов В.А. *Сергей Есенин и поэты – имажинисты*: Учебно-методическое пособие в помощь студентам факультета русского языка и литературы педагогических университетов и институтов. Пенза: Издательский отдел Пензенского государственного педагогического университета им. В.Г. Белинского, 1998. С.31.

имажинисты?» (1928).

III.3. Эстетическая концепция в «Ключах Марии»

Посвящение «Ключей Марии» (1918, изд. 6 нояб. 1919) А. Мариенгофу дает основание рассматривать статью С.А.Есенина как имажинистский трактат[1]. Первоначально «Ключи Марии» были посвящены Н. Клюеву. Клюев – один из персонажей статьи С.А.Есенина: автор выступает его эстетическим противником[2], но он же обращается к нему за подтверждением своей концепции и находит в нем союзника[3]. Однако Мариенгоф в пору «Ключей Марии» стал для Есенина соратником по созданию новой поэтики[4].

---

1 Рецензия В. Шершеневича на «Ключи Марии» (Знамя. 1920. № 2. 57–58).

2 Так, С.А.Есенин упрекает Клюева в неспособности создавать метафоры, содержащие «двойное зрение», т.е. выражающие амбивалентное и космогоническое понимание бытия. «Для Клюева, например, все сплошь стало идиллией гладко причесанных английских гравюр <...> Сердце его не разгадало тайны наполняющих его образов, и, вместо голоса из-под камня Оптиной пустыни, он повеял на нас безжизненным кружевным ветром деревенского Обри Бердслея, где ночи-вставки он отливает в перстень яснее дней, а мозоль, простой мужичий мозоль, вставляет в пятку, как алтарную ладанку» (271); «...мы не должны строить наши творческие образы так, как построены они хотя бы, например, у того же Николая Клюева» (274).

3 «Значение и пути его [орнамента – У Д.] объясняли в трудах своих Стасов и Буслаев, много других, но никто к нему не подошел так, как надо, никто не постиг того, что –

...на кровле конек
Есть знак молчаливый, что путь наш далек

(Н. Клюев)» (258).

4 Есенин посвятил Мариенгофу «Я последний поэт деревни...»(1920), «Сорокоуст» (1920), «Пугачёв» (1921), «Прощание с Мариенгофом» (1922). У Мариенгофа ряд стихотворений отражает дружеские отношения с Есениным: «Друзья» (1921), «Утихни, друг...» (1921), «Какая тяжесть» (1922), «Не много есть у вольности друзей...» (1922), «И нас сотрут, как золотую пыль...» (1923), «Воспоминание» («Не мало чувств остыло и тревог...») (1925), «Не раз судьбу пытали мы вопросом...» (1925), «Там» («Кстати ли, не кстати ли...») (1940). К есенинской теме Мариенгоф обращался и в прозе: (Перейти на следующую страницу)

На наш взгляд, предпосылки к расколу имажинизма на два крыла содержались уже в «Ключах Марии». Для С.А.Есенина искусство никогда не сводилось к форме. Образ он рассматривал как выражение мировоззрения, нравственности, семейной или бытовой (материальной) культуры: «Собратьям моим кажется, что искусство существует только как искусство. Вне всяких влияний жизни и её уклада» («Быт и искусство», 1921. [277]); «...исповедуемый мною и моими друзьями <имажинизм> иссякаем <...> дело не в сравнениях, а в самом органическом» («Железный Миргород», 1923. [240]). Самоценность образа, по С.А.Есенину – автору «Быта и искусства» беспочвенное, поверхностное утверждение.

III.3.1. Теория образа

В есенинской интерпретации образа насущны следующие позиции: ценен образ органический; в образе синтезированы характерные для народного сознания космизм и почвенность; принцип орнамента; тропеическая неоднозначность образотворчества; «текучесть» как основа композиции образов.

В «Ключах Марии», в «Быте и искусстве» С.А.Есенин развивает идею *органического* образа. В «Автобиографии» (1924), размышляя о невозможности для поэта принадлежать к тем или иным поэтическим школам, он писал: «Прежде всего я люблю выявление органического. Искусство для меня не затейливость узоров, а самое необходимое слово того языка, которым я хочу себя выразить» (301); следует критическое отношение к имажинизму и мысль о том, что поэт не может принадлежать к «школам». В заметке «О себе» (1925) он, имея в виду связь органического образа и «почвы», укоре-

---

(Перейти на предыдущую страницу) «Воспоминание» (1926), «Роман без вранья» (1927), «Мой век, моя молодость, мои друзья и подруги» (опубл. 1964). Не исключено творческое влияние обоих поэтов друг на друга (Сухов В.А.Есенин и Мариенгоф (к проблеме личных и творческих взаимоотношений) // *Русский имажинизм*. С. 220–230).

ненности в народном миропонимании, культурном пространстве, писал о том, что школа имажинизма «не имела под собой почвы» (303). В «Ключах Марии» С.А.Есенин подчеркивал, что органический образ – традиционный в русском искусстве, порожденный спецификой русского сознания и чувствования.

Концепт органического образа во многом отличает эстетику С.А.Есенина от теоретических работ Шершеневича и Мариенгофа. При этом искусное подражание природе, по С.А.Есенину, не отвечает сути органического образа. Эта тема стала главным аргументов в его нападках на Клюева. Органический образ основан на соотношении внутренних возможностей слова с общими законами языка как национального явления, с практикой национальной жизни.

Для понимания сути органического образа существенна мысль С.А. Есенина о самозарождении слова. В «Ключах Марии» и в разговоре с Блоком С.А.Есенин, выражая мысль о природности слова, говорит о способности слова проклевываться птенцом из самого себя (слова как «проткнутые яйца»[1]).

Нам представляется интересной точка зрения О.Е.Вороновой о литературно-теоретическом контексте мыслей С.А.Есенина об органическом образе. Во-первых, есенинские суждения об органическом образе, по мнению исследовательницы, восходят к идее Вяч. Иванова об «органических эпохах», «эпохах примитивных культур и нерасчлененного единства народной жизни, материальной и нравственной» с их «синтетической цельностью восприятия мира» и «органическим всечувствованием»; по Вяч. Иванову, поэт выразитель народного духа, «орган народного самосознания», «орган народного воспоминания»; «как истинный стих предуставлен стихией языка,

---

[1] Блок А. *Собр.соч.: В 8 т. Т. VII.* М.-Л.: Худ.лит, 1963. С. 314.

так истинный поэтический образ предуставлен психеей народа»[1]. Добавим, что в статье Б.Д. Четверикова в петроградском «Литературном еженедельнике» (1923. № 3) С.А.Есенин как теоретик образа упомянут в ряду с Вяч. Ивановым. Во-вторых, утверждение С.А.Есенина о том, что поэтическое слово самозарождается, как зерно, проклевывается из самого себя птенцом, могло основываться на мысли Ап. Григорьева о том, что "телесная энергийность живого бытия, в которой "растворено" ясновидящее сознание-интуиция, творит из самоё себя то, что вместе с тем создается художником; радостное, религиозно-благоговейное приятие жизни, погруженное в нее, отождествление со всем этим мировым животрепещущим телом" помогает поэту воссоздать "и свой общий тип, и свою местность, и свою эпоху, и свою личную жизнь", поэтому "жизнь таланта есть правда"»[2].

«Ключи Марии» начинаются с положения об *орнаменте*: «Орнамент – это музыка. Ряды его линий в чудеснейших и весьма тонких распределениях похожи на мелодию какой-то одной вечной песни перед мирозданием. Его образы и фигуры – какое-то одно непрерывное богослужение живущих во всякий час и на всяком месте. Но никто так прекрасно не слился с ним, вкладывая в него всю жизнь, все сердце и весь разум, как наша древняя Русь, где почти каждая вещь через каждый свой звук говорит нам знаками о том, что здесь мы только в пути, что здесь мы только "избяной обоз", что где-то вдали, подо льдом наших мускульных ощущений, поет нам райская сирена и что за шквалом наших земных событий недалек уже берег» (257–258).

Обращает на себя внимание настойчивая в приведенном фрагменте

---

[1] Иванов Вяч. По звездам: Статьи и афоризмы. СПб.: Оры, 1909. С. 379, 385, 40, 41. Цит. по: Воронова О.Е. Поэтика Есенина как новаторская художественная система. С. 39.

[2] Воронова О.Е. Поэтика Есенина как новаторская художественная система. С. 40. Использованы цитаты: Григорьев Ап. Собр.соч. Вып. 1–14 / Под ред. В. Саводника. М., 1915–1916. Вып. 2. С. 6.

связь орнамента, в основе которого лежит повторяемость образов и мотивов, с музыкальностью, напевностью, кантиленностью поэтики, отмеченной нами в связи с традициями народной лирической песни. Напевные интонации свойственны творчеству С.А.Есенина в гораздо большей степени, чем риторические или разговорные. В целом в основе поэтического текста лежит ритмическая организация, что во многом объясняет теоретический интерес С.А.Есенина к орнаменту.

Акцент, сделанный С.А.Есениным на орнаменте, согласуется, на наш взгляд, с природой модернистского текста, основанного не столько на психологическом правдоподобии и сюжете, сколько на повторяемости мотивов и образов, на растворении события в мотивных фрагментах. С.А.Есенинский интерес к орнаменту как основе образотворчества отвечает распространению в литературе XX в. орнаментальной прозы, сформированной под воздействием поэтических начал и имеющей корни в символизме, авангарде. В орнаментальной прозе в целом и С.А.Есенина в частности проявляются черты, свойственные есенинской художественной системе, это интенсивная метафоризация, тяготение к словотворчеству, повышенная эмоциональность, обращение к простонародному языку. Ю.Б.Орлицкий, описывая влияние поэзии на прозу С.А.Есенина, называет ее версейной[1]. В связи с С.А.Есениным особенно актуальна проза А. Белого, что показывает Н.М. Солнцева, анализируя текст рассказа С.А.Есенина «У белой воды» (1915)[2].

Орнаментальная повторяемость воспринимается С.А.Есениным как

---

1 «...уникальная для прозаического произведения урегулированность объема строф-абзацев, каждый из которых, как правило, состоит из одного предложения, что позволяет отнести "Яр" к так называемой "версейной" прозе, строфика которой ориентирована на библейский стих ("версэ")». Орлицкий Ю.Б. О стихосложении новокрестьянских поэтов. С. 156.

2 Солнцева Н.М. Проза С. Есенина // *Проблемы научной биографии С.А. Есенина*. Рязань: Пресса, 2010. С. 104–116.

показатель связи искусства с вечностью, бесконечностью, нацеленностью на продолжительность. На наш взгляд, принцип орнамента отличает эстетику С.А.Есенина от эстетики Мариенгофа и Шершеневича связью образа с вселенским пространством; образ, по С.А.Есенину, выразитель бытия.

Орнамент во многом порожден мифологичностью, в том числе и мифологическим отождествлением слова и мира (бытия, вещи), что сближает его поэтическую функцию с *метафорой*. Метафора сама по себе служит выразительницей орнамента. И орнамент и метафора особенно актуальны для поэтического текста: за внешним образом в лирике есть внутренний смысл, и эта смысловая неодноплановость, это активное разрастание смыслов происходит за счет активного субъективного начала. Многоплановость метафоры сближает ее с символом, который в есенинском тексте в основном не намерен. По наблюдению И.И. Степанченко, символический смысл есенинских образов порождают, как правило, слова нечастотные, «слова же частотные практически не употребляются в символической функции»[1]; как пример приводится слово «конопляник» в «Отговорила роща золотая...» (1924) и «Не вернусь я в отчий дом...» (1925): привычная природная реалия становится символом одиночества и маргинальности.

Как было отмечено выше, метафора основное средство в поэзии имажинистов. Шершеневич в «2 х 2 = 5» писал: «В каждом слове есть метафора (голубь, голубизна; крыло, покрывать, сажать сад), но обычно метафора зарождается из сочетания, взаимодействия слов: цепь – цепь холмов – цепь выводов; язык – языки огня. Метафора без приложения переходит в жаргон, напр<имер>, наречие воров, бурлаков. Шея суши – мыс – это метафорично,

---

[1] Степанченко И.И. *Поэтический мир Сергея Есенина: Анализ лексики.* Харьков: ХГПИ, 1991. С. 63.

но в разговоре бурлаков или в стихах журналистов обычно говорится только "шея", это является уже не метафорой, не образом, а иносказанием или символом» (25).

Метафора подтверждает мысль С.А.Есенина о неодномерности образа и мира в целом. К апологии метафоры поэт не мог не прийти уже в силу своего раннего интереса к тропеическому стилю. В *«Пороше»* (1914) наблюдаем одинаковую степень использования автологических и тропеических образов: буквальное содержание образов первой строфы («Еду. Тихо. Слышны звоны / Под копытом на снегу. / Только серые вороны / Расшумелись на лугу»), тропеическое – второй строфы («Заколдован невидимкой, / Дремлет лес под сказку сна, / Словно белою косынкой/ Повязалася сосна»); в третьей строфе олицетворение обретает развернутый характер: сосна сравнивается со старушкой, сосна «Оперлася на клюку», но следующие две строки той же строфы состоят из автологического образа («А под самою макушкой долбит дятел на суку»); такое же сочетание в заключительной четвертой строфе (62).

С 1914 г. наблюдается учащение тропеической образности: «Колокол дремавший / Разбудил поля, / Улыбнулась солнцу / Сонная земля», (63), «Скирды солнца в водах лонных», «Курит облаком болото» «Туда, где льется по равнинам / Берёзовое молоко» (66), «Рассвет рукой прохлады росной / Сшибает яблоко зари», «Осень – рыжая кобыла – чешет гриву» (67), «Вяжут кружево над лесом / В желтой пене облака» (71), «Лижут сумерки золото солнца» (73) и др. Уже в раннюю пору творчества С.А.Есенин вводит в словарь тропов новые метафоры («скирды солнца», «березовое молоко», осень «чешет гриву») и использует стертые метафоры. Как поясняет Ю.М. Лотман: «В тех случаях, когда от постоянного употребления или по какой-либо другой причине между прямым и переносным значением (тропом) устанавливается отношение взаимнооднозначного соответствия<...>, перед нами –

Глава III. Эстетика авангарда в художественной концепции С.А.Есенина

стёршийся троп, который <...> функционирует как языковой фразеологизм»[1]. Из приведенных примеров это: колокол «разбудил», земля «улыбнулась».

Активная метафоризация поэтического языка – черта поэтики «новокрестьян», в том числе Клюева, Клычкова, с которыми С.А.Есенин был особенно близок лично и творчески еще до возникновения имажинизма. Причина столь интенсивной тропеичности – образ жизни крестьянина, чему посвящены «Ключи Марии».

Полагаем, что многие метафоры С.А.Есенина родились не только в ходе общения с новокрестьянскими поэтами, но и из личного опыта – из трудовой крестьянской жизни или из созерцания деревенской природы. В «Автобиографии» (1924) С.А.Есенин вспоминал эпизод из своего детства: «Ночью луна при тихой погоде стоймя стоит в воде. Когда лошади пили, мне казалось, что они вот-вот выпьют луну, и радовался, когда она вместе с кругами отплывала от их ртов»[2]. В «Небесном барабанщике» (1918) появляется новый троп: «Нынче луну с воды / Лошади выпили» (194). Стремление к тропеизации уже в раннем творчестве можно рассматривать и как дань фольклорной традиции.

Крестьянской ментальностью объясняется частотность антропоморфных метафор. К их частотности современники С.А.Есенина относились неоднозначно. К. Мочульский, отмечая два типа метафор в поэтическом языке Есенина (зоологический, литургический), писал о том, что метафорическая чрезмерность и «дерзость» приводит к снижению выразительности, порой к «безвкусице»: «Скотовод воспринимает мироздание сквозь свое стадо. У С.А.Есенина это проведено систематически. Вот несколько примеров: "Ягненочек кудрявый месяц гуляет в голубой траве... бодаются его рога".

---

[1] Лотман Ю.М. Чему учатся люди? Статьи и заметки. М.: Центр Книги Рудомино, 2010. С. 168.
[2] *Сергей Есенин в стихах и жизни. Поэмы 1912–1925. Проза 1915–1925.* С. 300.

"Вздрогнувшее небо выводит облако из стойла под уздцы". "И невольно в море хлеба рвется образ с языка: отелившееся небо лижет красного телка". "Тучи...ржут, как сто кобыл". "Небо, словно вымя, звезды, как сосцы". "Я люблю, когда синие чащи, как тяжелой походкой волы, животами, листвою хрипящими, по коленкам марают стволы". Так и осень превращается у него в "рыжую кобылу", которая запрягается в сани. Острота этого, я бы сказал, зоологического претворения мира притупляется очень скоро. Удивляешься изобретательности, но когда узнаешь, что и ветер тоже "рыжий", только не жеребенок, а осленок, это уже перестает радовать»[1]. Мочульский в художественном отношении отдает предпочтение литургическому преображению мира в метафорах С.А.Есенина: «Более тонко проведен другой ряд метафор: быстрыми, всегда неожиданными переходами из одной плоскости образов в другую, – из религии в быт и из быта в религию, поэт пытается снять разделяющую их грань: русский пейзаж становится храмом, убогий и унылый крестьянский быт – богослужением в нем. Подмена живописи иконописью, растворение крестьянского быта в "литургии" определяют собой всю систему образов. Контуры Христова Лика слагаются из полей, оврагов, лесов <...>»[2]. Из приведенной цитаты следует то, что Мочульский скептически относился к авангардистской поэтике, черты которой есть и в поэтическом языке «новокрестьян». Он называет эту черту «грузным реализмом»[3].

В «Ключах Марии» особое место занимают положения о происхождении метафор. Судя по отсылкам С.А.Есенина к источникам образотворчества, главная причина порождения метафор в искусстве – народное сознание, но он же обращает внимание на то, что троп вошел в поэтику мно-

---

[1] Мочульский К. Мужичьи ясли (О творчестве Есенина) // *Русское зарубежье о Есенине: В 2 кн.* / Сост. Н.И. Шубникова-Гусева. М.: Инкон, 1993. Кн. 1. С. 38–39.

[2] Там же. С. 39.

[3] Там же.

гочисленных памятников культуры разных народов. С.А.Есенин выстраивает концепцию образа, опираясь на опыт «Голубиной книги». Современное творчество он рассматривает как ренессанс философско-художественных интенций предков, что соотносится с его верой в возможности новой поэтики: «Мы верим, что пахарь пробьет теперь окно не только *глазком* к богу, а целым огромным, как шар земной, *глазом*. Звездная книга для творческих записей теперь открыта снова <...> Будущее искусство расцветет в своих возможностях достижений как некий вселенский вертоград» (268), оно придет на смену «невероятного отупения», которым отличается литература «за последнее время» (271). Это высказывание объясняет требовательность Есенина к поэтике современной литературы, в том числе представленной сборниками «Скифы». Он писал Иванову-Разумнику (май 1921 г.): «Не люблю я скифов, не умеющих владеть луком и загадками языка. Когда они посылали своим врагам птиц, мышей, лягушек и стрелы, Дарию нужен был целый синедрион толкователей. Искусство должно быть в некоторой степени тоже таким. Я его хорошо изучил, обломал и потому так спокойно и радостно называю себя и моих товарищей "имажинистами"»[1].

Источник метафорического мышления народа С.А.Есенин усматривал в стремлении к примирению человека и пространства, стихий: «Солнце, например, уподобилось колесу, тельцу и множеству других положений, облака взрычали, как волки, и т.д. <...> В наших северных губерниях про ненастье до сих пор говорят: "Волцы задрали солнечко"» (264). Образное мышление предка, порождающее тропы, основано на единстве космоса и земного бытия человека, его обращенности к вселенскому и трудовому, избяному существованию. Обоснование этой тезе поэт находит в «Голубиной книге»

---

[1] *Сергей Есенин в стихах и жизни: Письма. Документы* / Общ.ред. Н.И. Шубниковой-Гусевой, сост. С.П. Митрофановой-Есениной и Т.П. Флор-Есениной. М.: Республика, 1995. С. 101.

(«У нас помыслы от облак Божиих... / Дух от ветра...» / Глаза от солнца... / Кровь от черного моря... / Кости от камней... / Тело от сырой земли...» [264]), хорошо ему известной.

В «Голубиной книге» он увидел ответ на свои бытийные вопросы, но не осталась незамеченной и практика образотворчества. Написанная в форме диалога, «Голубиная книга» состояла из актуальных для мотивного ряда «Ключей Марии» тематических групп (небесная сфера, сословная иерархия, плоды человеческой деятельности, атрибуты земной поверхности, подземная сфера)[1]. В «Голубиной книге» создана картина мироздания в его противостоянии и движении, порождении одного от другого. «Сходственность» (по выражению С.А.Есенина; С. 263) побуждает к сотворению метафоры. «Голубиная книга» не только памятник философской мысли, но и пример художественной мысли. В тексте есть гиперболы (длина книги «сорок сажень», ширина «двадсяти сажень»[2]); гротеск (пророк Исай читал книгу три года, прочитал всего три листа; внешние характеристики книги: «На руках держать – не сдержать будет, / На налой положить Божий – не уложится, / Умом нам сей книги не сосметити, / И очами на книгу не обозрити»[3]); поэтические эпитеты («белый вольный свет», «млад-светел месяц», «ветры буйные», «дробен дождик», «от тех от слез от причистыих», «века животленного», «сильные-могучие богатыри»[4]); метафоры («Почивают ризы самого Христа», «Выпадала с его матушка Иордань-река»[5]); сравнения, параллелизмы («Куда хочет, идет по подземелью, / Как солнышко по

---

[1] Нами использована классификация Ф.М. Селиванова:. Селиванов Ф.М. *Русские народные духовные стихи*. С. 65
[2] Голубиная книга: Русские народные духовные стихи, 1991. С. 34.
[3] Там же. С. 36.
[4] Там же. С. 35, 40, 43, 46.
[5] Там же. С.38.

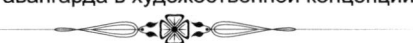

поднебесью»[1]; битва Кривды и Правды ассоциируется с битвой двух лютых зверей). Сам эпитет «голубиная» побуждает к ассоциативности (либо связь со Святым Духом; либо глубокая, глубинная по информации, раскрывающая глубинные сведения о мироздании).

С.А.Есенин выделил *типы образов*, отличающиеся друг от друга способностью к динамике, движению, трансформации – к тому, что в «Быте и искусстве» названо «текучестью» [279]. С.А.Есенин использует сему «вихрь» («vortex»), к которой прибегал Э. Паунд; в «Ключах Марии» есть фраза: «Жизнь наша бежит вихревым ураганом <...>» (274).

В «Ключах Марии» предложена следующая типология образов, в основном продиктованная художественным восприятием самого процесса образотворчества:

1. **Заставочный** образ суть простое уподобление одного другому («Солнце – колесо, телец, заяц, белка» или «Дождик – стрелы, посев, бисер, нитки» [270]). В «Быте и искусстве» в качестве первоначального назван словесный образ, называющий предметы и действия[2]; далее художественное мышление человека породило заставочный образ, иначе мифический.

2. **Корабельный** образ суть развитие, трансформация заставочного («Давид, например, говорит, что человек словами течет, как дождь, язык во рту для него есть ключ от души, которая равняется храму вселенной. Соломон, глядя в лицо своей красивой Суламифи, прекрасно восклицает,

---

[1] Там же. С. 41.
[2] Отмечая некоторую эволюцию в положениях «Ключей Марии» и «Быта и искусства», Н.М. Кузьмищева делает вывод: «В классификации образов, данной в статье "Быт и искусство", в сравнении с "Ключами Марии", в большей степени подчеркивается предметная привязанность слова, выделение внутреннего и внешнего, незримого и предметного в характеристике образа, значение эмоциональности, целесообразности и согласованности в сотворении мира». Кузьмищева Н.М. К вопросу о прогностической функции «струящихся» образов // *Сергей Есенин: Диалог с XXI веком* / Отв. ред. О.Е. Воронова, Н.И. Шубникова-Гусева. М.: ИМЛИ РАН, 2011. С. 124.

что зубы ее "как стадо остриженных коз, бегущих с гор Галаада"» [270]). Речь, по сути, идет о сравнениях. В «Быте и искусстве» корабельный назван образом двойного зрения; ему предшествует типический, собирательный.

3. **Ангелический** (в «Быте и искусстве» изобретательный) – это новый образ («...зубы Суламифи без всяких *как*, стирая всякое сходство с зубами, становятся настоящими живыми, сбежавшими с гор Галаада, козами» [270]). Примером ангелического образного мышления у С.А.Есенина выступает фольклорная загадка.

Все три типа образности ассоциативны, будь то прямое уподобление, метафорические сравнения или собственно метафоры. Как пример обозначенной С.А.Есениным образности назовем стихотворение *«Нощь и поле, и крик петухов...»* (1917). Л. Киселёва образ месяца в конечной четвертой строфе текста («Тихо-тихо в божничном углу, / Месяц месит кутью на полу... / Но тревожит лишь помином тишь / Из запечья пугливая мышь» [142]) называет заставочным, в «финальном мотиве поминок и безлюдья» видит «ангелический смысл», скрытый уже в начале стихотворения («Нощь и поле, и крик петухов... / С златой тучки глядит Саваоф. / Хлёсткий ветер в равнинную синь / Катит яблоки с тощих осин» [142]) и становящийся ангелическим в результате «"струения" образов-намеков»: «Золотистые листья "тощих осин", срываемые ветром, который "катит" их, как "яблоки" <...> в первой строфе, во второй именуются "невеселой рябью", и слово "рябь" становится осью симметрии в орнаментальном рисунке, так как 3–я строфа содержит образ трясущих "обветшалым подолом" ив. Мотив опрокинутого "отчего дома" <...> и "красного бугра" <...> во 2–ой и 3–ей строфах продолжен в 4–ой строфе троекратным тревожным напоминанием о чьей-то гибели»[1].

---

[1] Киселёва Л.А. «Икона» и «орнамент» в лирике Сергея Есенина 1914–1917 гг. С. 77.

Л. Киселёва посмотрела на текст с точки зрения образной композиции, что говорит о больших возможностях есенинской концепции, о перспективности ее теоретических положений. Если исходить из формальных типологических признаков, то, вероятно, С.А.Есенин стремился к наращиванию словаря ангелических образов. Например, в стихотворении 1918 г. *«О Боже, Боже, эта глубь...»* наблюдаем следующее:

О Боже, Боже, эта глубь –

Твой голубой живот. (заставочный)

Златое солнышко, как пуп, (корабельный)

Глядит в Каспийский рот. (ангелический)

Крючками звезд свивая в нить (ангелический)

Лучи, ты ловишь нас

И вершами бросаешь дни (ангелический)

В зрачки озерных глаз.

Но в малый вентерь рыбаря

Не заплывает сом.

Не втащит неводом заря (ангелический)

Меня в твой тихий дом.

Сойди на землю без порток.

Взбурли всю хлябь и водь.

Смолой кипящею восток

Пролей на нашу плоть. (ангелический)

Да опалят уста огня (ангелический)

Людскую страсть и стыд.

Внеси, как голубя, меня (корабельный)

В твой в синих рощах скит.

(197–198)

В создании метафор особую роль С.А.Есенин отводил глаголам, что отличает его теоретические установки от положений теоретических работ Шершеневича, от практики Мариенгофа, для которых глагол был архаикой. Эксперименты с безглагольностью текста характерны для имажинистов. Например, у Мариенгофа: «Утро облаков паруса, / Месяца голову русую / В лучей головни. / Город языками улиц в неба тарелку, / А я в блюдцах зрачков ненависти ланцет / всем поголовно» (206). С.А.Есенин в «Ключах Марии» писал о высокой образной потенции глаголов; поясняя сему «спряжение», он выводил ее из «запрягать» и пояснял: «... то есть надевать сбрую слов какой-нибудь мысли на одно слово, которое может служить так же, как лошадь в упряжи, духу, отправляющемуся в путешествие по стране представления» (263).

С.А.Есенин в то же время писал о поэтическом потенциале каждого слова. Высказывание 1923 г. (вступление к сборнику «Стихи скандалиста») содержит следующую сентенцию: «...нечистых слов нет <...> Мне очень нравятся слова корявые. Я ставлю их в строй как новобранцев. Сегодня они неуклюжи, а завтра будут в речевом строю такими же, как и вся армия» (280). Использованный в имажинистской теории эпитет «нечистый» обрел в данном контексте иную коннотацию; речь не идет об этическом эпатаже, но о расширении поэтической лексики за счет простонародного языка – крестьянского, городского.

Как отмечает Н.И.Савушкина, в "Ключах Марии" рассмотрены вопросы не только формы, но и содержания народной поэзии как суммы народных представлений о жизни, природе, семье и т.д. С.А.Есенин находит их и в орнаменте, и в образе древа, и в мифологии. Важнейшей спецификой народного искусства С.А.Есенин считает конкретность и вместе с тем фигуральность поэтического образа: "Предствавление о воздушном мире не может обойтись без средств земной обстановки"[Там же,с.185.]"...Народ наш живёт больше устами, чем рукою и глазом, устами он сопровождает почти весь фигуральный мир в его явлениях, и если берётся выражать себя через средства, то образ этого средства всегда конкретен"[Там.же,с.179.]. Таким образом, в "Ключах Марии" С.А.Есенин формулирует в сопоставлении с народным и своим собственным поэтическим опытом, опираясь на уже устоявшиеся поэтические черты и по существу предваряя поэтику имажинизма. С этих позиций он будет переоценивать творчества А.Блока и Н.Клюева, по поводу которых напишет в 1921г. Иванову-Разумнику: "Блок – поэт бесформенный, Клюев тоже. У них нет почти никакой фигуральности нашего языка"[Есенин С.А. Цит. Соч., т.5,с.94.]). Понятие фигуральности языка С.А.Есенин неизбежно связывал с фольклором, призывая "раздвигать зрение над словом": "Ведь если мы пишем на русском языке, то мы должны знать, что до наших образов двойного зрения:

"Головы моей жёлтый лист"

"Солнце мерзнет как лужа" –

Были образы двойного чувствования:

"Мария зажги снега" и

"заиграй овражки"

"Авдотья подмочи порог"[1].

---

[1] Есенин С. А. Письмо Иванову-Разумнику, май 1921 г. Ташкент // Есенин С. А. *Полное собрание сочинений*: В 7 т. – М.: Наука; Голос, 1995–2002. Т. 6. Письма.–1999.–С. 122–127.

Это образы календарного стиля, которые создал наш великоросс из той двойной жизни, когда он переживал свои дни двояко, церковно и бытом"[Там же, с.96.]). В том же письме Р.В.Иванову-Разумнику С.А.Есенин обосновывает фольклорными традициями употребления неточной рифмы, в которой присутствует "неодинаковость словесного действия". Поэт, по его словам, отказался от всяких четких рифм и рифмует "теперь слова только обрывочно, коряво, легкокасательно, но разномысленно, вроде почва – ворочается (пример из "Пугачёва" – Н.с.), куда – дал"[Там же.]).

Как отмечает М.А. Дударева[1], в трактате «Ключи Марии» С.А. Есенин пишет также о понимании поэзии через «древесную» систему, константу Духа: «Существо творчества в образах разделяется так же, как существо человека, на три вида – душа, плоть и разум. Образ от плоти можно назвать заставочным, образ от духа корабельным и третий образ от разума ангелическим»[2]. Опираясь на эти замечания С.А.Есенина о «корабельных» образах, задаемся вопросом о наличии такого образа, архетипа корабля в фольклоре и русской литературе.

Анализируя разные фольклорные жанры, сталкиваемся с архетипом корабля / лодки /плота, который связан с иномирной действительностью, погребальной обрядностью. В русской обрядовой культуре образ корабля, саней, повозки (они варьируются) связан с путешествием на «тот свет». Есенин в своем трактате крестьянскую избу приравнивает к повозке, космической модели, на крыше которой русский мужик разместил коня: «...только один русский мужик догадался посадить его (коня. – М. Д.) к себе на крышу» [6, с. 191]. Кроме того, в русской вышивке (северном варианте), к которой тоже обращался поэт, можно наблюдать корабельный орнамент,

---

[1] Дударева М.А. Известия Самарского научного центра Российской академии наук. Социальные, гуманитарные, медико-биологические науки. 2020. Т. 22. № 72. С. 67–71.
[2] Есенин, С. А. *Собр.* соч.: в 7 т. – М.: Наука – Голос, 1995–2002. – Т. 5. – 560 с.

совмещенный с женскими и звериными фигурами[1]. В этом случае стоит обратить внимание на положение из работы А.М. Панченко о космическом значении вышивки для русского человека, о тесной связи глаголов, несущих семантику ткачества, с рождением логоса[2].

Архетип корабля не затерялся в недрах народной традиционной культуры, а проявил себя скрыто в «кораблях» русской литературы. По мнению М.А. Дударевой, для самого С.А.Есенина, выдвинувшего теорию образа корабельного, архетип корабля был доминантным для поэтики, и земля, земной шар приравнивались поэтом к большому кораблю («Письмо к женщине»).

Все эти космические представления в искусстве и об искусстве позволяют посмотреть на существо русского мужика, землепашца, который приобщен таким образом к архаическим знаниям. Здесь также можно поставить вопрос о равнинном космосе России, об особой модели пространства, поскольку русский человек большую часть жизни проживает в поле. Обрядовая лирика показательна в этом отношении: действия, связанные с урожаем, его сбором, сопровождаются песней, в которой отображается духовная жизнь русского народа в поворотные моменты годового цикла.

Все эти литературоведческие и культурологические размышления и отступления кажутся необходимыми нам не столько для оценки художественной красоты поэтического мира С. А. Есенина, сколько для того, чтобы показать, как поэтический ум, искусство воплощают суть подлинного интеллигента в штайнеровском, в историософском понимании. С этих позиций многие концепции, сложившиеся в интеллигентоведении, несостоятельны, так как по преимуществу являются позитивистскими. Трактат С.А.Есенина

---

[1] Рыбаков, Б.А. Язычество древних славян. - М.: Наука, 1981. – 608 с.

[2] Панченко А.М. Топика и культурная дистанция // *Историческая поэтика. Итоги иперспективы изучения.* – М.: Наука, 1986. – С. 237–246.

позволяет понять, что любой русский человек, даже крестьянин (а может, в первую очередь именно крестьянин, землепашец), который укоренен в древних знаниях предков и приобщен к национальной аксиологии, является интеллигентом в подлинном духовном смысле.

III.3.2. Теория звука и слова А. Белого как контекст «Ключей Марии»

Сегодня «Ключи Марии» воспринимаются в контексте теоретических работ и критических статей писателей Серебряного века. Н.М. Солнцева рассматривает «Ключи Марии» в сопоставлении с известными поэту работами Д. Мережковского, Д. Философова, В. Розанова, А. Белого. Сравнивая положения «Ключей Марии» и статьи Мережковского «Две тайны русской поэзии: Некрасов и Тютчев» (1915), исследовательница пишет: «Что могло увлечь будущего автора "Ключей Марии" в "Двух тайнах русской поэзии"? Во-первых, те же размышления о "магнитных токах русской поэзии", поэтического звука, о поэтической рефлексии, обращенной к миру и космосу <...> Во-вторых, Мережковский пишет о народолюбии русской литературы, о поиске истины – и эстетической, и религиозной – в народе»[1]. С положениями «Ключей Марии» соотносятся мысли В.В. Розанова («Опавшие листья: Короб второй и последний», 1915) о достаточности народного опыта для литературы, а также о финальном периоде в развитии русской литературы. Такие вопросы книг Д. Философова «Неугасимая лампада: Статьи по церковным и религиозным вопросам» (1912), «Старое и новое: Сборник статей по вопросам искусства и литературы» (1912), «Слова и жизнь: Литературные споры новейшего времени (1901–1908 гг.)» (1909), как метафизика и позитивисты, философские слабости материализ-

---

[1] Солнцева Н.М. Проза С. Есенина. С. 112. Цит. из статьи Мережковского: Мережковский Д.С. В тихом омуте: Статьи и исследования разных лет / Сост. Е.Я. Данилов. М., 1991. С. 417.

Глава III. Эстетика авангарда в художественной концепции С.А.Есенина

ма, роль символистов в возвращении литературы к теме Неба, народность стиля А. Ремизова, неприятие чистого искусства, отозвались, по мнению Н.М. Солнцевой, в «Ключах Марии». Н.И. Шубникова-Гусева семантику графики алфавита, предложенную в «Ключах Марии», рассматривает в контексте работ В. Хлебникова и А. Крученых 1913 г. «Слово как таковое», «Буква как таковая», а также в контексте статей «Художники мира!» (1919) Хлебникова, «Поэзия как волшебство» (1915) К. Бальмонта; она же высказывает предположение о том, что С.А.Есенин мог читать статью Будуэна де Куртене «К теории "Слова как такового" и "Буквы как таковой"» (1914)[1]. В целом научный и литературный контекст «Ключей Марии» гораздо шире, на что уже обращено внимание в есениноведении. Подводя итоги, Н.М. Кузьмищева пишет: «Есенин синтезировал открытия А.Н. Веселовского, А.А. Потебни, Ф.И Буслаева, А.Н. Афанасьева, опыт русских символистов, крестьянских и пролеткультовских поэтов»[2]. Занимавшийся выяснением источников «Ключей Марии» С.И. Субботин в комментариях к академическому полному собранию сочинений С.А.Есенина указывает на Р. Штайнера[3]; С.А Серёгина показывает присутствие в «Ключах Марии» «пласта лексики и смыслов, которые с некоторой долей условности можно назвать антропософской концептосферой»[4].

Но прежде всего положения «Ключей Марии» анализируют в сопоставлении с теоретическими статьями А. Белого. Как известно, примером ассо-

---

[1] Шубникова-Гусева Н.И. Вопросы поэтики и проблематики в контексте Есенинской энциклопедии. С. 25.
[2] Кузьмищева Н.М. К вопросу о прогностической функции «струящихся» образов. С. 125.
[3] В личной библиотеке Есенина – Штейнер Р. Мистерии древности и христианство (1912), Белый А. «Рудольф Штейнер и Гёте в мировоззрении современности. Ответ Эмилю Метнеру на его первый том ""Размышлений о Гёте"" (М., 1917).
[4] Серёгина С.А. Андрей Белый и Сергей Есенин: Творческий диалог. С. 12. В 1918 г. Есенин бывал в Антропософском Обществе; «Андрей Белый становится транслятором и активным пропагандистом этого учения в общении с Есениным». Там же. С. 16.

циативного образотворчества для С.А.Есенина стал «Котик Летаев»[1]. Н.М. Солнцева пишет: «К 1917–1918 гг. есенинские представления об образе – их можно назвать художественным интуитивизмом – уже сложились, и "Котик Летаев" стал для него подтверждением их истинности»[2]. По замечанию Л. Швецовой, молодой С.А.Есенин считал, «что настоящее сближение крестьянских поэтов с литераторами-интеллигентами – невозможно, и вел с ними лукавую "игру", делая исключение лишь для Иванова-Разумника. Таким же исключением вскоре стал для него и Белый»; при неровном отношении С.А.Есенина к Блоку и Клюеву, Белый был для него фигурой поклонения[3]. Их встреча состоялась в 1917 г. у Иванова-Разумника (Белый гостил у Иванова-Разумника с 31 января по 7 марта), интерес Белого к С.А.Есенину, прежде всего как автору «Марфы Посадницы», обозначился в связи с выходом первого сборника «Скифов» (август 1917), их сближение происходит осенью 1917.

«Ключи Марии» во многом отвечают положениям «Жезла Аарона» А. Белого (1917). Полемический подтекст заключается в несогласии С.А.Есенина с апологетикой Белого в адрес поэзии Клюева: «<...> известно, что поэт-символист считал Н.А. Клюева более значительной и масштабной

---

[1] «Когда Котик плачет в горизонт, когда на него мычит черная ночь и звездочка слетает к нему в постельку усиком поморгать, мы видим, что между Белым земным и Белым небесным происходит некое сочетание в браке <...> Здесь в мудрый узел завязан ответ значению тяготения человека к пространству, здесь скрываются знаки нашего послания <...> что в нас пока колесо нашего мозга движет луна, что мы мыслим в ее пространстве» («Ключи Марии». 272). Ср. с фрагментом из рецензии Есенина на «Котика Летаева» «Отчее слово» (1918): «Мы очень многим обязаны Андрею Белому, его удивительной протянутости слова от тверди к вселенной» (255).

[2] Солнцева Н.М. Проза С. Есенина. С. 110.

[3] Швецова Л. Андрей Белый и Сергей Есенин: К творческим взаимоотношениям в первые послеоктябрьские годы // *Андрей Белый: Проблемы творчества* / Сост. Ст. Лесневский, Ал. Михайлов. М.: Сов.писатель, 1988. С. 406.

фигурой, чем Есенин»[1]. Перекличка текстов заложена уже в их названиях. Если Белый пишет о том, что образ расцветает в душе, как жезл Аарона, то С.А.Есенин под «ключами Марии» полагает ключи души.

И Белый, и С.А.Есенин ставят целью обновление языка. По Белому, «слово выдохлось в трансцендентальную логику Канта»[2], он выступает за новую словесность.

В «Жезле Аарона» предпринято исследование звучащего слова. По Белому, звук и ритм преобразуют взгляд человека на предметность; «порождение ритмов суть смыслы»[3]. Акцентируя внимание на информативной и познавательной роли слова, Белый писал о том, что «познание ничто без словесности»[4]. Поэзия немыслима без связи звука и смысла: «Здесь в метрической форме встречает нас мысль, облеченная листвою метафор, эпитетов и звучностей языка; перезвоны корней, аллитераций, ассонансы вплавляются в содержание. Сплавляются с содержанием <...>»[5]. Или: «Стихотворение есть организм; в нем понятие мысли есть мозг; переживания – это нервы поэзии; от мозга – отходят двенадцать пар нервов; главнейшие нервы соединения образов; главнейшие соединения образов – вечные лики поэзии <...> и ветвятся нервные стволы организма в многообразие окончаний»[6].

Сквозная мысль «Ключей Марии» соотношение образа и смысла. Как Белый, С.А.Есенин передает свои размышления через символ дерева. С.А.Есенин опровергает понимание содержания и формы как древесины

---

[1] Серёгина С.А. Андрей Белый и Сергей Есенин: Творческий диалог. Автореф. дис. ...к.филол. н. М., 2009. С. 4.

[2] Белый А. Жезл Аарона // *Скифы*. 1917. Сб. I. С. 172.

[3] Там же. С. 155.

[4] Там же. С. 160.

[5] Там же. С. 167.

[6] Там же. С. 178.

(ритм, рифма, звукопись) и коры (абстрактные мысли, воспринимаемые независимо от формы). Соединение формы и мысли порождает тонкий слой образов, дающих питание от корня к листьям и наоборот. Если Белый хочет вскрыть «"герменейю" словес»[1], то С.А.Есенин, как пишет Н.М. Солнцева, «рассуждает о слове в аспекте герменевтики»[2]. По замечанию Н.И. Шубниковой-Гусевой, «Есенин предвосхищает идеи герменевтики, изложенные в трудах философов, в частности Г.Г. Шпета, лекции которого слушал еще в университете А.Л. Шанявского»[3]. Белый пишет о крахе филологии, полагая, что в науке отсутствует теория слова как такового, С.А.Есенин же предлагает ее некоторые аспекты. И того, и другого привлекает в образе ассоциация.

В «Ключах Марии» явная апология метафоры, но и в «Жезле Аарона» метафора – одно из ключевых положений теории слова. С.А.Есенин в ангелическом образе видел рождение нового образа; Белый писал: «В метафоре нас встречает слияние двух образов в третий<...>», «метафора – соединение образов», «любая метафора заключает потенцию мифа»[4]. Особенно в поэзии мысль облекается «листвою метафор»[5].

Особое значение Белый придавал звуку корня, полагая, что в нем проявляется сам смысл народного слова. При этом в корне слова он видел метафору. Национальной спецификой языка Белый объяснял и аллитерации, ассонансы. Например, он считал, что в русской поэзии наибольшей частотностью обладает звук «о» в ударных позициях, в немецкой – «е», «ei», «i». Один из примеров, подтверждающих синтез звука и понятия, поэзия Клюева. Так, в фонетике его стихов «Осеняет Словесное дерево // Избяную

---

[1] Там же. С. 172.
[2] Солнцева Н.М. Проза С. Есенина. С. 111.
[3] Шубникова-Гусева Н.И. Роль С.А. Есенина в истории русской культуры. С. 27.
[4] Белый А. Жезл Аарона. С. 162.
[5] Там же. С. 167.

дремучую Русь» («Оттого в глазах моих просинь...», 1916) он выделяет ассоциативные приоритеты – дерево и Россию: «Дерево, ствол его, расширенный кроною вверх, нарисован прогрессией, линией вверх восходящего дерева *"я е"*; прогрессия кончается расширением звука *"е"* в ассонанс: *"я ее"*, звуками нарисована линия Словесного древа; выбран звук здесь на *"о"*, а звук *"у"* наиболее глубокий и темный, потому что Русь здесь "дремучая", темная, звуковые линии: 1) я – ее, 2) у-у-у суть жесты образов»[1].

Как Белый, С.А.Есенин обращается к народным истокам и, в отличие от Белого, делает крестьянское миропонимание главным в образотворчестве. Но, как отмечено исследователями, народное творчество было воспринято и Белым: «Интерес к народному языку, песенно-частушечным ритмам, приемам фольклора особенно проявился в книге Белого "Пепел" (1909). Проникнутые болью стихи о России из "Пепла", произведения с деревенской окраской и стихи о людях социального дна ("Каторжник", "Арестант", "Бурьян") могли привлечь внимание Есенина и, возможно, навеять мотивы его раннего стихотворения "В том краю, где желтая крапива...", также посвященного "людям в кандалах"»[2].

Наконец, в стиле «Ключей Марии» можно усмотреть аналогии с «Жезлом Аарона». Теоретическая работа С.А.Есенина написана языком поэзии, выражения статьи ассоциативны и являют примеры ангелической образности, тропеических цепочек. Например: «подо льдом наших мускульных ощущений» (258), «Но крещеный Восток абсолютно не бросил в нас, в данном случае, никакого зерна; он не оплодотворил нас, а только открыл лишь те двери, которые были заперты на замок тайного слова» (258), «ключ истинного, настоящего архитектурного орнамента так и остался

---

[1] Там же. С. 197.
[2] Швецова Л. Андрей Белый и Сергей Есенин. С. 422.

не выплеснутым, и церковь его стоит запечатана до сего времени» (259), «ключ в наших руках от дверей закрытого храма мудрости» (260), «плеском крыл» (261), «при первом же погружении в купель словесного творчества» (263), «разматывая клубок движений» (264), «мифология <...> носит в чреве своем» (265), «Перун и Даждь-бог пели стрелами Стрибога» (265), «слагаемость рождает нам лицо звука» (266), «вихрь, который сейчас бреет бороду старому миру» (268), «дряхлое время, бродя по лугам, сзывает к мировому столу» (268), «Средства напечатления образа <...> должны или высидеть на яйцах своих слов птенцов, или кануть отзвеневшим потоком в море леты» (274), «сидящие в телеге земли» (275) и др. Стиль теоретической работы Есенина своей тропеичностью близок стилю работ А. Белого, о котором О.Р. Тимершина пишет: «...термины в работах А. Белого метафоризируются, вступают в разного рода символические соответствия и ведут себя как художественные образы. Художественные образы, напротив, становятся своеобразными "теоретическими моделями", которые наполняются "нехудожественным", "точным" смыслом. Фактически между образом и понятием у А. Белого нет четкой границы: они располагаются на разных концах одной шкалы и между ними существует множество переходных форм. Воможность такой смысловой градации вскрывает в понятиях их образный потенциал, и метафорика статей А. Белого оказывается связующим звеном между теорией и творчеством»[1]. Приведем в качестве примера один абзац из «Жезла Ааронова»: «Наша речь потеряла свой смысл; quasi ясное слово полно химерическим содержанием; это пляска теней, завлекающих в эфемерный свой мир, в неживую механику неживых повторений, очень поздних и нарочито составленных; тело и слово здесь умерли; еле дышат одни окончания

---

[1] Тимершина О.Р. Символизм как миропонимание: линия Андрея Белого в русской поэзии последних десятилетий XX века. Автореф. дис. ... д.филол.н. М., 2012. С. 12.

<...>»[1]. Примечательно, что в «Жезле Аарона» А. Белый сам обосновывает уместность поэтического языка в исследовательских статьях, оправдывает обращение к метафорам: «Термины – философские рифмы; терминология – поэзия логики; терминологи суть поэты; очень многие пишут прозою; не желая поэзии философии, не желают они и поэзии собственно; называют они философское творчество особого рода болезнью; и они же не верят тому, что первичная поэзия слова пульсирует смыслами молодого, живого сознания, о котором забыли они или которого не достигли. Обыденная философия отскочила в "паническом" ужасе от метафоры; и потом на метафору наложила узду аллегории <...>»; «Слово-термин и слово-образ по существу в нас не живы; поэтический и критический смыслы раздавлены предметным понятием. Наша речь напоминает сухие, трескучие жерди; отломанные от древа поэзии, превратились они в палочные удары сентенций <...>»[2].

Для второго сборника «Скифов» Белый готовил статью «К звуку слова» (авторская дата – октябрь 1917), опубликованную лишь в 1922 г. (в Берлине) под названием «Глоссолалия. Поэма о звуке». «Глоссолалия» также оказывается в орбите есенинского творчества.

Белый пишет о звукообразах, за субъективностью которых скрывается внесубъективная суть. Белый пишет о том, что некогда в мире не было ни злаков, ни гранитов, но слова напоминают о «звуке старинного смысла»[3]. Белый представляет связь трех констант: микрокосм; язык; макрокосм; они, воплощая символистскую модель мира, являются основными источниками смыслопорождения и семантической основой всех метафор и сюжетов поэмы»[4].

---

[1] Белый А. *Жезл Аарона*. С. 156.

[2] Там же. С. 156, 157.

[3] Белый А. *Глоссолалия. Поэма о звуке*. Берлин, 1922. С. 12.

[4] Тимершина О.Р. Символизм как миропонимание: линия Андрея Белого в русской поэзии последних десятилетий XX века. С. 17.

По предположению Л.Швецовой («Андрей Белый и Сергей Есенин»), апология звука в умозрениях Белого могла оформиться у С.А.Есенина в лирическую тему. Показательно его стихотворение *«Твой глас незримый, как дым в избе...»* (1916).

Твой глас незримый, как дым в избе.
Смиренным сердцем молюсь тебе.

Овсяным ликом питаю дух,
Помощник жизни и тихий друг.

Рудою солнца посеян свет,
Для вечной правды названья нет.

Считает время песок мечты,
Но новых зерен прибавил ты.

В незримых пашнях растут слова,
Смешалась с думой ковыль-трава.

На крепких сгибах воздетых рук
Возводит церкви строитель-звук.

Есть радость в душах – топтать твой цвет,
На первом снеге свой видеть след.

Но краше кротость и стихший пыл
Склонивших веки пред звоном крыл. (136–137)

Стихотворение, однако, написано ранее «Глоссолалии», в связи с чем примечательно замечание Н.И. Шубниковой-Гусевой о влиянии С.А.Есенина на Белого: «Тот факт, что стихотворение Есенина "Твой глас незримый, как дым в избе..." написано раньше, чем "Глоссолалия" А. Белого, говорит о многом. Нужно иметь в виду и другую сторону творческого диалога двух поэтов, а именно существенное влияние творческих идей С.А.Есенина на Андрея Белого, которое требует самостоятельного исследования. Обратим внимание лишь на один момент. Андрей Белый в своей "звуковой поэме" цитирует строки из стихотворения С.А.Есенина "Твой глас незримый, как дым в избе...", о котором шла речь выше, и в подтверждении своих рассуждений под обаянием есенинских строк изображает жест звуков <...> нетрудно заметить также, что схемы изображения звуков (а не букв!) А. Белым созданы под влиянием процитированных строк Есенина и являются их иллюстрацией»[1].

Таким образом, путь С.А.Есенина к поэтике авангардизма обусловлен не влиянием имажинистских концепций Шершеневича и Мариенгофа, а пристрастием к тропеическому языку, о чем говорит образность текстов доимажинистского периода. Апогеем в разработке имажинистского стиля считаем «маленькие поэмы». В пору имажинизма, прежде всего в «маленьких поэмах», доминирующим стал принцип выразительности, реализовавшийся через экспрессию лексики, (неологизмы, густота метафор, гротескность).

Имажинизм С.А.Есенина принципиально отличен от имажинизма

---

[1] Версия Л. Швецовой опровергается комментатором первого тома подготовленного ИМЛИ РАН собр.соч. Есенина А.А. Козловским. Шубникова-Гусева Н.И. Вопросы поэтики и проблематики в контексте есенинской энциклопедии // *Поэтика и проблематика творчества С.А. Есенина в контексте Есенинской энциклопедии* / Отв. ред., сост. О.Е. Воронова, Н.И. Шубникова-Гусева. М.: Лазурь, 2009. С. 22–23.

Шершеневича и Мариенгофа своей философской содержательностью, национальной ментальностью, отсутствием апологии образа как самоценного явления. С.А.Есенин синтезировал авангардную поэтику и мотивы средневековой русской литературы, опирался на религиозную книжную и фольклорную традиции. Заданность имажинизма на искусность и искусственность образа, проявившаяся в «маленьких поэмах», но в гораздо меньшей степени в лирике С.А.Есенина, не нашла теоретической поддержки в «Ключах Марии». Главными установками образотворчества в «Ключах Марии» декларировались органичность ассоциативного образа, орнамент как выражение философии космизма.

III.4. Историческая тема в поэмах С.А.Есенина 20–х гг. и фольклор

Изображение революции и народной стихии в поэмах С.А.Есенина 20–х гг. также опираются на фольклорные традиции. В те годы внимание С.А.Есенина привлекали истории крестьянских бунтов и восстаний, фигура Пугачёва.

Как уже отметила Н.И.Савушкина, что есенинский лирический герой в *«Инонии»* олицетворяет в представлении поэта национальный характер с его богатырской мощью, гиперболическими размерами, стремлением перевернуть мир («разломить как златой калач») и утопическим желанием создать мужицкий рай Инонию со сказочными изобилием («прободят голубое темя колосья твоих хлебов»). В этой поэме С.А.Есенин полнее всего выражает своё восторженное отношение к революции, свои романтические представления о ней. Многими чертами идейного содержания, образности и стиля ("космизм" представлений, богоборчество, отвлеченный пафос,

Глава III. Эстетика авангарда в художественной концепции С.А.Есенина

фантастика) она близка другим ранним советским поэмам.

Однако истинный ход революции и гражданской войны, хозяйственно-экономическая политика молодого советского государства очень скоро разрушили иллюзорные представления С.А.Есенина о грядущем мужицком рае в России. Поэта пугало "наступление" теперь уже социалистического города на деревню, гибель дорогого ему патриархального крестьянского уклада, вековой крестьянской культуры. Лучше всего он выразил это в письме в 1920г. к Е.Лифшиц в связи с сюжетом задушевного своего произведения «*Сорокоуст*»: "Трогает меня в этом только грусть за уходящее милое родное звериное и незыблемая сила мёртвого, механического... И этот маленький жеребёнок был для меня наглядным дорогим вымирающим образом деревни и ликом Махно. Она и он в революции нашей страшно походят на этого жеребёнка тягательством живой силы с железной... Мне очень грустно сейчас, это история переживает тяжёлую эпоху умерщвления личности как живого, ведь идёт совершенно не тот социализм, о котором я думал..."[1] Драматическая поэма «*Пугачёв*» (1921) представляет собою произведение исторической тематики. Но она тесно связана с осмыслением С.А.Есениным опыта революции, "мужицкого начала" в революционном движении. Известно, что "Пугачёв" – одно из самых любимых его произведений. Фольклорные традиции в поэме очень своеобразны. В большинстве работ о творчестве С.А.Есенина поэму "Пугачёв" по традиции связывают с установками имажинизма и объясняют как "самоценный образ", объявляют своеобразным поэтическим экспериментом[2].

В новейших исследованиях большое место отводится влиянию на поэму

---

[1] *Есенин С.А.Собр.соч.*, т. 5, с.88.
[2] См.: Галкина-Фёдорук Е.М.*Стиль поэзии Есенина.*М., 1965, с.57–58,83.

традиций древнерусской литературы и собственно фольклорных[1]. И всё же неверно отделять использование С.А.Есениным художественных принципов фольклора и «*Слово о полку Игореве*» (в конечном счёте восходящего к тому же фольклору, например, приём одушевления природы, символика и т.д.) от теории имажинизма. Имажинизмом С.А.Есенин был в ту пору увлечен, он представлялся ему своёобразной интерпретацией и в определённой степени консервацией народно-поэтической образности.

В «*Пугачёве*» вся сумма художественных средств, характер использования тех или иных приёмов определяется в равной мере и стремлением разобраться в причинах поражения крестьянского бунта, и стремлением утвердить дорогую ему образую стихию народного поэтического языка. Последняя мысль обосновывается им несколько раньше в трактате «*Ключи Марии*» (1918). В «*Ключах Марии*» поэт говорит о неизбежности и справедливости революции: "Этот вихрь, который сейчас бреет бороду старому миру, миру эксплуатауии массовых сил, явился нам как ангел спасения к умирающему"[2]. Однако он считает необходимым защитить и возродить старую патриархальную народную культуту с её самобытностью на основе возрождения всего партиархального уклада. "Будущее искусство расцветет в своих возможностях достижений как некий вселенский вертоград, где люди блаженно и мудро будут хороводно отдахать под тенистыми ветвями одного преогромнейшего древа, имя которому социализм, или рай, ибо рай в мужицком творчестве так и представлялся, где нет податей за пашни, где "избы новые, кипарисовым тесом крытые", где дряхлое время, бродя по лугам, сзывает к мировому столу все племена и народы и обносит их, подавая

---

[1] См.: Двинянников Б. "Слово о полку Игореве" в поэзии С.Есенина, – В кн.: *Есенин С. Исследовал, мемуары, выступления*. М., 1967,с.71–87; Коржан В. Народно-поэтические истоки в драматической поэме С.Есенина "Пугачёв". – Там же, с. 88–104

[2] *Есенин С.А. Собр. Соч., т.4*, с.189–190.

каждому золотой ковш, сыченой брагой"[1]. «*Ключи Марии*», строго говоря, не научное исследование, хотя именно в эти годы С.А.Есениин тщательнейшим образом занимался изучением фольклорных трудов А.Н.Афанасьева, и прежде всего его книги «*Поэтические воззрения славян на природу*». Трактат С.А.Есенина – это система его представлений о природе народного искусства и его изобразительных средствах, образности, составляющих существо творчества.

С учётом общественных и творческих позиций С.А.Есенина, оказавшегося в идейом тупике, его творческих исканий и должна быть рассмотрена поэма. Многие противоречия и "просчены" в "Пугачёве" будут понятны, если принять во внимание лирический характер драматической поэмы. Следует признать, что она вылилась у С.А.Есенина не в историческое полотно и изображение пугачевского движения (как он предполагал, собирая материалы и делясь своими замыслами с И.Н.Розановым и др.)[2], а в размышдение по поводу причин поражения этого восстания в связи с крушением иллюзорной идеи "мужицкой" революции. Глубочайший лирик не мог не внести в поэму своего смятения чувств, свой боли, своего трагического мироощущения. Есенинский Пугачёв не претендует на то, чтобы быть ральным историческим лицом. Вместе с тем он и не некий условный народный характер, раскрываемый в традиционной ситуации борьбы чувства и долга, изображаемый в момент наивысшего подъёма крестьянского бунта как олицетворение самой стихии (как в поэмах о Разине Хлебникова и Каменского). В «*Пугачёве*» раскрывается трагедия народной души, народного харастера. При некоторой условности её места действия и некотором раскрывает причины поражения крестьянского бунта. Почему высокие порывы героической

---

[1] Там же, с.190–191.

[2] См.: Юшин П.Ф. Сергей Есенин, с.254–255.

личности, свободолюбивые устремления народа терпят крах? Уже в начале поэмы, в монологе сторожа, звучит мысль об отсутствии у крестьянства с его частно-собственнической психологией подлинной и последовательной революционности. Она раскрывается в образной параллели:

> Так и мы! Вросли ногами крови в избы,
>
> Что нам первый ряд подкошенной травы?
>
> Только лишь до нас не добрались бы,
>
> Только нам бы,
>
> Только б нашей
>
> Не скосили, как ромашке, головы (II,156)

В такой же образной форме раскрыватеся мысль о царистский иллюзиях крестьянства – именно сторож впервые произносит имя "мертвого Петра", недвусмысленно добавляя "нам нужен тот, кто б первый бросил камень"[1]. Раскрытие прежде всего внутренних, побудительных причин действия, а не его динамики, раскрытие народной крестьянской психологии, связанной с миром природы, землей, обусловило и использование приёмов народной метафорической образности, "пропущённых" через творческую мысль поэта. В образе Пугачёва особенно ясно выступает его неразрывная связь с миром природы:

> Слушай, ведб я из простого рода
>
> И сердцем такой же степной дикарь!
>
> Я умею, на сутки и версты не трогаясь,
>
> Слушать бег ветра и твари шаг...(II,167)

---

[1] *Есенин С.А. Собр.соч.*, т.2, с.156.

Глава III. Эстетика авангарда в художественной концепции С.А.Есенина

Долгие, долгие тяжкие года

Я учил в себе разуму зверя...(II,168)

Братья, братья, ведь каждый зверь

Любит шкуру свою и имя...

Тяжко, тяжко моей голове

Опушать себя суждым инеем (II,173)

Отсюда и в речи его та "фигуральность", близкая народно-поэтической, о которой писал С.А.Есенин, трактуемая обычно как нарочитая усложнённость и неестественность:

Луна, как жёлтый медведь,

В мокрой траве ворочается (II,153)

Бедные, беднве мятежники,

Вы цвели и шумели, как рожь.

Ваши головы колосьями нежными

Раскачивал июльский дождь (II,168)

Юность, юность! Как майская ность,

Отзвенела ты черемухов в степной провинции (II,192)

Трагизм фигуры Пугачёва, по мысли С.А.Есенина, в том, что, оставаясь "естественным человеком", он принял на себя миссию вождя, бескомпромиссного борца, от воли, выдержки, ума и энергии которого зависал исход восстания. Само восстание трактуется как справедливая месть, подвымающая могучую, по темную стихию:

Уже слышится благовест бунтов,

Рев крестьян оглашает зенит,

И кустов деревянный табун

Безлиственной ковкой звенит.

Что ей Пётр? – Злой и дикой ореве? –

Только камень желанного случая,

Чтобы колья погромные правили

Над теми, кто грабил и мучил.

Каждый платит за лепту лептою,

Месть щенками кровавыми щенится.

Кто же скажет, что это свирепствуют

Бродяги и отщепенцы?

Это буйствуют россияне! (II,171)

В использовании приёмов народно-поэтической образности С.А.Есенин прибегал не только к метафоре, свойственной загадке, и образному сравнению. Очень характерны также олицетворения ("табун кустов", "месть щенится" – в приведённом отрывке).

Говоря с И.Н.Розановым о замысле поэмы, С.А.Есенин заметил, что в ней в отличие от пушкинской "Истории пугачёвского бунта" и "Капитанской дочки" будет выведено много сподвижников Пугачёва, которые были крупными и яркими фигурами. И действительно, в поэме много персонажей. Их объединяет с Пугачёвым близость и любовь к природе, любовь к жизни и одновременно протест против угнетения и жажда мести. Однако эта же звериная тяга к жизни побудила к измене и предательству сподвижников Пугачёва. В седьмой сцене «Ветер качает рожь» предельно обнаженно и психологически точно раскрывается состояние Чумакова, Бурнова и Творогова, пришедших к решению выдать своего предводителя.

Большую роль играет здесь народно-поэтический приём символики, символических примет и предчувствий. Ещё в шестой сцене возникают эти зловещие символы:

> Около Самары с пробитой башкой ольха,
> Капая жёлтым мозгом,
> Прихрамывает при дороге...(II,179)

> Все считают, что это страшное знаменье,
> Предвещающее беду...(II,179)

> Воют слухи, как псы у ворот,
> Дует в души суровому люду
> Ветер сырью и вонью болот.
> Быть беде!
> Быть великой потере!
> Знать не зря с луговой стороны
> Луны лошадиный череп
> Каплет золотом сгнившей слюны...(II,180)

> ...Сидит дымовая труба,
> Как наездник, верхом на крыше...

> И весь дикий табун деревянных кобыл
> Мчится, пылью клубя, галопом (II,181)

И если Зарубину ещё удаётся убедить Шигаева и Торнова в том, что страхи напрасны, то после поражения Зарубина настроение безысходности усиливается:

        Суслики в поле притоптанном стонут...

        Гибель, гибель стучит по деревням в колотушку (II,184)

        В воздух крылья крестами бросают криркливые птицы (II,185)

Каждый предатель возвращается мыслями к своему дому в Пензинской губернии или на Суре: «Только рах ведь живём мы, только раз!» – А Бурков говорит:

        Жалко солнышко мне, жалко месяц,

        Жалко тополь над низким окном.

        Только для живых ведь благословенны

        Рощи, потоки, степи и зеления.

        Слушай, плевать мне на всю вселенную,

        Если завтра здесь не будет меня!

        Я хочу жить, жить, жить,

        Жить до страха и боли!..

        Научите меня, и я что угодно сделаю,

        Сделаю что угодно, чтоб звенеть в человечьем оаду! (II,185)

В.Коржан отметил широкое использование С.А.Есениным повторов для усиления эмоциональной выразительности и психологической напряжённости[1]. В приведенном отрывке это выступает особенно наглядно.

Среди всех символических образов поэмы центральным следует сичать

---

[1] См.: Коржан В.В. Есенин и народное творчество. Л., 1969,с.156–159.

образ Осени[1]. Она «...страшно визжит и хохочет в придорожную грязь и сырость», «хихикает исподтишка», «подкупает» соратников Пугачёва. Он называет её "злой и подлой оборванной старухой"[2]. Использование приёмов одушевления природы, символики по типу народной служит в поэме не только для воссоздания тревожной атмосферы, трагических событий, но и для утверждения идеи неминуемой гибели "естественного" человека, которому "инстинкт природы" не только не помогает в революционном вихре, бунте, но толкает на предательство. С.А.Есенин говорит, таким образом, об обречённости стихийного крестьянского бунта.

Значительной попыткой создания эпического произведения на историческую тему не только использованием приёмов фольклорной поэтики, но почти целиком на народно-поэтической основе является поэма С.А.Есенина «Песнь о великом походе» (1924). В этой поэме сказались тонкое художественное чутьё и такт поэта, воссоздавшего картины двух исторических эпох в соответствующих жанрах. Первая часть поэмы, повествующая о петровских временах, написана сказовым стихом, вторая – о гражданской войне – частушечным.

Авторское начало выступает в поэме в образе народного сказочника-балагура или раешного зазывалы, который обращается к "встречным-поперечным" с предположением послушать

> Новый вольный сказ
>
> Про житье у нас.
>
> Первый сказ о том,
>
> Что давно было.

---

[1] О трактовке этого образа см. в кн.: Юшин П.Ф. *Сергей Есенин*, с.256–266.
[2] *Есенин С.А. Собр.соч., т.2*, с.191.

А второй – про то,

Что сейчас воплыло (III,236)

Автор – рассказчик о событиях – судит с позиций народа: его отношение к истории, к деятельности Петра, к гражданской войне стражает народные представления, известные по произведениям фольклора. Линия рассказчика на протяжении всей поэмы выделена раешным стихом, подчёркнутой грубоватостью обращения к слушателям, просьбой о ковшике браги и т.д.

В народных сказках и исторических песнях Пётр предстает неутомимым, жестоким самодержцем, "на костях" построившим Петербург. Таким же он изображён и в поэме С.А.Есенина:

Ой, суров наш царь,

Алексеч Пётр.

Он в единый дух

Ведро пива пьет.

Курит – дым идёт

На три сажени...

Русский царь тебе

      (Лефорту. – Н.С.)

Как батрак, служил (III, 239–240)

У Петра с плеча

Сорвался кулак...

И навек задрал

Лапти кверху дьяк (III,239)

Петру чудятся голоса загубленных строителей города, которые

Глава III. Эстетика авангарда в художественной концепции С.А.Есенина

пророчат гибель ему и захват власти народом. События гражданской войны показаны широко, и естественно, что на первом плане возникает важная для С.А.Есенина судьба крестьянства в революции и гражданской войне.

Подобно Д.Бедному, Маяковскому, Блоку, С.А.Есенин ощутил необыкновенную идейно-художественную ёмкость частушки, её злободневность, классовую направленность, меткость. Поэтому изображение грандиозных событий в частушечной форме отнюдь не было их умалением, «скольжением по верхам», диокредитацией значительной темы, в чём пытались упрекнуть его некоторые критики.

Общее отношение народа к революции выражено в начале второго сказа серией частушек, ясно показывающих, на чьей стороне народ:

    Веселись, душа

    Молодецкая.

    Нынче наша власть,

    Власть Советская (III,244)

Говоря об участии крестьянства в гражданской войне, С.А.Есенин показывает противоречия крестьянства и те психологические и бытовые ситуации, которые возникали в ходе её были отражены в народных песнях и частушках.

Если «крестьянские ребята-подросточки» в большинстве пошли «гулять с партизанами», то старшему поколению были свойственны сомнения. Как и в «*Пугачёве*», С.А.Есенин показывает мелкособственничествую эгоистическую привязанность крестьянина к земле:

    Если крепче жмут,

    То сильней орешь.

Мужику одно:

Не топтали б рожь! (III,247)

Семейные конфликты:

Красной Армии штыки

В Поле светятся.

Здесь стец с сынком

Могут встретиться (III,245)

Так же, как и при рассмотрении поэмы «*Двенадцать*», мы можем сказать, что народная частушка важна и нужна С.А.Есенину не только как формальная категория, но как выражение психологии народа, его отношения к событиям, которые раскрывается при помощи частушки в поэме. Трудно отделить есенинские четвероситишия от народных частушек. Ясно одно, что С.А.Есенин создаёт свои и вводит в поэму известные ему и популярные в те годы частушки. Вот пример введенных частушке:

Ах, яблочко,

Цвета милого!

Бьют Деникина,

Бьют Корнилова.

Цветочек мой,

Цветик маковый.

Ты скорей, адмирал,

Отколчакивай (III,251)

Использованные С.А.Есениным частушки широко бытовали именно в таких вариантах и напевах («*Семеновна*» и «*Яблочко*» были самыми распространенными в этот период). Новаторским для поэта был образ коммунара в "куртке кожаной", передоуого деятеля революции и гражданской войны, обрисованный с сочувствием и любовью:

Завтра, еле свет,

Нужно снова в бой.

Спи, корявый мой!

Спи,хороший мой!

Пусть вас золотом

Свет зари кропит.

В куртук кожаной

Коммунар не спит (III,252)

Таким образом, в «*Песне о великом походе*» С.А.Есенин выразил идеологически верное, зрелое отношение к революции, её движущим силам. Обращение к злободневной частушке помогло ему показать революционную действительность "изнутри", отразить верную расстановку сил, создать прадивую и психологически верную картину жизни.

Проблема фольклоризма в поэзии 20–х гг. была рассмотрена на материале творчества крупных русских поэтов этого времени – Д.Бедного, А.Блока, С.Есенина, В.Каменского, Н.Клюева, В.Маяковского, П.Орешина, В.Хлебникова, А.Ширяевца. Они были яркими представителями разных творческих направлений молодой советской поэзии, с разной степенью широты и глубины использовавшими традиции устного народного творчества.

Фольклор был нужен молодой советской поэзии для решения важнейших идейно-эстетических задач. Прежде всего – для отображения событий

Великой Октябрьской революции, еёсмысла, её общенародного и мирового значения, её вершителя – народа.

Авторское обращение к фольклору было в каждом случае творчески индивидуальным. С.А.Есенин использовал, реализуя конкретный творческий замысел, разные жанры, сюжеты, поэтические образы и приёмы, а главное – функции их в произведении были разными.

Однако в рамках одного историко-литературного периода, одного жанра, обнаруживаются и некоторые общие принципы фольклоризма. Масштабность революционных событий требовала привлечения эпических, сказочных и былинных, народно-поэтичеких традиций. Народ, герой и вершитель революции, творец истории, представал в образе сказочного героя Ивана или былинного богатыря Ильи, Микулы, Святогора.

Велика была роль фольклора и в агитационной поэзии, требовавшей массовых и доступных поэтических форм – частушки, шуточной сатирической песни. Д.Бедный и В.Маяковский – поэты открытого революционно-утвреждающего пафоса – подчинили все средства поэтического слова главным образом агитационно-пропагадистским целям. А.Блок в поэме «Двенадцать» в общем шел в освоении народно-поэтических традиций тем же путём. Принципы работы С.А.Есенина над фольклорным материалом существенно отличаются от тех, которые были присущи глашатаям революции В.Маяковскому и Д.Бедному.

Если в годы революции и гражданской войны в силу сложности и противоречивости общественной поэзии, занятой С.А.Есениным, а также в силу особенностей своего лирического таланта он не смог идти тем путём в освоении фольклора, которым шли Д.Бедный, Маяковский, Блок и некоторые другие поэты, и кривая поисков уводила его далеко в сторону, то в дальнейшем в его творчестве наступает перелом. Великая заслуга С.А. Есенина в истории советской поэзии состоит в том, что он своим творчеством обогатил жанр глубоко интимной, предельно психологической лирики.

С.А.Есенин, в отличие от многих поэтов той поры, открывал сложный, многообразный душевный мир человека, ищушего своего места в новой действительности, показывал трудности становления в нём нового сознания, т.е. осмысливал революцию как бы изнутри, во всей её сложности. И потому в поэзии С.А.Есенина главное место заняла лирика сердца, лирика откровения. В формировании и развитии этой лирики большую роль сыграло народное творчество. Для С.А.Есенина фольклор был источником углублённого понимания быта, национального характера, обычаев психологии народных масс, а также школой поэтического мастерства. Эти тенденции найдут затем развитие в творчестве следующего поколения советских поэтов. И потому трудно переоценить роль С.А.Есенина в развитии русской советской поэзии и прежде всего в утверждении её национального, народного начала. Но если в поэзии С.А.Есенина с огромной художественной силой воспроизведены думы и переживания человека переходной эпохи (а через них и настроения больших социальных слоёв народа), то в лирике М.Исаковского, В.Лебедева-Кумача, А.Прокофьева, А.Сурикова, А.Твардовского и других поэтов пути революции и народа, место человека в новой действительности будут уже осмыслены с позиций человека социалистического сознания. А это отразится и на характере освоения народно-поэтических традиций.

Заключение

Народное творчество сыграло большую роль в становлении и развитии таланта С.А.Есенина. Правда, он прошел сложный и противоречивый путь освоения народно-поэтических традиций. В начале 1910–х годов в мотивах и образах произведений С.А.Есенина синтезировались традиции религиозного и светского фольклора. Их проявление в творчестве С.А.Есенина равноценно. Во второй половине 1910–х годов в поэтике С.А.Есенина усиливается тенденция к символизации, усложняются и обновляются метафоры, ослабевает влияние народно-поэтической традиции; в «маленьких поэмах» приоритетную роль играет авангардистская образность. Этот период творчества характеризуется синтезом религиозных и космогонических мотивов. Таким образом, поэзия С.А.Есенина 1910–х годов демонстрирует подвижную иерархию художественных дискурсов: реализма, символизма, авангарда. Художественные искания С.А.Есенина отвечают основной тенденции крестьянского модерна – сочетанию специфики символизма, акмеизма, авангарда, средневековой литературы, регионального и общерусского фольклора. Новаторская поэтика С.А.Есенина формировалась в контексте его мировоззренческих исканий.

Первая глава посвящена традициям религиозного фольклора в лирике С.А.Есенина 1910–х годов, как в его духовных стихах, так и в светской лири-

Заключение

ке. Парадигму жанра духовного стиха, с которым поэт был знаком с детства, мы формулируем, опираясь на работы Ф. Буслаева («Русские духовные стихи»), А. Веселовского («Разыскания в области русского духовного стиха»), Г. Федотова («Духовные стихи»), Ф. Селиванова («Русские народные духовные стихи»).

Духовные стихи С.А.Есенина в основном эпичны или лиро-эпичны, лирический герой отсутствует, их главные герои – распространенные в народных духовных стихах образы: Богородица, Иисус Христос, святые Николай Угодник и Георгий (Егорий), а также странники-паломники. К духовным стихам мы относим «Шел Господь пытать людей в любови...», «Не ветры осыпают пущи...», «Исус Младенец», «То не тучи бродят за овином...», «Микола», «Егорий».

Как в религиозном фольклоре, в произведениях С.А.Есенина библейские сюжеты русифицируются, активно используется темпоральный и пространственный сдвиг – события происходят в России в XX в. По наблюдению Федотова, в русском религиозном фольклоре сюжеты из земной жизни Христа редки. С.А.Есенин в произведениях разных жанров акцентирует внимание на земной жизни Христа, чаще обращается к образу Иисуса-ребенка. Еще одна ипостась Иисуса Христа в лирике С.А.Есенина – претворение в природе («Сохнет стаявшая глина...», «Чую радуницу Божью...»). Специфике религиозного фольклора отвечают следующие характеристики образа Богородицы: Она – сакральный образ и заботливая мать, акцент сделан на материнской сути, а не на деве (что отмечали в русском сознании Федотов, Аверинцев и др.), на страданиях, скитаниях, но и на воле, инициативе – даже в судьбе Сына; роль образа Богородицы в сюжетах С.А.Есенина приоритетная. Традиции отвечает изображение праздников (Троицы и Радуницы), а также Георгия Победоносца, Николая Угодника – от имен (Егорий, Микола) до стирания границ между святыми и простыми смертными, до сюжета о чуде, о помощи, до синтеза высокой и бытовой образности. Описание святого Николая в «Миколе» сопоставимо с описанием в «Николиных притчах» А. Ремизова (изданы в 1917 г.).

Ряд фольклорных мотивов и образов переосмыслен, появились нетрадиционные коннотации (например, в «Каликах» парадигма духовного стиха разрушается за счет иронии; это произведение – пример трансформации духовного стиха в светскую поэзию).

Вторая глава посвящена рецепции особенностей светского фольклора в поэзии С.А.Есенина 1910–х годов. Светский (мирской) фольклор повлиял на жанровую специфику его лирики, на образно-лексический строй. Из жанров мы выделяем лирическую песню и частушку, устойчивая поэтика которых очевидна в мотивах, композиции, речевых приемах текстов С.А.Есенина.

Песенное начало – доминанта лирики С.А.Есенина. Лирическая песня соответствует есенинскому типу творчества искренностью, темами, сюжетами, активным использованием образов природы (отрицательное сравнение в зачине, психологический параллелизм, символика, обращения). Из народной песни в его лирику переходят разговорная речь, последовательность событий, ступенчатое сужение образа, исключение единичного из множества, перехваты, традиционные эпитеты, инверсии, сравнения, гиперболы, уменьшительно-ласкательные суффиксы, повторы (тавтологические, синонимические, синтаксические).

С.А.Есенин выстраивал стихотворение на претексте («Лебёдушка»), включал в текст реминисценции из народных лирических песен («На плетнях висят баранки...» и др.), сочетал определенный тип лирической песни с иными жанрами («Не от холода рябинушка дрожит...» и др.). Таким образом, лирическая песня в поэзии С.А.Есенина представлена как самостоятельный жанр, в сочетании с другими жанровыми разновидностями, как источник мотивов и образов в жанрах книжной литературы. Примерами последнего

Заключение

типа восприятия специфики лирической песни служат «Под венком лесной ромашки...», «Хороша была Танюша...», «Заиграй, сыграй, тальяночка, малиновы меха...» и др.

Мы сделали акцент на собственно частушке как самостоятельном жанре есенинской поэзии и на воспринятых поэтом особенностях частушки в других жанрах его лирики. Частушка близка лирике С.А.Есенина установкой на жизнеутверждение, речевыми приемами (просторечия, повторы, короткие фразы, интонация выкликания, смысловой акцент на слове), композицией строфы.

В частушках С.А.Есенина доминирует комическое начало (юмор, сарказм), в них выражены дружеские или антагонистические отношения с писателями-современниками (Блоком, Мариенгофом, Клюевым, Брюсовым, Каменским, Маяковским и др.). В частушке С.А.Есенина реализован принцип «удвоения видимости»[1] посредством эпатажного слова, гротеска, парадокса. Брутальность частушечного смеха С.А.Есенина соответствует чертам народной смеховой культуры, отмеченным в труде Д.С. Лихачева «Смех как мировоззрение».

В мотивах лирики С.А.Есенина отразился народный менталитет, составивший суть фольклорного творчества. Поэтизация основных концептов народного мировоззрения проанализирована в работах фольклористов-классиков – Афанасьева, Буслаева, Потебни, Проппа, Сахарова и др. Поэт, во-первых, переосмысливает ряд устойчивых коннотаций; во-вторых, ориентируется на книжную традицию. Например, пейзаж (его специфике посвящен отдельный параграф работы) С.А.Есенин связывает с круговращением времени, что отвечает фольклорной особенности. Но пейзаж в гораздо большей степени, чем в фольклорных произведениях, выражает рефлексию (ностальгию,

---

[1] Рюмина М.Т. Эстетика смеха: Смех как виртуальная реальность. С. 118.

мысли о протекающей жизни и т.д.).

С.А.Есенин, опираясь на народные традиции, создает образы с ассоциативным и буквальным смыслом. В отношениях лирического героя и природы нет пасторальности, пастушеской праздности, что, однако, не исключает идиллического пейзажа. С.А.Есенин, согласно народному миропониманию, создал образ бесконечного природного пространства, в котором соединены земля и небо. Частотными образами являются: ветер, поле, луна, месяц, заря, вода, земля, дорога, звезда, роща, небо и др.; они же относятся к константным в фольклорных жанрах. Во многом соответствуя поэтическим функциям фольклора, они, в то же время, выражают авторский эмоциональный мир. Например, в фольклоре частотный в образах луны и месяца смысл порождения – у С.А.Есенина луна прежде всего играет роль медитативную. Из природных образов С.А.Есенина особо выделены дендронимы (по Афанасьеву, образ дерева занял центральное место в народной поэзии) как отражение реалий и средство идентификации лирического героя. Древесным образам в произведениях С.А.Есенина приданы портретные черты; антропоморфная метафора – одна из древнейших. Они наделены символическим смыслом. Через них описаны народные обряды и поверья (например, сюжету «Погадала красна девица в семик. / Расплела волна венок из повилик» [65] соответствуют мотивы семиковых и троицких песен).

Прямые и ассоциативные значения имеют образы быта, труда, семьи, что также отвечает фольклорной традиции. Повторяются в лирике С.А.Есенина мотивы полевых работ, образы сельскохозяйственных культур, они наделены мифологическим буквальным смыслом («Заглушила засуха засевки...», «Микола», «То не тучи бродят за овином...», «Кобыльи корабли», «Не бродить, не мять в кустах багряных...»,«Запели тесаные дроги...» и др.). При этом не используется лексика с семантикой тоски, изнуренности, что сближает пафос есенинских текстов с поэтическим народным сознанием

Заключение

(И.П. Сахаров. Народный дневник). Бытовые и трудовые мотивы есенинской лирики отвечают специфике жнивных песен.

Фольклорные образы животных в определенной степени являются источниками образности есенинских текстов, например отелившегося неба – рецепции народнопоэтического «небесного стада». Рассмотрено автологическое и ассоциативное содержание образов животных.

Среди фольклорных традиций отмечаем сочетание тропеизации языка и диалектизмов. Билингвизм С.А.Есенина выражен в сочетании книжного и просторечного языка. Диалектизмы использованы как в деревенском контексте, так и вне его. Они служат как для создания образа, так и для рифмовки, сохранения ритма.

Авангардистская образность появилась в произведениях С.А.Есенина до возникновения имажинизма. Новый образный словарь соответствовал модернизации религиозной темы, религиозно-космогонической мифологизации революции и опирался скорее не на положения теоретических работ Мариенгофа и Шершеневича, а на практику тропеизации в фольклоре, на космизм крестьянского сознания, на ассоциативную образность А. Белого.

Прежде всего, есенинский авангард на содержательном и художественном уровнях проявился в «маленьких поэмах» 1917 – 1918 гг., свидетельствующих о стремительной эволюции взглядов поэта и противоречиях: при общих идеях поэмы характеризуются противоположными установками. Библейская суть революции – тема уже поэмы «Товарищ», в определенном смысле близкой духовному стиху о «Милосливой жене, милосердной», но в то же время поэма политически актуальна и не соответствует каноническому пониманию воскресения. Сюжет о гибели Христа в дальнейшем продолжен сюжетом о новых истязаниях Христа и его новой жертве; в «Инонии» отрицается смысл Его жертвы и осуждается жестокость Бога-Отца, славится Инония с нестрадающим Христом. В поэмах приоритетной становится тема богоизбранности современной России («новой купели», нового Назарета) и ее преображения. Нравственно неразрешимой представляется идея революционного насилия, отвергнутая в «Отчаре», где провозглашается ценность братства; в «Сельском часослове», мотивы которого близки «Слову о погибели Русской Земли» А. Ремизова, высказано сомнение в возможности земного рая, прозвучала мысль о невозможности преображения без насилия. Вместе с тем в «Иорданской голубице» поэт старается поверить в целесообразность революции, в достижение вселенского братства. Вслед за экстремальными лозунгами «Пантократора» появляется антиреволюционная антиутопия «Кобыльи корабли».

Несмотря на различия в содержании поэм, они написаны языком аван-гарда. Через словесную экспрессию, многовариантную интонацию, гротеск, множественные метафоры проявился авангардистский принцип свободы самовыражения. Авангардизм С.А.Есенина развивался самостоятельно и параллельно авангардизму его коллег по имажинизму. Вместе с тем эстетика имажинизма близка ему избыточностью и экспрессией образов, апологией и новизной образотворчества, избыточностью тропов, пристрастием к неологизмам; этически имажинизм отвечал его устремлениям установкой на вызов. Принципиальные расхождения имажинистской идеологии Шершене-вича, Мариенгофа, с одной стороны, и С.А.Есенина – с другой, выразились в вопросах об органическом образе, о национальных корнях творчества, о космичности миропонимания.

Теория тропеического образа развита в «Ключах Марии», ряд положений которых отвечает не сентенциям Шершеневича и Мариенгофа, а идеям А. Белого. Работы С.А.Есенина и А.Белого сближает установка на обновление языка, размышления о звучащем слове, о соотношении образа и смысла, языка и космоса, идеи о герменевтики, о метафоре, о народных истоках образности и др. Отмечаем стилевую близость трактатов С.А.Есени-

Заключение

на и А.Белого.

Широко вошла в поэзию 20-х гг. и стихия современного фольклора-песни и частушки революции и гражданской войны, отразившие сложные процессы осмысления событий разными слоями народа. Революционные события соотносились в поэмах и стихотворениях исторической тематики С.А.Есенина с крестьянским восстанием Пугачёва. И в этом случае привлекались фольклорные сюжеты и образы, в которых выражена народная сценка героев и событий.

Библиография

Источники

1. Астащенко Е.В. Типологические схождения в литературоведении: На примере повести С. Есенина "Яр" И сказок А. Н. Толстого / *Современное педагогическое образование*. 2023. № 4. С. 245–248.

2. Виноградов В.В. *Русский язык (Грамматическое учение о слове): Учебное пособие для вузов* / Ответственный редактор Г.А. Золотова. 3–е издание, переработанное и дополненное. М.: Высшая школа, 2006. 459с.

3. Воронова О.Е. *Сергей Есенин в российско-германском культурном диалоге* / Монография. Научное издание / Рязань:Рязанский издательский дом, 2013. 224с.

4. Воронова О.Е. *Сергей Есенин и русская духовная культура* / Научное издание / Рязань:Узорочье, 2002.520с.

5. *Голубиная книга: Русские народные духовные стихи* / Сост. Л.Ф. Солощенко, Ю.С. Прокошина. М.: Моск.рабочий, 1991. 351 с.

6. *Духовные песни* / Сост. И.С. Проханов. Кассель: б/и, 1922. 698 с.

7. Есенин С. А. // *Большая советская энциклопедия* / Гл. ред. О. Ю. Шмидт. – М.: ОГИЗ РСФСР: Сов. энцикл., 1932. – Т. 24. – Стб. 539–542.

8. Есенин С. А. // *Большая советская энциклопедия* / Гл. ред. Б. А. Введенский. – 2–е изд. – М.: Большая сов. энцикл., 1952. – Т. 15. – С. 538–539.

9. Есенин С. А. *Полное собрание сочинений:* В 7 т. / Гл. ред. Ю. Л. Прокушев; Ред. коллегия: Л. Д. Громова, Н. В. Есенина, С. П. Есенина, С. П. Кошечкин, Ф. Ф. Кузнецов, Г. И. Ломидзе, Л. А. Озеров, Н. Н. Скатов, В. В. Сорокин; ИМЛИ им. А. М. Горького РАН. – М.: Наука; Голос, 1995–2002. *Т.1. Стихотворения* / Науч. ред. А. М. Ушаков; Подгот. текстов и коммент. А. А. Козловского. – 1995. – 672 с.

10. Есенин С. А. *Полное собрание сочинений*: В 7 т. / Гл. ред. Ю. Л. Прокушев; Ред. коллегия: Л. Д. Громова, Н. В. Есенина, С. П. Есенина, С. П. Кошечкин, Ф. Ф. Кузнецов, Г. И. Ломидзе, Л. А. Озеров, Н. Н. Скатов, В. В. Сорокин; ИМЛИ им. А. М. Горького РАН. – М.: Наука; Голос, 1995–2002. *Т.2. Стихотворения (Маленькие поэмы)* / Науч. ред. Ю. Л. Прокушев; Подгот. текстов и коммент. С. И. Субботина. – 1997. – 464 с.

11. Есенин С. А. *Полное собрание сочинений*: В 7 т. / Гл. ред. Ю. Л. Прокушев; Ред. коллегия: Л. Д. Громова, Н. В. Есенина, С. П. Есенина, С. П. Кошечкин, Ф. Ф. Кузнецов, Г. И. Ломидзе, Л. А. Озеров, Н. Н. Скатов, В. В. Сорокин; ИМЛИ им. А. М. Горького РАН. – М.: Наука; Голос, 1995–2002. *Т. 3. Поэмы* / Науч. ред. Л. Д. Громова, С. П. Кошечкин; Сост. и подгот. текстов Н. И. Шубниковой-Гусевой; Коммент. Е. А. Самоделовой, Н. И. Шубниковой-Гусевой. – 1998. –720 с.

12. Есенин С. А. *Полное собрание сочинений*: В 7 т. / Гл. ред. Ю. Л. Прокушев; Ред. коллегия: Л. Д. Громова, Н. В. Есенина, С. П. Есенина, С. П. Кошечкин, Ф. Ф. Кузнецов, Г. И. Ломидзе, Л. А. Озеров, Н. Н. Скатов, В. В. Сорокин; ИМЛИ им. А. М. Горького РАН. – М.: Наука; Голос, 1995–2002. *Т. 4. Стихотворения, не вошедшие в "Собрание стихотворений"* / Науч. ред. Л. Д. Громова; Сост., подгот. текстов и коммент. С. П. Кошечкина и Н. Г. Слюсова.– 1996. – 544 с.

13. Есенин С. А. *Полное собрание сочинений*: В 7 т. / Гл. ред. Ю. Л. Прокушев; Ред. коллегия: Л. Д. Громова, Н. В. Есенина, С. П. Есенина,

С. П. Кошечкин, Ф. Ф. Кузнецов, Г. И. Ломидзе, Л. А. Озеров, Н. Н. Скатов, В. В. Сорокин; ИМЛИ им. А. М. Горького РАН. – М.: Наука; Голос, 1995–2002. *Т. 5. Проза* / Науч. ред. Ю. Л. Прокушев; Сост., подгот. текстов и коммент. А. Н. Захарова, С. П. Кошечкина, Е. А. Самоделовой, С. И. Субботина, Н. Г. Юсова. –1997. – 560 с.

14. Есенин С. А. *Полное собрание сочинений*: В 7 т. / Гл. ред. Ю. Л. Прокушев; Ред. коллегия: Л. Д. Громова, Н. В. Есенина, С. П. Есенина, С. П. Кошечкин, Ф. Ф. Кузнецов, Г. И. Ломидзе, Л. А. Озеров, Н. Н. Скатов, В. В. Сорокин; ИМЛИ им. А. М. Горького РАН.– М.: Наука; Голос, 1995–2002. *Т. 6. Письма* / Науч. ред. Л. Д. Громова и Ю. Л. Прокушев; Сост. и общ. ред. С. И. Субботина; Подгот. текстов и текстологич. коммент. Е. А. Самоделовой и С. И. Субботина; Реальный коммент. А. Н. Захарова, С. П. Кошечкина, С. С. Куняева, Г. Маквея, Ю. А. Паркаева, Ю. Л. Прокушева, Т. К. Савченко, М. В. Скороходова, С. И. Субботина, Н. И. Шубниковой-Гусевой, Н. Г. Юсова; Указатели М. В. Скороходова и Е. А. Самоделовой. –1999. – 816 с.

15. Есенин С. А. *Полное собрание сочинений*: В 7 т. / Гл. ред. Ю. Л. Прокушев; Ред. коллегия: Л. Д. Громова, Н. В. Есенина, С. П. Есенина, С. П. Кошечкин, Ф. Ф. Кузнецов, Г. И. Ломидзе, Л. А. Озеров, Н. Н. Скатов, В. В. Сорокин; ИМЛИ им. А. М. Горького РАН. – М.: Наука; Голос, 1995–2002. *Т. 7. Кн. 1. Автобиографии. Дарственные надписи. Фольклорные материалы. Литературные декларации и манифесты* / Науч. ред. Ю. Л. Прокушев; Сост., подгот. текстов и коммент. А. Н. Захарова, С. П. Кошечкина, Т. К. Савченко, М. В. Скороходова, С. И. Субботина, Н. Г. Юсова. – 1999. –559 с.

16. Есенин С. А. *Полное собрание сочинений*: В 7 т. / Гл. ред. Ю. Л. Прокушев; Ред. коллегия: Л. Д. Громова, Н. В. Есенина, С. П. Есенина, С. П. Кошечкин, Ф. Ф. Кузнецов, Г. И. Ломидзе, Л. А. Озеров, Н. Н. Скатов,

В. В. Сорокин; ИМЛИ им. А. М. Горького РАН. – М.: Наука; Голос, 1995–2002. *Т. 7. Кн. 2. Дополнения к 1–7 томам. Рукою Есенина. Деловые бумаги. Афиши и программы вечеров* / Науч. ред. Ю. Л. Прокушев; Общ. ред. С. И. Субботина; Сост., подгот. текстов и коммент. А. Н. Захарова, С. П. Кошечкина, С. С. Куняева, Ю. А. Паркаева, Т. К. Савченко, Е. А. Самоделовой, М. В. Скороходова, С. И. Субботина, Л. М. Шалагиновой, Н. И. Шубниковой-Гусевой, Н. Г. Юсова, Ю. Б. Юшкина. – 2000. – 640 с.

17. Есенин С. А. *Полное собрание сочинений*: В 7 т. / Гл. ред. Ю. Л. Прокушев; Ред. коллегия: Л. Д. Громова, Н. В. Есенина, С. П. Есенина, С. П. Кошечкин, Ф. Ф. Кузнецов, Г. И. Ломидзе, Л. А. Озеров, Н. Н. Скатов, В. В. Сорокин; ИМЛИ им. А. М. Горького РАН. – М.: Наука; Голос, 1995–2002. *Т. 7. Кн. 3. Утраченное и ненайденное. Неосуществленные замыслы. Есенин в фотографиях. Канва жизни и творчества. Библиография. Указатели* / Науч. ред. Ю. Л. Прокушев; Общ. ред. С. И. Субботина; Сост. и коммент. С. П. Кошечкина, В. Е. Кузнецовой, Ю. Л. Прокушева, М. В. Скороходова, С. И. Субботина, Н. Г. Юсова, Ю. Б. Юшкина; Сост. указателей А. Н. Захарова, Т. К. Савченко, Е. А. Самоделовой, М. В. Скороходова, С. И. Субботина. – 2002. – 768 с.

18. *Житие и чудеса Св. Николая Чудотворца и слава его в России*: В 2 ч. / Сост. А. Вознесенский и Ф. Гусев. М.: Меж. изд. центр православной литературы, 1994. Репринт. изд. СПб., 1899 г. 723 с.

19. Злобин А.А. *Духовный концепт странник в языковой картине мира С. А. Есенина* / В сборнике: Актуальные проблемы культуры речи. Материалы Всероссийской научно-практической конференции. Москва, 2022. С. 82–87.

20. Карпов И.П. *Авторское сознание в русской литературе xx века (и. Бунин, м. Булгаков, с. Есенин, в. Маяковский)* / учебное пособие для учителей-словесников, учащихся старших классов, студентов-филологов /

Сер. Новое о русской литературе Том Выпуск IV. Йошкар-Ола, Издательство: Марийский государственный педагогический институт им. Н. К. Крупской, 1994. 100с.

21. Клычков С.А. *Соч.: В 2 т.* / Сост., коммент. М. Никё, Н.Солнцевой, С. Субботина. М.: Эллис Лак, 2000. 544 с. 656 с.

22. Клюев Н. *Сердце Единорога* / Предисл. Н.Н. Скатова, вступ. ст. А.И. Михайлова, сост., подгот. текста, примеч. В.П. Гарнина. СПб.: РХГИ, 1999. 1072 с.

23. Клюев Н. *Словесное древо* / Вступ.ст. А.И. Михайлова; сост., примеч. В.П. Гарнина. СПб., :Росток, 2003. 688 с.

24. *Краткий справочник по современному русскому языку* / Л.Л. Касаткин, Е. В. Клобуков, П.А.Лекант / Под редакцией П. А. Леканта. 2–е издание, переработанное и дополненное. М.: Высшая школа, 1995. 380 с.

25. *Летопись жизни и творчества С. А. Есенина: В 5 томах* / РАН; Ин-т мировой лит. им. А. М. Горького; Гл. ред. Ю. Л. Прокушев; Редкол.: О. Е. Воронова, Л. Д. Громова, З. М. Дикун, Н. В. Есенина, С. П. Есенина, А. Н. Захаров, Ф. Ф. Кузнецов, Т. К. Савченко, В. В. Сорокин, С. И. Субботин, А. М. Ушаков, Н. И. Шубникова-Гусева. – М.: ИМЛИ РАН, 2003–... *Т. 1: 1895–1916.* – 2003. – 736 с.

26. *Летопись жизни и творчества С. А. Есенина: В 5 томах* / РАН; Ин-т мировой лит. им. А. М. Горького; Гл. ред. Ю. Л. Прокушев; Редкол.: О. Е. Воронова, Л. Д. Громова, З. М. Дикун, Н. В. Есенина, С. П. Есенина, А. Н. Захаров, Ф. Ф. Кузнецов, Т. К. Савченко, В. В. Сорокин, С. И. Субботин, А. М. Ушаков, Н. И. Шубникова-Гусева. – М.: ИМЛИ РАН, 2003 –...*Т. 2: 1917–1920* / Сост. В. А. Дроздков, А. Н. Захаров, Т. К. Савченко; Сост. указ. В. А. Дроздков, М. В. Скороходов; Отв. ред. С. И. Субботин; Науч. ред. А. М. Ушаков; Общая ред. и предисл. А. Н. Захарова; Рецензенты Н. Н. Воробьева, С. Н. Морозов. – 2005. – 760 с.

Библиография

27. *Песни русских сектантов-мистиков* / Сост. Т.С. Рождественский, М.И. Успенский. СПб.: Тип. П. П. Сойкина, 1912. 900 с.

28. *Поэзия крестьянских праздников* / Общ.ред. В.Г.Базанова, вступ.ст., сост., примеч. И.И. Земцовского. Л.: Сов.писатель, 1970. 636 с.

29. *Поэты-имажинисты* / Сост., подгот. текста, примеч. Э.М. Шнейдермана. СПб.: Пб.писатель; М.: Аграф, 1997. 536 с.

30. Ремизов А.М. *Николины притчи* // Ремизов А.М. Собр. Соч. Т. VI. Лимонарь / Гл. ред. А.М. Грачева. М.: Русская книга, 2001. С. 189–266.

31. *Российский государственный архив литературы и искусства (РГАЛИ).* Ф. 1547. Оп. 1. Ед. хр. 88. Тетр. 3. Л. 85. № XIV.

32. *Русская хрестоматия: Памятники древней русской литературы и народной словесности.* Для средних учебных заведений / Сост. Ф. Буслаев. М., 1912. 480 с.

33. *С. А. Есенин в воспоминаниях современников: В 2–х* т. / Вступ. ст., сост. и коммент. А. Козловского. – М.: Худож. лит., 1986. – Т. 1. – 511 с. – (Лит. мемуары).

34. *С. А. Есенин в воспоминаниях современников: В 2–х* т. / Вступ. ст., сост. и коммент. А. Козловского. – М.: Худож. лит., 1986. – Т. 2. – 446 с.– (Лит. мемуары).

35. *С.А. Есенин в жизни и творчестве* / Шубникова-Гусева Н.И.(8–е издание) Москва.:ООО "Русское слово - учебник", 2019.108с.

36. *Сергей Есенин в контексте эпохи* / М.:Институт мировой литературы им. А.М. Горького Российской академии наук, 2021.928с.

37. *Сергей Есенин в контексте русской и мировой литературы Сборник научных трудов* / Сер. Есенин в XXI веке Том Выпуск 7. Москва – Константиново – Рязань.: Государственный музей-заповедник С. А. Есенина, 2020.408с.

38. *Сергей Есенин, его современники и наследники* / Коллективная моно-

графия к юбилею Н.И. Шубниковой-Гусевой / М.: Институт мировой литературы им. А.М. Горького РАН, 2023.672с.

39. *Сергей Есенин и русская история* / Сборник научных трудов по материалам Международной научной конференции, посвящённой 117–летию со дня рождения С.А. Есенина и Году российской истории / *Том 1 Есенин в XXI веке*. Институт мировой литературы им. А.М. Горького Российской академии наук.2013.520с.

40. *Сергей Есенин и искусство*. Сб. трудов по материалам Международной науч. конф., посвящ. 118–й годовщине со дня рождения С. А. Есенина / Серия «Есенин в XXI веке». Вып. 2 / Ин-т мировой лит. РАН, Гос. музей-заповедник С. А. Есенина; Рязанский гос. ун-т имени С. А. Есенина. Отв. ред.: О. Е. Воронова, Н. И. Шубникова-Гусева; Ред.: Т. К. Савченко, М. В. Скороходов, С. И. Субботин. М. – Константиново – Рязань: ИМЛИ РАН. 2014. 576 с.

41. *Сергей Есенин и его современники*: Сб. науч. трудов / Серия «Есенин в XXI веке». Вып. 3 / Ин-т мировой лит. РАН, Гос. музей-заповедник С. А. Есенина; Рязанский гос. ун-т имени С. А. Есенина. Отв. ред.: О. Е. Воронова, Н. И. Шубникова-Гусева; Ред.: Т. К. Савчен-ко, М. В. Скороходов. М. – Константиново – Рязань: [ИМЛИ РАН], 2015. 600 с

42. *Сергей Есенин: Личность. Творчество. Эпоха*: Сб. науч. трудов Часть I / Серия «Есенин в XXI веке». Вып. 4 / Ин-т мировой лит. РАН, Гос. музей-заповедник С. А. Есенина; Рязанский гос. ун-т имени С. А. Есенина / Отв. ред.: О. Е. Воронова, Н. И. Шубникова-Гусева; Ред.-сост. М. В. Скороходов. М. – Константиново – Рязань: Гос. музей-заповедник С. А. Есенина, 2016. 744 с.

43. *Сергей Есенин: Личность. Творчество. Эпоха*: *Сб. науч. трудов. Часть II* / Серия «Есенин в XXI веке». Вып. 5 / Ин-т мировой лит. РАН, Гос. музей-заповедник С. А. Есенина; Рязанский гос. ун-т имени С. А.

Есенина / Отв. ред.: О. Е. Воронова, Н. И. Шубникова-Гусева; Ред.-сост. М. В. Скороходов. М. – Константиново – Рязань: Гос. музей-заповедник С. А. Есенина, 2017. 848 с.

44. *Сергей Есенин: Личность. Творчество. Эпоха*: Сб. науч. трудов. Часть III / Серия «Есенин в XXI веке». Вып. 6 / Ин-т мировой лит. РАН, Гос. музей-заповедник С. А. Есенина; Рязанский гос. ун-т имени С. А. Есенина / Отв. ред.: О. Е. Воронова, Н. И. Шубникова-Гусева; Ред.-сост. М. В. Скороходов. М. – Константиново – Рязань: Гос. музей-заповедник С. А. Есенина, 2018. 640 с.

45. *Скороходов М.В. Сергей Есенин: Истоки творчества (вопросы научной биографии)* / М.:Институт мировой литературы им. А.М. Горького Российской академии наук, 2014.384с.

46. *Сборник русских духовных стихов,* составленный В. Варенцовым. СПб., 1860. 265 с.

47. *Соколов Ю.М. Русский Фольклор* / Учебное издание 3–е издание. Рекменаовано УМО по классическому университетскому образованию в качестве учебника для студентов высших учебных заведений, обучающихся по направлению 03001 и специальности – «Филология», Издательство Московского университета, 2007, 530с.

48. *Стихи духовные* / Вступ.ст. Е.А. Ляцкого, сост. Е.А. Ляцкого при уч. Н.С. Платонова. СПб., 1912. 192 с.

49. *Стихи духовные* / Сост. Ф.М. Селиванов. М.: Советская Россия,1991. 336 с.

50. *Шетракова С.Н. С. А. Есенин. Художественный образ и действительность* / Рязань:Поверенный, 2004.

51. Издательство: *Шубникова-Гусева Н.И. С. А. Есенин в жизни и творчестве* / учебное пособие для школ, гимназий, лицеев и колледжей / Сер. В помощь школе. (6–е издание) Москва:ООО "Русское слово - учебник", 2011. 112с.

52. Шубникова-Гусева Н.И. *"Объединяет звуком русской песни…": Есенин и мировая литература.* Москва:Институт мировой литературы им. А.М. Горького Российской академии наук, 2012. 528с.

Литература

1. Авраменко А.П. Повесть «Серебряный голубь» Андрея Белого – мистерия или фарс духовного преображения России? // Stefanos: *Сб. научных работ памяти А. Г. Соколова.* М.: МАКС Пресс, 2008. С. 70–80.

2. Азадовский К.М. Есенин // *Русские писатели. 1800–1917. Биографический словарь* / Гл.ред. П.А. Николаев. М.: БРЭ, Фианит, 1992. Т. II. 623 с.

3. *Андрей Белый и Иванов-Разумник. Переписка* / Публ., вступ.ст.,коммент. А.В. Лаврова, Дж. Мальмстада. СПб.: Atheneum, Феникс, 1998. 736 с.

4. Арензон Е.Р. «Иорданская голубица» в ряду «маленьких поэм» Есенина 1917–1918 гг. // *Поэтика и проблематика творчества С.А. Есенина в контексте Есенинской энциклопедии* / Отв. ред., сост. О.Е. Воронова, Н.И. Шубникова-Гусева. М.: Лазурь, 2009. С. 356–362.

5. Афанасьев А.Н. *Древо жизни* // М.: Современник, 1982. 464 с.

6. Бабурин А.В. *Рязанский топонимический словарь* (названия рязанских деревень) / Рязанский этнографический вестник. 2004. Вып. 32.

7. Бабушкин Н. Сергей Есенин об орнаменте в народном творчестве и литературе // *Вопросы фольклора.* Томск, 1965. С. 102–109.

8. Базанов В.Г. Древнерусские ключи к «Ключам Марии» Есенина // *Миф. Фольклор. Литература* / Под ред. В.Г. Базанова. Л., 1978. С. 204–249.

9. Базанов В.Г. Сергей Есенин (Поэзия и мифы) // *Творческие взгляды советских писателей* / Под ред. В.А. Ковалева. Л., 1981. С. 90–119.

10. Базанов В.Г. Сергей Есенин и крестьянская Россия. Л.: Сов. писатель, 1982. 304 с.

11. Бахтин М.М. *Проблемы поэтики Достоевского.* М., 1979. 318 с.

12. Башкова Н.В. *Преображение человека в философии русского космизма.* М.: КомКнига, 2007. 224 с.

13. Белый А. Песнь Солнценосца // *Скифы. Сб. 2.* 1918. С. 6–10.

14. Белый А. *Глоссолалия: Поэма о звуке.* Берлин: Эпоха, 1922. 131 с.

15. Белый А. Жезл Аарона (О слове в поэзии) // *Скифы. Вып. 1.* С. 155–213.

16. Белый А. *Рудольф Штейнер и Гете в мировоззрении современности.* Воспоминания о Штейнере. М.: Республика, 2000. 719 с.

17. Белый А. *Символизм как миропонимание* / Сост., вступ. ст. и прим. Л. А. Сугай. М.: Республика, 1994. 528 с.

18. Бердяев Н.А. Проблема человека (к построению христианской антропологии) // Ступени. 1991. № 1. С. 89–90.

19. Биджиева З.С.М. К вопросу о традициях фольклора в лирике С. А. Есенина // International Independent Scientific Journal. 2019. № 10–1 (10). С. 33–34.

20. Бирюков С.Е. *Поэзия русского авангарда* / С.Е. Бирюков. М. : Литературно-издательское агентство Р. Элинина, 2001. 280 с.

21. Борзых Л.А. Древесные образы в лирике С.А. Есенина // XIV Державинские чтения. Ин-т русскойц филологии. Тамбов: Изд.дом ТГУ им. Г.Р. Державина, 2009. С. 97–102.

22. Борзых Л.А. Флористическая поэтика С.А. Есенина: классификация, функция, эволюция. Автореф. дис….к.ф.н. Тамбов, 2012. 25 с.

23. Бройтман С. Н. *Русская лирика XIX – начала XX века в свете исторической поэтики* (Субъектно-образная структура) / С. Н. Бройтман. – М. : РГГУ, 1997. 307 с.

24. Бойников А.М. А.С. Есенин и С.Д. Дрожжин: Творческое взаимодействие и личные контакты // *Малоизвестные страницы и новые концепции истории русской литературы XX века. Вып. 3. Ч. 2* / Ред.сост. Л.Ф. Алексеева. М.: Водолей Publishers, 2006. 215 с.

25. Болотов В.В. *Лекции по истории Древней Церкви. Т. 2.* СПб.: Аксион эстин, 2006. 493 с.

26. Буслаев Ф. Общее понятие о русской иконописи // Буслаев Ф. *О литературе. Исследования. Статьи* / Сост., вст.ст., примеч. Э.Л. Афанасьева. М.: Худ. лит., 1990. С.349–415.

27. Буслаев Ф. Русские духовные стихи // Буслаев Ф. *О литературе. Исследования. Статьи* / Сост., вст.ст., примеч. Э.Л. Афанасьева. М.: Худ. лит., 1990. С. 294–348.

28. Васильев И.Е. *Русский поэтический авангард XX века.* Екатеринбург: Изд-во Урал. Ун-та, 2000. 320 с.

29. Вдовин В. Написано рукой Есенина // Вопр.лит-ры, 1968, 7, С. 252–254.

30. Вдовин В. Неизвестные страницы биографии Есенина // *Сергей Есенин: Проблемы творчества.* М.: Современник, 1978. С.329–342.

31. Вдовин В. Нераскрытые цитаты в литературно-критических статьях и письмах Есенина. Вопр.лит-ры. 1973. № 7. С.222–230.

32. Вейдле В.В. *Эмбриология поэзии: Статьи по поэтике и теории.* М. : Языки славянской культуры, 2002. 458 с.

33. Вельская Л.Л. Раннее творчество Сергея Есенина: Автореф.дис.канд. филол.наук. Алма-Ата, 1967. 22 с.

34. Вельская Л.Л. Стихосложение С.Есенина в развитии русской стихотворной культуры: Автореф.дис.д-ра филол.наук. Киев, 1982. 54 с.

35. Венгерова З. Английские футуристы // *Контекст. 2000. Вып. VI.* С. 87–98.

36. Веселовский А. Н. *Историческая поэтика.* М. : Высшая школа, 1989. 404 с.

37. Вестстейн В.Г. Лирический субъект в поэзии русского авангарда // *Russian Literature. 1988. Vol. XXIV.* P. 235–258.

38. Володина Н.В. *Концепты, универсалии, стереотипы в сфере литерату-*

роведения. М. : Флинта, Наука, 2010. 320 с.

39. Воронова О.Е. Между религией и русской идеей: С.А. Есенин и Н.А. Бердяев // *Столетие Сергея Есенина: Есенинский сборник. Вып. III* / Сост. А.Н. Захаров, Ю.Л. Прокушев. М.: Наследие, 1997. С. 83–92.

40. Воронова О.Е. "Я поверил от рожденья в Богородицын Покров": образ Христа-младенца в поэзии Сергея Есенина» // *Детская литература*. 2001. № 3. С. 4–11.

41. Воронова О.Е. Поэтика библейских аналогий в поэзии имажинистов революционных лет // *Русский имажинизм* / Под ред. В.А. Дроздкова, А.Н. Захарова, Т.К. Савченко. М.: ЛИНОР, 2003. С. 168–173.

42. Воронова О.Е. Поэтика Есенина как новаторская художественная система // *Поэтика и проблематика творчества С.А. Есенина в контексте Есенинской энциклопедии* / Отв. ред., сост. О.Е. Воронова, Н.И. Шубникова-Гусева. М.: Лазурь, 2009. С. 32–47.

43. Воронова О.Е. Жанровая система лирики С.А. Есенина: энциклопедический аспект // *Биография и творчество Сергея Есенина в энциклопедическом формате*. М. – Рязань – Константиново: б/и, 2012. С. 32–45.

44. Воронова О.Е. Народные религиозные ереси и мотивы сектантского фольклора в духовном контексте творчества С.А. Есенина // В книге: *Сергей Есенин и русская духовная культура*. Научное издание. О.Е. Воронова; рецензент: Ю.Л. Прокушев. Рязань, 2002. С. 222–253.

45. Воронова О. Мировоззрение С.А. Есенина: опыт структурного анализа // *Современное есениноведение*. 1912. №. 20. С. 31–35.

46. Вроон Р. Топос и ментальность: К сравнительному анализу космических образов в поэзии новокрестьянских поэтов // *Сергей Антонович Клычков: Исследования и материалы*. М.: Изд-во Лит. ин-та им. А.М. Горького, 2011. С. 69–72.

47. Выходцев П.С. Народно-поэтические традиции в творчестве С.Есенина //

Русс. лит. 1961. № 3. С.123–143.

48. Выходцев П.С. Творчество Сергея Есенина и народно-поэтическая традиция // Выходцев П.С. *Русская советская поэзия и народное творчество*. М.: Л.: Изд-во АН СССР, 1963. С.220–250.

49. Выходцев П.С. Есенин и некоторые вопросы русской художественной культуры // *Сергей Есенин: Проблемы творчества*. М.: Современник, 1978. С.63–78.

50. Выходцев П.С. Есенин и советская поэзия // *Есенин и современность*. М.: Современник, 1978. С.11–34.

51. Выходцев П.С. Есенин и национальная художественная культура // Выходцев П.С. *В поисках нового слова: Судьбы русской поэзии 20–30-х годов*. М.: Сов.писатель. Ленингр.отд-ние.1980. С.162–179.

52. Гайсарьян С.З. Есенин С.А. // *Краткая литературная энциклопедия* / Гл. ред А. А. Сурков. – М.: Сов. энцикл., 1964. – Т. 2. – Стб. 897–900.

53. Галкина-Федорук Е.М. *О стиле поэзии Есенина*. М.: Изд-во Моск. ун-та, 1965. 80 с.

54. Гаспаров М.Л. Народный стих // *Литературная энциклопедия терминов и понятий* / Гл.ред. и сост. А.Н. Николюкин. М.: Интелвак, 2001. С. 608.

55. Галиева М.А. Фольклорная традиция в поэтике В.В.Маяковского и С.А.Есенина. Внутренний диалог: поэма «Инония» и стихотворение «Ко всему», 2014. с.43–50.

56. Галиева М.А. Миф и фольклор в картине мира эпохи авангарда:Постановка вопроса // *Историческая и социально-образовательная мысль*. 2015. Т. 7. № 1. С. 31–36.

57. Галиева М.А. Фольклорная парадигма в авангарде в статье поднимается вопрос о фольклорной традиции в культуре авангарда // В сборнике: *Миф, фольклор, литература: эстетическая проекция мира*. Сер. "Biblioteka Instytutu Polsko-Rosyjskiego" под редакцией И.И. Бабенко,

И.В. Попадейкиной, М.А. Галиевой. Вроцлав, 2015. С. 23–36.

58. Галиева М.А. Трансформация фольклорной традиции в русской поэзии начала XX века (С.А. Есенин и В.В. Маяковский) // автореферат диссертации на соискание ученой степени кандидата филологических наук / Моск. гос. ун-т им. М.В. Ломоносова. Москва, 2016

59. Гачев Г.Д. Космо-Психо-Логос: *Национальные образы мира.* М.: Академический Проект, 2007. 511.

60. Геллер Л., Нике М. *Утопия в России.* СПб.: Гиперион, 2003. 312 с.

61. Герасимова И.Ф. Статья Есенина «Ярославны плачут» в контексте женской поэзии Первой мировой войны // *Поэтика и проблематика творчества С.А. Есенина в контексте Есенинской энциклопедии* / Отв. ред., сост. О.Е. Воронова, Н.И. Шубникова-Гусева. М.: Лазурь, 2009. С. 348–355.

62. Голубков М.М. *Русская литература XX века. После раскола.* М.: Аспект-Пресс, 2001. 267 с.

63. Гусева Ш.Г.Н.И. Словник "Есенинской энциклопедии" // Отчет о НИР № 14–04–00417. Российский гуманитарный научный фонд. 2016.

64. Даль В. *Толковый словарь живого великорусского языка.* М.: Русский язык, 1979. Т. II. 779 с., Т. IV. 683 с.

65. Демиденко Е.А. Метафора и метонимия в лирике Есенина и Клычкова // *Биография и творчество Сергея Есенина в энциклопедическом формате.* М. – Рязань – Константиново: б/и, 2012. С. 226–235.

66. Дзуцева Н.В. Идиллия и пастораль в творчестве С.А. Есенина // *Современное есениноведение.* 2006. №5. С. 115–122.

67. Дударева М.А. С.А. Есенин и фольклор: "Ритуальный хаос" В поэме "Анна снегина" // *Вестник Северного (Арктического) федерального университета.* Серия: Гуманитарные и социальные науки. 2016. № 4. С. 88–96.

68. Дударева М.А. Культурно-цивилизационный феномен русской интеллигенции: От фольклора к литературе (на примере трактата С. Есенина "Ключи марии") // *Известия Самарского научного центра Российской академии наук.* Социальные, гуманитарные, медико-биологические науки. 2020. Т. 22. № 72. С. 67–71.

69. Дядичев В.Н. Есенин и Маяковский в критике 1920–х годов: сопоставительный аспект // *Поэтика и проблематика творчества С.А. Есенина в контексте Есенинской энциклопедии.* М: Лазурь, 2009. С. 375–392.

70. Егорова О.А. Специфика фольклорных коннотаций в поэзии Сергея Есенина // В сборнике: *Проблемы управления в социально-гуманитарных, экономических и технических системах.* Девятый ежегодный сборник научных трудов преподавателей, аспирантов, магистрантов, студентов факультета управления и социальных коммуникаций ТвГТУ. Минобрнауки россии;Федеральное государственное бюджетное образовательное учреждение высшего образования «Тверской государственный технический университет» (ТвГТУ). Тверь, 2021. С. 131–136.

71. Есаулов И.А. Творчество Есенина и православная традиция: Проблемы методологии // *Есенин на рубеже эпох: Итоги и перспективы.* М. – Константиново – Рязань: Пресса, 2006. С. 64–74.

72. Жаворонков А.З. С.А. Есенин и русские писатели XIX-XX вв. // Уч.записки Кировск.пед.ин-та. 1971. Вып. 49. С.3–147.

73. Жаворонков А.З. Традиции и новаторство в творчестве С.А.Есенина: Автореф. дис .д-ра филол.наук. Тбилиси, 1971. 40 с.

74. Жаворонков А. Некоторые особенности реализма Есенина// *Сергей Есенин. Проблемы творчества: Сб.статей.* М.: Современник. 1978. С.137–152.

75. Жилина М.Ю. Метасюжет судьбы лирического героя в поэзии С.А. Есенина: основные культурно-художественные коды и мотивные комплексы.

Библиография

Авт-т дис. ... канд.филол.наук. Омск, 2006. 16 с.

76. Жирмунский В. Метафора в поэтике русских символистов // Жирмунский В. *Поэтика русской поэзии*. СПб.: Азбука-классика, 2001. С. 162–197.

77. Журавлев А. П. *Звук и смысл*. М. : Просвещение, 1991. 160 с.

78. Журавлев А.П. *Фонетическое значение*. Л.: Издательство Ленинградского университета, 1974. 160 с.

79. Закриева А.Б., Ахмадова Т.Х. Фольклорные традиции в творчестве С.А. Есенина // В сборнике: *Взгляд современной молодежи на актуальные проблемы гуманитарного знания*. Материалы XII Ежегодной межрегиональной студенческой научно-практической конференции. Грозный, 2023. С. 61–65.

80. Злобин А.А. Духовный концепт странник в языковой картине мира С. А. Есенина // В сборнике: *Актуальные проблемы культуры речи*. Материалы Всероссийской научно-практической конференции. Москва, 2022. С. 82–87.

81. Золотова Т.А., Ефимова Н.И. Литературные традиции в творчестве современных молодых поэтов // *Вестник Московского университета. Серия 9: Филология*. 2020. № 2. С. 126–134.

82. Захариева И. Своеобразие эмоционально-образной системы Есенина // *Столетие Сергея Есенина: Есенинский сборник. Вып. III* / Сост. А.Н. Захаров, Ю.Л. Прокушев. М.: Наследие, 1997. С. 169–176.

83. Захариева И. Образный мир есенинской лирики // *Есенин на рубеже эпох: Итоги и перспективы*. М. – Константиново – Рязань: Пресса, 2006. С. 181–185.

84. Захаров А.Н. Есенин как философский поэт // *Столетие Сергея Есенина: Есенинский сборник. Вып. III* / Сост. А.Н. Захаров, Ю.Л. Прокушев. М.: Наследие, 1997. С. 35–56.

85. Захаров А.Н. Эволюция есенинского имажинизма // *Русский имажинизм: история, теория, практика* / Под редакцией Дроздкова В.А., Захарова А.Н., Савченко Т.К. М.: ИМЛИ РАН, 2003. С. 51–74.

86. Захаров А.Н. Русский имажинизм: Предварительные итоги // *Русский имажинизм* / Под ред. В.А. Дроздкова, А.Н. Захарова, Т.К. Савченко. М.: ЛИНОР, 2003. С. 11–26.

87. Зверев А.М. Авангардизм // *Литературная энциклопедия терминов и понятий* / Гл.ред., сост. А.Н. Николюкин. М.: Интелвак, 2001. С. 11–14.

88. Зёрнов Н.М. *Русское религиозное возрождение XX века* / Пер. с англ. Париж: YMCA-PRESS, 1974. 382 с.

89. Иванов В.Г. Философский концепт и иконический знак в поэтике русского авангарда: дис. ... канд. филол. Наук. Новосибирск, 2005. – 168 с.

90. Иванов Г. Черноземные голоса // Иванов Г. *Собр.соч.: В 3 т. Т. III* / Сост. Е.В. Витковский, В.П. Крейд. М.: Согласие, 1994. 720 с.

91. Иванов-Разумник Р. В. Две России // *Скифы. Вып. 2.* СПб, 1918. С. 201–231.

92. Иванов-Разумник Р. В. Испытание огнем // *Скифы. Вып. 1.* СПб, 1917. С. 261–305.

93. Иванов-Разумник Р. В. Поэты и революция // *Скифы. Вып. 2.* СПб, 1918. С. 1–6.

94. Иванов-Разумник Р. В. Россия и Инония // *Наш путь.* 1918. №2. С. 134–152.

95. Ивлев Д.Д. К вопросу об идейно-стилевой эволюции С. Есенина в первые послеоктябрьские годы // Ивлев Д.Д. *Избранные труды.* Чебоксары: Чуваш. гос. Педуниверситет им. И.Я. Яковлева, 2003. С. 192–208.

96. Исупов К.Г. Странник и паломник на фоне ландшафта // Исупов К.Г. Судьба классического наследия и философско-эстетическая культура серебряного века. СПб.: Русская христианская гуманитарная академия,

2010. С. 482–489.

97. Казимирова Н.А. Богородичная икона в контексте раннего творчества С. Есенина (1914–1918) // *Славянская культура: истоки, традиция, взаимодействие.* М.: Икар, 2009. С. 175–181.

98. Казимирова Н.А. Книга «Радуница» в контексте творчества С.А. Есенина 1916–1925 годов. Авт-т дис….канд.филол.наук. М., 2012. 18 с.

99. Калиниченко И.М. Использование средств языковой выразительности в лирике С.А. Есенина // Научный Лидер. 2022. № 8 (53). С. 42–44.

100. Карасёв Л.В. Заметки о Лермонтове // *Современная филология: Итоги и переспективы.* Сборник научных трудов. М., 2005. С. 52–63.

101. Карлейль Т. Крестьянин-святой. М.: К новой земле, 1912. 16 с.

102. Карпов А. С. *Русская советская поэма (1917–1941).* М.: Художественная литература, 1989. 318 с.

103. Карпов А.С. *Стих и время. Проблемы стихотворного развития в русской советской поэзии 20-х годов.* М. : 1966. 404 с.

104. Кедров К. Космос Есенина // *В мире Есенина* / Под ред. А.А. Михайлова, С.С. Лесневского. М., 1986. С. 388–396.

105. Ким Сонг Иль. Русская литературная утопия первой четверти двадцатого века. Дис. … канд. филол. наук. С.-Петерб. гос. ун-т. 1998. 288 с.

106. Киселёва Л.А. «Икона» и «орнамент» в лирике Сергея Есенина 1914–1917 гг. // *Есенин на рубеже эпох: Итоги и перспективы.* М. – Константиново – Рязань: Пресса, 2006. С. 75–89.

107. Кирпичников А.И. Св. Георгий и Егорий Храбрый. Исследование литературной истории христианской легенды. СПб.: Тип. В.С. Балашева, 1879. 193с.

108. Киселёва Л.А. «Марфа Посадница» Есенина: литературный и внелитературный контексты // *Поэтика и проблематика творчества С.А. Есенина в контексте Есенинской энциклопедии* / Отв. ред., сост. О.Е.

Воронова, Н.И. Шубникова-Гусева. М.: Лазурь, 2009. С. 64–75.

109. Клейнборт Л.М. Встречи // *Воспоминания о Сергее Есенине.* М.: Моск. рабочий, 1975. С.147–152.

110. Клинг О.А. Поэтическое самоопределение Есенина и символизм // Филологические науки. М. №6., 1985. С. 10–16.

111. Клинг О.А. *Влияние символизма на постсимволистскую поэзию в России 1910-х годов: проблемы поэтики* / О. А. Клинг. М.: Дом-музей Марины Цветаевой, 2010. 356 с.

112. Ковалева Р.М. Типология литературного фольклоризма в свете эстофольклористики // В сборнике: *VIII Лазаревские чтения: "Лики традиционной культуры в современном культурном пространстве: ренессанс базовых ценностей?".* Сборник материалов международной научной конференции: в 2х частях. 2018. С. 97–101.

113. Кожинов В.В. Жанр // *Литературный энциклопедический словарь* / Под ред. В.М. Кожевникова и П.А. Николаева. М., 1987. С. 106–107.

114. Коржан В.В. К вопросу об изучении фольклоризма Есенина // Русск.лит. 1965. № 2. С. 268–279.

115. Коржан В.В. Фольклор в творчестве Есенина // *Есенина и русская поэзия.* Л.: Наука. Ленингр. отд-ние, 1967. С. 194–254.

116. Коржан В.В. *Есенин и народная поэзия.* Л.: Наука. Ленингр.отд-ние, 1969. 200 с.

117. Коржан В.В. Символика в поэзии С. Есенина // Науч.докл.высш.школы: филолог.науки. 1977. № 2. С.13–20.

118. Коржан В.В. Есенин и Пролеткульт. 1917–1920 // *Сергей Есенин: Проблемы творчества.* М.: Современник. 1978. С.79–96.

119. Коржан В.В. Идейно-художественные искания крестьянских поэтов: 1910–1920. Автореф. дис. д-ра наук. Л., 1980. 32 с.

120. Коротина Л.Д. Выражение чувств и эмоций автора с помощью язы-

ковых средств (на примере стихотворения С. А. Есенина «Я усталым таким ещё не был…») / Л. Д. Коротина. – 2016. –№ 4. – 21 с.

121. Кофанов С. Мифологема «лебедь» в творчестве С.А. Есенина: генезис, мифопоэтика, интерпретация // *Современное есениноведение*. 1912. №. 20. С. 65–72.

122. Кошечкин С.П. К вопросу о своеобразии мастерства Сергея Есенина: Автореф.дис. канд.филол.наук. М., 1959. 16 с.

123. Кошечкин С.П. *Есенин и его поэзия*. Баку: Язычы, 1980. 353 с.

124. Кривушина А.Д. Трактовка образа «чёрного человека» в поэзии А.С. Пушкина, С.А. Есенина, В.С. Высоцкого // В сборнике: *Филология, иностранные языки и медиакоммуникации*. Материалы симпозиума в рамках XVII (XLIX) Международной научной конференции студентов, аспирантов и молодых ученых. Науч. редактор Е.В. Новгородова. Кемерово, 2022. С. 103–106.

125. Кузьмищева Н.М. К вопросу о прогностической функции «струящихся» образов // *Сергей Есенин: Диалог с XXI веком* / Отв.ред. О.Е. Воронова, Н.И. Шубникова-Гусева. М.: ИМЛИ РАН, 2011. С.122–133.

126. Куракина О.Д. *Русский космизм как социокультурный феномен*. М.: МФТИ, 1993. 183 с.

127. *Летопись жизни и творчества С.А. Есенина: В 5 т. Т. I* / Гл.ред. Ю.Л. Прокушев; сост. М.В. Скороходов и С.И. Субботин. М.: ИМЛИ РАН, 2003. 736 с.

128. Лебедева Н.И. Духовная культура рязанских крестьян: Из полевых материалов 1923–1965 гг. // Предисл., подготовка текста, комм. Е.А. Самоделовой //Лебедева Н.И. Духовная культура рязанских крестьян. Классификация одежды русских. Маслова Г.С. Из истории восточно-славянской этнографии // *Рязанский этнографический вестник*. 1994. С. 3–48.

129. Лебедева Н.И. Этнологические материалы / Вступ. ст., сост., подгот. текстов, коммент., указатель Е.А.Самоделовой // *Рязанский этнографический вестник*. 1997. 158 с.

130. Леонтьев Я.В. Есенин и социалисты-революционеры в 1917–1918 гг. // *Есенин на рубеже эпох: Итоги и перспективы* / Отв.ред. О.Е. Воронова, Н.И. Шубникова-Гусева. Рязань: Пресса, 2006. С. 388–419.

131. Леонтьев Я.В. *«Скифы» русской революции: Партия левых эсеров и ее литературные попутчики.* М.: АИРО-XXI, 2007. 328 с.

132. Лённквист Б. *Мироздание в слове: Поэтика Велимира Хлебникова.* СПб.: Академический проект, 1999. 234 с.

133. Лихачев Д.С. *Историческая поэтика русской литературы. Смех как мировоззрение.* СПб.: Алетейя, 1999. 608 с.

134. Лихачев Д.С. Концептосфера русского языка // Д.С. Лихачев Д.С. *Избранные труды по русской и мировой культуре.* СПб. : Изд-во СПбГУП, 2006. С. 316–329.

135. Логачева Е.В. Фольклорные традиции и "Сказочный" синтаксис рассказа С.А. Есенина "Бобыль и дружок" // *Вестник Московского государственного областного университета. Серия: Русская филология.* 2017. № 4. С. 26–33.

136. Лосев А.Ф. *Знак. Символ. Миф* / А. Ф. Лосев. М. : Изд-во МГУ, 1982. 481 с.

137. Лосев А.Ф. *Философия. Мифология. Культура.* М. : Политиздат, 1991. 525 с.

138. Ломан А.П. Об издании произведений С.А.Есенина. Критические заметки // *Есенин и русская поэзия.* Л.: Наука,1967, С.363–371.

139. Лотман Ю.М. *Чему учатся люди? Статьи и заметки.* М.: Центр Книги Рудомино, 2010. 413 с.

140. Лотман Ю. М., З. Г. Минц, Е. М. Мелетинский. Литература и мифы //

Мифы народов мира: Энциклопедия. М. : Научное издательство «Большая Российская энциклопедия», 1998. Т. 2. С. 58–65.

141. Львов-Рогачевский В. *Новейшая русская литература.* М., 1927. 256 с.

142. Маккормак Э. Когнитивная теория метафоры // *Теория метафоры.* М.: Прогресс, 1990. С. 358–386.

143. Малюкова Л. Блок и Есенин: К вопросу о связях и взаимовлияниях // *Вопросы истории и теории литературы.* Челябинск, 1972. С.72–85.

144. Малюкова Л. Есенин и поэты-символисты: К вопросу о преемственности романтической поэзии: Автореф. дис. канд.филол. наук. М., 1976. 28 с.

145. Марченко А.М. Есенин С.А. // *Большая советская энциклопедия* / Гл. ред. А. М. Прохоров. – 3-е изд. – М.: Сов. энцикл., 1972. – Т. 9. – С. 99–100.

146. Марченко А.М. *Поэтический мир Есенина.* М.: Сов.писатель, 1972. 310 с.

147. Масленников Д.Б. *Словарь окказиональной лексики футуризма.* Уфа: Изд-во БГПУ, 2000. 140с.

148. Мансуров А.А. Описание рукописей Этнологического архива Общества исследователей Рязанского края / *Труды Общества исследователей Рязанского края. Вып. 15, 22, 26, 39.* Рязань: Рязгостип, тип. Мособлполиграфа, 1928–1930, 1933. Вып. 1–5. (№№ 1–500).

149. Мекш Э.Б. Традиции Ницше в поэзии имажинистов // *Русский имажинизм* / Под ред. В.А. Дроздкова, А.Н. Захарова, Т.К. Савченко. М.: ЛИНОР, 2003. С. 254–265.

150. Мелетинский Е.М. *Поэтика мифа* / Е. М. Мелетинский. М. : Наука, 1976. 407с.

151. Микешин А.М. Об эстетическом идеале в поэзии С.Есенина // *Из истории советской литературы 20-х годов.* Иваново, 1963. С. 80 -113.

152. Микешин А.М. Романтические тенденции в поэзии С.Есенина // *Исторические судьбы романтической поэзии.* Кемерово, 1974. Ч. П. С.

93–195.

153. Михайлов А.И. Любовью, нравом, молитвой… (Есенин и Клюев: К интерпретации их взаимоотношений) // *Есенин на рубеже эпох: Итоги и перспективы.* М. – Константиново – Рязань: Пресса, 2006. С. 217–224.

154. Михаленко Н.В. Пространственная организация образа Небесного Града в ранней лирике С.А. Есенина // *Сергей Есенин и литературный процесс: традиции, творческие связи* / Отв.ред. О.Е. Воронова, Н.И. Шубникова-Гусева. Рязань: РИД, 2006. С. 105–116.

155. Михаленко Н.В. Образ Небесного Града в русской поэтической традиции и в ранней лирике С.А. Есенина // *Современное есениноведение.* 2007. № 7. С. 98–110.

156. Михаленко Н.В. «Небесный Град в творчестве С.А. Есенина: поэтика и философия». Автореф. Дис-и…канд.фил.наук. М., 2009. 26 с.

157. Михаленко Н.В. Временная характеристика образа Небесного Града в библейских поэмах Есенина // *Поэтика и проблематика творчества С.А. Есенина в контексте Есенинской энциклопедии* / Отв. ред., сост. О.Е. Воронова, Н.И. Шубникова-Гусева. М.: Лазурь, 2009. С. 76–84.

158. Могилева И. И. История и Утопия в лирическом творчестве Сергея Есенина (1913–1918 гг.). Автореф. дис… канд. филол. наук: В. Новгород, 2002. 23 с.

159. Микешин А.М. Об эстетическом идеале в поэзии С.Есенина // *Из истории советской литературы 20–х годов.* Иваново, 1963. С. 80–113.

160. Морозов Д.С. Неомифологзм поэмы С.А. Есенина «Инония» // В сборнике: *Нургалиевские чтения-XI: Научное сообщество молодых ученых XXI столетия. Филологические науки.* Сборник статей по материалам Международной научно-практической конференции. Под общей редакцией К.Р. Нургали. Нур-Султан, 2022. С. 158–162.

161. Морозова М. Анимализм в поэзии Есенина // *Сергей Есенин: Проблемы*

творчества.-М.: Современник, 1978, С.192–199.

162. Маслоброд С.Н. Сергей Есенин – самый "Лунный" поэт в русской литературе // *Современное есениноведение*. 2022. № 4 (63). С. 34–37.

163. Мочульский К. Мужичьи ясли (О творчестве Есенина) // *Русское зарубежье о Есенине: В 2 кн.* / Сост. Н.И. Шубникова-Гусева. М.: Инкон, 1993. Кн. 1. С. 37–41.

164. Найдыш В.М. *Философия мифологии. От античности до эпохи романтизма*. М. : Гардарики, 2002. 554 с.

165. Никё М. Гностические мотивы в «Ключах Марии» Есенина // *Столетие Сергея Есенина: Есенинский сборник. Вып. III* / Сост. А.Н. Захаров, Ю.Л. Прокушев. М.: Наследие, 1997. С. 124–129.

166. Николаев Ю. *В поисках божества: Очерки истории гностицизма*. Киев: София, 1995. 400 с.

167. Никольский А.А. Крестьянская тема в поэме Есенина «Отчарь» // *Поэтика и проблематика творчества С.А. Есенина в контексте Есенинской энциклопедии* / Отв. ред., сост. О.Е. Воронова, Н.И. Шубникова-Гусева. М.: Лазурь, 2009. С. 85–91.

168. Никольский А. К интерпретации стихотворения С.А. Есенина «мир таинственный, мир мой древний…» // *Современное есениноведение*. 1912. №. 20. С. 35–37.

169. Никульцева В.В. *Словарь неологизмов Игоря-Северянина* / ИРЯ им. В. В. Виноградова РАН; Под ред. проф. В. В. Лопатина. – М.: ООО «Азбуковник», 2008. 378с.

170. Никульцева В.В. Идентичные неологизмы в неолексиконе Сергея Есенина и Велимира Хлебникова // *Поэтика и проблематика творчества С. А. Есенина в контексте Есенинской энциклопедии*. М.: Лазурь, 2009. С. 317–330.

171. Никульцева В.В. Словотворчество С.А. Есенина в энциклопедическом

формате // *Биография и творчество Сергея Есенина в энциклопедическом формате.* М. – Рязань – Константиново: б/и, 2012. С. 138–146.

172. Ничипоров И.Б. Миф об Андрее Белом в художественном сознании М. Цветаевой // *Кафедральные записки: Вопросы новой и новейшей русской литературы.* М.: Изд-во Моск. ун-та, 2002. С. 87–96.

173. Ницше Ф. Воля к власти. Опыт переоценки всех ценностей // *Собр. соч.: В 5 т.* СПб.: Азбука, 2011. Т. 4. 373 с.

174. Оренбург М.Ю. *Гностический миф. Реконструкция и интерпретация.* М.: ЛИБРОКОМ, 2001. 184 с.

175. Орлицкий Ю.Б. О стихосложении новокрестьянских поэтов (к постановке проблемы) // *Николай Клюев: исследования и материалы* / Сост. С.И. Субботин. М.: Наследие, 1997. С. 150–162.

176. Осоргин М. Владимир Маяковский. Два голоса. Гос.изд. РСФСР. Берлин, 1923 // *Современные записки.* Париж, 1924. № 22. С. 455–458.

177. Павленко О.С. Домашнее пространство в ранней лирике С.А. Есенина // *Современное есениноведение.* 2022. № 4 (63). С. 56–62.

178. Павловски М. Религия русского народа в поэзии Есенина (Лингвостилистические соображения) // *Столетие Сергея Есенина. Есенинский сб. Выпуск III* / Ред.-сост. А.Н. Захаров, Ю.Л. Прокушев. М.: Наследие, 1997. С. 93–115.

179. Пащенко М. Проблема «Китежского текста» и «Инония» Есенина // *Вопросы литературы.* 2011. № 2. С. 9–58.

180. Пискунов В. М. Культурологическая утопия Андрея Белого // Пискунов В.М. *Чистый ритм мнемозины.* М.: Альфа-М, 2005. С. 34–76.

181. Пономарева Т.А. *Новокрестьянская проза 1920-х годов. Ч.1. Философские и художественые искания Н. Клюева, А. Ганина, П. Карпова.* Череповец: ГОУ ВПО ЧГУ, 2005. 258 с.

182. Потебня А.А. *Символ и миф в народной культуре.* М.: Лабиринт, 2000.

480 с.

183. Прокушев Ю. *Сергей Есенин: Поэт. Человек*. М.: Просвещение,1973. 238 с.

184. Прокушев Ю. *Два мира: С. Есенин на Западе* //Молодая гвардия. 1974. № 6. С. 301–317.

185. Прокушев Ю. *Сергей Есенин: Образ. Стихи. Эпоха*. М.: Сов. Россия, 1979. 304 с.

186. Прокушев Ю. *Картины живой жизни: О прозе Сергея Есенина* // Москва. 1979. № 2. С.192–200.

187. Прокушев Ю.Л. *Проза поэта* // Молодая гвардия. 1983. № 12. С. 245–264.

188. Пропп В.Я. *Поэтика фольклора* / Сост., предисл. и коммент. А.Н. Мартыновой. М: «Лабиринт», 1998. 351 с.

189. Путилов Б. О некоторых проблемах фольклоризма советскойлитературы // *Вопросы советской литературы*. М.– Л.: Изд-во АН СССР, 1956. Вып.4. С.5–32.

190. Путилов Б.Н. *Методология сравнительно-исторического изучения фольклора*. Л.: Наука, 1976. 244 с.

191. Пьеге-Гро Н. *Введение в теорию интертекстуальности*. М.: ЛКИ, 2008. 240 с.

192. Райс Э. Николай Клюев // Клюев Н. *Сочинения: В 2 т.* / Общ.ред. Г.П. Струве, Б.А. Филиппова. Германия (б/м): Buchvertrieb und Verlag, 1969. Т. II. С. 51–112.

193. Ранчин А.М. Духовный стих // *Литературная энциклопедия терминов и понятий* / Гл. ред. А.Н. Николюкин. М.: НПК Интелвак, 2001. С. 258–260.

194. Рогова Е.Н. Элегический хронотоп и элегические мотивы в литературном произведении // *Сибирский филологический журнал*. Барнаул –

Кемерово – Новосибирск – Томск. 2003. № 2. С.31–36.

195. Розенфельд Б., Л. Э. Есенин, Есенинщина // *Литературная энциклопедия* / Отв. ред. А. В. Луначарский. – М.: Изд-во Ком. акад., 1930. – Т. 4. – Стб. 79–93.

196. Руднев В.П. *Энциклопедический словарь культуры XX века. Ключевые понятия и тексты.* М. : Аграф, 2001. – 608 с.

197. Русская литература и фольклор: Первая половина XIX века. Л.: Наука, 1976. 456 с.

198. *Русская литература и фольклор: Вторая половина XIX в.* Л.: Наука, 1982. 444 с.

199. *Русская литература и фольклорная традиция: Сб.науч.тр.* Волгоград: Волгоградск. гос.пед.ин-т, 1983. 136 с.

200. *Русское зарубежье о Есенине: В 2 т.* / Вступ. ст., сост., коммент. Н. И. Шубниковой-Гусевой. М.: ИНКОМ, 1993. 115 с.

201. Рюмина М.Т. *Эстетика смеха: Смех как виртуальная реальность.* М.: Едиториал УРСС, 2003. 320 с.

202. Савушкина Н.И. *Русская советская поэзия 20–х гг. и фольклор.* Учебно-методическое пособие // Изд. Московского университета. 1986. 92с.

203. Савушкина Н.И. Фольклорные традиции в поэзии Есенина 1924–1925 гг. // *Сергей Есенин: Проблемы творчества.* М., 1980. С.108–118.

204. Савченко Т.К. Сергей Есенин и Александр Кусиков // *Русский имажинизм* / Под ред. В.А. Дроздкова, А.Н. Захарова, Т.К. Савченко. М.: ЛИНОР, 2003. С. С. 202–212.

205. Савченко Т.К. «Всяк за всех виноват»: О мотивах вины и покаяния в русской поэзии XX века в свете православной традиции // *Современная филология. Итоги и перспективы: Сб. науч.трудов, посв. 80–летию В.М. Пискунова.* М.: Гос.ин-т русского языка, 2005. С. 255–276.

206. Самоделова Е.А. Фольклорная основа «Песни о великом походе»

Есенина // *Столетие Сергея Есенина. Есенинский сб. Выпуск III* / Ред.-сост. А.Н. Захаров, Ю.Л. Прокушев. М.: Наследие, 1997. С. 207–235.

207. Самоделова Е.А. *Историко-фольклорная поэтика С.А. Есенина* / Рязанский этнографический вестник. 1998.

208. Самоделова Е.А. Роль «Поэтических воззрений славян на природу» А.Н. Афанасьева в развитии русской литературы XIX-XX вв. // *Начало: Сб. работ молодых ученых*. М.: ИМЛИ РАН, 1998. Выпуск 4. С. 329–392.

209. Самоделова Е.А. *Антропологическая поэтика С.А. Есенина: Авторский жизнетекст на перекрестье культурных традиций*. М.: Языки славянских культур. М., 2006. 920 с.

210. Самоделова Е.А. Есенин и фольклор. Концепция раздела «Есенинской энциклопедии» // *Есенинская энциклопедия: Концепция. Проблемы. Перспективы*. Рязань: Пресса, 2006. С. 78–97.

211. Самоделова Е.А. Мифопоэтика пищи в творчестве Есенина // *Есенин на рубеже эпох: Итоги и перспективы*. М. – Константиново – Рязань: Пресса, 2006. С.289–309.

212. Самоделова Е.А. Функция национальных напитков (чай, квас) в творчестве Есенина // *Поэтика и проблематика творчества С.А. Есенина в контексте Есенинской энциклопедии* / Отв. ред., сост. О.Е. Воронова, Н.И. Шубникова-Гусева. М.: Лазурь, 2009. С. 156–177.

213. Самоделова Е.А. С.А. Есенин как собиратель, исследователь и интерпретатор фольклора // *Современное есениноведение*. 2010. № 15. С. 77–86.

214. Самоделова Е.А. О фольклорно-этнографических истоках некоторых мотивов и образов в творчестве С.А. Есенина (по материалам этнологического архива и фольклорных экспедиций) // *Современное есениноведение*. 2018. № 2 (45). С. 36–52.

215. Самоделова Е.А. Образ макария желтоводского и унженского в

житийной и светской литературе XX в. И костромском фольклоре // В сборнике: *Воротынские чтения. Средневековая Россия: военный и духовный подвиг предков.* Воротынские чтения. Материалы Всероссийской научно-практической конференции. 2020. С. 35–39.

216. Самоделова Е.А., Солобай Н.М. Украинская топонимика в жизни и творчестве Сергея Есенина // *Сергей Есенин в контексте эпохи: К 100–летию Юрия Львовича Прокушева: Коллект. монография* / Отв. ред. Н.И. Шубникова-Гусева. М.: ИМЛИ РАН, 2021. С. 213–282.

217. Сахаров И.П. *Сказания русского народа.* М.: Худ. лит., 1989. 398 с.

218. Сахно И.М. С. 10. *Русский авангард. Живописная теория и поэтическая практика.* М.: Диалог-МГУ, 1999. 352 с.

219. Сахно И.М. *Морфология русского авангарда.* М.: РУДН, 2009. 355 с.

220. *С.А. Есенин в воспоминаниях современников: В 2.*т. М: Худ. лит., 1986. 511 с., 446 с.

221. Свиридов Г. «Бессмысленная» метафора Есенина на фоне текстов и метатекстов имажинизма // *Балтийский филологический курьер.* 2004. № 4. С.125–137.

222. Селиванов Ф.М. *Русские народные духовные стихи.* Йошкар-Ола: Марийский гос. ун-т, 1995. 160 с.

223. Семёнова С.Г., Гачева А.Г. *Русский космизм: Антология философской мысли.* М.: Педагогика-прогресс, 1993. 365 с.

224. Семёнова С.Г. Стихии русской души в поэзии Есенина // Семёнова С.Г. *Русская поэзия и проза 1920–1930–х годов: Поэтика – Видение мира – Философия.* М.: ИМЛИ РАН, Наследие, 2001. 590 с.

225. Семёнова С.Г. Поэт «поддонной» России (религиозно-философские мотивы творчества Николаева Клюева) // *Николай Клюев: Исследования и материалы.* М.: Наследие, 1997. С. 21–53.

226. *Сергей Есенин в стихах и жизни: Воспоминания современников* / Сост.и

общ.ред. Н.И. Шубниковой-Гусевой. М.: Республика, 1995. 591 с.

227. Серёгина С.А. Пасторально-идиллическая топика маленьких поэм С.А. Есенина // *Филологические штудии*. Иваново: Ивановский гос.ун-, 2005. Вып. 9. С. 64–70.

228. Серёгина С.А. «Маленькие поэмы» С. А. Есенина как циклическое единство // *Современное есениноведение*. Рязань. 2008. №. 8. С. 136–144.

229. Серёгина С.А. Андрей Белый и Сергей Есенин: творческий диалог. Дисс. ... канд. филол. наук. М., 2009. 145 с.

230. Серёгина С.А. «Скифы»: рецепция символистского жизнетворчества (Иванов-Разумник, Андрей Белый, Есенин, Клюев) // *Поэтика и проблематика творчества С.А. Есенина в контексте Есенинской энциклопедии* / Отв. ред., сост. О.Е. Воронова, Н.И. Шубникова-Гусева. М.: Лазурь, 2009. С. 281–299.

231. Созина Е. «Скифский текст» в творчестве Сергея Есенина и Велимира Хлебникова // *Современное есениноведение*. 1912. №. 20. С. 77–80.

232. Сибинович М. Поэтика Есенина между модернизмом и авангардизмом // *Столетие Сергея Есенина: Есенинский сборник. Вып. III* / Сост. А.Н. Захаров, Ю.Л. Прокушев. М.: Наследие, 1997. С. 185–190.

233. Сидельников В. *Из наблюдений над поэтикой Сергея Есенина*. М.: Изд-во Ун-та Дружбы народов, 1976. 140 с.

234. Синиченко Т.Е. Системный лингвокультурологический анализ этноактуальной лексики (на примере произведений С. Есенина). Авт-т дис. ... канд.филол.наук. М., 2007. 18 с.

235. Скороходов М.В. Есенин как русский национальный поэт // *Поэтика и проблематика творчества С.А. Есенина в контексте Есенинской энциклопедии* / Отв. ред., сост. О.Е. Воронова, Н.И. Шубникова-Гусева. М.: Лазурь, 2009. С. 47–64.

236. Скороходов М.В. Жизнь и творчество Есенина в оценке отечественного

литературоведения 1950–2000–х годов // *Сергей Есенин: Диалог с XXI веком*. М.: ИМЛИ РАН, 2011. С. 51–69.

237. *Славянская мифология: Энциклопедический словарь*. М.: Эллис Лак, 1995. 416 с.

238. Солнцева Н.М. *Китежский павлин: Документы. Факты. Версии*. М.: Скифы, 1992. 423 с.

239. Солнцева Н.М. Новокрестьянские поэты и прозаики // *Русская литература рубежа веков (1890–е – начало 1920–х гг.): В 2 кн. Кн. II.*. М.: ИМЛИ РАН, Наследие, 2001. С. 682–721.

240. Солнцева Н.М. Имажинизм // *История русской литературы XX века. 20–50–е годы: Литературный процесс*. М.: Изд-во Моск. ун-та, 2006. С.401–410.

241. Солнцева Н.М. Метафора Есенина // *Есенинская энциклопедия: Концепция. Проблемы. Перспективы* / Сост. О.Е. Воронова, Н.И. Шубникова-Гусева. Рязань: Пресса, 2006. С. 153–158.

242. Солнцева Н.М. Новокрестьянские поэты // *Русская литература 1920–1930–х годов: Портреты поэтов: В 2 т. Т. I* / Ред.-сост. А.Г. Гачева, С.Г. Семёнова. М.: ИМЛИ РАН, 2008. С. 5–49.

243. Солнцева Н.М. О мотивах ранней лирики С. Есенина и С. Клычкова // *Поэтика и проблематика творчества С.А. Есенина в контексте Есенинской энциклопедии* / Сост. О.Е. Воронова, Н.И. Шубникова-Гусева. М.: Лазурь, 2009. С. 240–255.

244. Солнцева Н.М. Скиф и скифство в русской литературе // *Историко-литературное наследие*. 2010. № 4. С. 147–159.

245. Солнцева Н.М. Проза С. Есенина // *Проблемы научной биографии С.А. Есенина* / Сост. О.Е. Воронова, Н.И. Шубникова-Гусева. Рязань: Пресса, 2010. С. 104–116.

246. Соловьев В. *Философский словарь*. Ростов-на-Дону: Феникс, 1997.

464 с.

247. Сохряков Ю.И. О религиозных мотивах в лирике Есенина // *Столетие Сергея Есенина: Есенинский сборник. Вып. III* / Сост. А.Н. Захаров, Ю.Л. Прокушев. М.: Наследие, 1997. С. 116–123.

248. Степанов Ю. С. Константы: *Словарь русской культуры*. М. : Академический проект, 2001. 990 с.

249. Степанченко И.И. *Поэтический мир Сергея Есенина: Анализ лексики*. Харьков: ХГПИ, 1991. 189 с.

250. Субботин С.И. К истории текстов «Иорданской голубицы», «Ленина» и «Песни о Евпатии Коловрате» // *Есенин академический: Актуальные проблемы научного издания. Есенинский сб. Вып. II*. М.: Наследие, 1995. С. 43–45.

251. Субботин С.И. Библиотека Сергея Есенина // *Есенин на рубеже эпох: Итоги и перспективы* / Отв.ред. О.Е. Воронова, Н.И. Шубникова-Гусева. Рязань: Пресса, 2006. С. 331–334.

252. Суслопарова Г.Д. Утопические проекты в практике русского литературного авангарда // *Филологические науки. Вопросы теории и практики*. 2010. № 2. С. 160–164.

253. Суслопарова Г.Д. О проблематике и контексте цикла «маленьких поэм» Есенина // *С. Есенин: диалог с XXI веком*. М.: ИМЛИ РАН, 2001. С. 138–148.

254. Суслопарова Г.Д. Типология утопического мышления в литературе Серебряного века (символизм, футуризм, новокрестьянская поэзия). Автор-т дисс. ...канд.филол.наук. М., 2012. 21 с.

255. Суслопарова Г.Д. Цикл «маленьких поэм» С. Есенина в контексте утопических проектов начала XX в. // *Вестник РУДН*. 2012. № 1. С. 5–14.

256. Сухов В.А. *Сергей Есенин и поэты – имажинисты*: Учебно –

методическое пособие в помощь студентам факультета русского язвка и литературы педагогических университетов и институтов. Пенза: Издательский отдел Пензенского государственного педагогического университета им. В.Г. Белинского, 1998. 37 с.

257. Сухов В.А. Есенин и Мариенгоф (к проблеме личных и творческих взаимоотношений) // *Русский имажинизм* / Под ред. В.А. Дроздкова, А.Н. Захарова, Т.К. Савченко. М.: ЛИНОР, 2003. С. 220–230.

258. Терёхина В.Н. «Только мы – лицо нашего времени…» // *Русский футуризм: Стихи. Статьи. Воспоминания* / Сост. В. Н. Терёхина, А. П. Зименков. СПб.: Полиграф, 2009. С. 3–54.

259. Терёхина В. Н. *Экспрессионизм в русской литературе первой трети XX века: Генезис.* Историко-культурный контекст. Поэтика. М.: ИМЛИ РАН, 2009. 320 с.

260. Трифонова Н.С. Метафора в ранней лирике Анны Ахматовой: «Вечер» – «Белая стая» – «Anno Domini». Автореферат дисс. … уч. степ. канд. филол. наук. Екатеринбург, 2005. 28 с.

261. Тимершина О.Р. Символизм как миропонимание: линия Андрея Белого в русской поэзии последних десятилетий XX века. Автореф. дис. … д.филол.н. М., 2012. 34 с.

262. Топоров В.Н. Модель мира // В.Н. Топоров. *Мировое дерево: универсальные знаковые комплексы : в 2* т. *Т. 2.* М. : Рукописные памятники Древней Руси, 2010. С. 404–421.

263. Тынянов Ю.Н. *Поэтика. История литературы. Кино.* М., 1977. 574 с.

264. Тынянов Ю.Н. О литературной эволюции // Ю.Н. Тынянов. *Литературная эволюция: Избранные труды.* М. : Аграф, 2002. С. 189–204.

265. Уманская Е. *Есенин и имажинизм* // Учен.записки Моск.обл.пед.ин-та. М. Сов.лит., 1972. Вып. 2. С.25–38.

266. Уманская Е. С.Есенин и литературное движение /1915–1923/: Автореф.

дис. канд.филол.наук. М., 1972. 19 с.

267. Фасмер М. *Этимологический словарь русского языка: В 4 т.* / Пер. с нем. О.Н. Трубчева. М.: Прогресс, 1986. Т. II. 672 с.

268. Фатющенко В.И. *Русская лирика революционной эпохи (1912–1922).* М.: Гнозис, 2008. 416 с.

269. Федотов Г. Духовные стихи // Федотов Г. *Святые Древней Руси* / Сост. А.С. Филоненко. М.: АСТ, 2003. С. 355–506.

270. Хализев В.Е. Модернизм и традиции классического реализма // *В традициях историзма: Сб. статей к юбилею П.А. Николаева* / Под ред. М.Л. Ремнёвой и А.Я. Эсалнек. М.: Изд-во Моск. ун-та, 2005. С. 29–43.

271. Хализев В.Е. *Теория литературы*. М., 2009. 438 с.

272. Ханзен-Леве А. *Русский символизм. Система поэтических мотивов. Мифопоэтический символизм. Космическая символика* / Пер. с нем. М. Ю. Некрасова. СПб.: Академический проект, 2003. 813 с.

273. Харчевников В.И. Некоторые особенности фольклоризма раннего Есенина // *Славянские литературы и фольклор. Русскийфольклор.* М.: Наука, 1978. Вып. ХУШ. С.115–146.

274. Харчевников В.И. *Поэтический стиль Сергея Есенина (1910–1916).* Ставрополь, 1975. 248с.

275. Харчевников В.И. *Традиции русской народной песни в стиле раннего Есенина /1910–1916/*: Пособие по спецкурсу. Ростов-на-Дону, 1974. 111с.

276. Хлыбова Т.В. Предисловие // Селиванов Ф.М. *Русские народные духовные стихи.* Йошкар-Ола: Марийский гос. ун-т, 1995. С.3–6.

277. Черных П.Я. *Историко-этимологический словарь современного русского языка: В 2 т.* М. : Русский язык, 1999.

278. Шацкий Е. *Утопия и традиция.* М.: Прогресс, 1990. 455 с.

279. Швецова Л.К. Сергей Есенин и Андрей Белый // *Известия АН СССР.*

Серия литературы и языка. 1985. Т. 444. № 6. С. 535–547.

280. Швецова Л.К. Андрей Белый и Сергей Есенин // Андрей Белый. Проблемы творчества. М.: Сов. писатель, 1988. С. 404–425.

281. Швецова Л. Андрей Белый и Сергей Есенин: К творческим взаимоотношениям в первые послеоктябрьские годы // *Андрей Белый: Проблемы творчества* / Сост. Ст. Лесневский, Ал. Михайлов. М.: Сов. писатель, 1988. С. 404–425.

282. Шетракова А.Н. Проза С. Клычкова и В Распутина: миф о крестьянском космосе и философия русского космизма. Дис….канд. филол.н. М., 2008. 215 с.

283. Шетракова А.Н. «Душа грустит о небесах…»: Космизм поэзии Есенина // *Есенин С.А. «О Русь, взмахни крылами!..» Поэзия Космоса*. М.: Тибр, 2009. С. 3–10.

284. Шкловский В. Искусство как прием // *Поэтика: Вопросы литературоведения* / Сост. Б.А. Ланин. М.: Изд-во Российского открытого ун-та, 1992. С. 24–40.

285. Шмакова М.Н. Традиции народной культуры в лирике Есенина: мифологический текст родильного обряда // *Поэтика и проблематика творчества С.А. Есенина в контексте Есенинской энциклопедии* / Отв. ред., сост. О.Е. Воронова, Н.И. Шубникова-Гусева. М.: Лазурь, 2009. С. 144–156.

286. Штейнер Р. *Порог духовного мира. Теософия. Из летописи мира*. Пенза: Каталог, 1991. 320 с.

287. Шубникова-Гусева Н.И. Сергей Есенин в стихах и жизни // *Сергей Есенин в стихах и жизни: Стихотворения 1910–1925*. М.: Республика, 1995. С. 3–28.

288. Шубникова-Гусева Н.И. *Поэмы Есенина: От «Пророка» до «Черного человека»*. М.: ИМЛИ РАН, Наследие., 2001. 688 с.

289. Шубникова-Гусева Н.И. Поэмы Есенина: Творческая история, контекст, интерпретации. Автореф.дисс. ….д.филол.н. М.: ИМЛИ, 2001. 46 с.

290. Шубникова-Гусева Н.И. Роль С.А. Есенина в истории русской культуры (К постановке проблемы) // *Есенин на рубеже эпох: Итоги и перспективы.* М. – Константиново – Рязань: Пресса, 2006. С. 5–30.

291. Шубникова-Гусева Н.И. Вопросы поэтики и проблематики в контексте есенинской энциклопедии // *Поэтика и проблематика творчества С.А. Есенина в контексте Есенинской энциклопедии* / Отв. ред., сост. О.Е. Воронова, Н.И. Шубникова-Гусева. М.: Лазурь, 2009. С. 6–32.

292. Шубникова-Гусева Н.И. Азбука // *Есенинский вестник.* С. Константиново Рязанской обл., 2017. № 10.

293. Щербаков С.А. Образы ржи и овса в произведениях Есенина // *Поэтика и проблематика творчества С.А. Есенина в контексте Есенинской энциклопедии* / Отв. ред., сост. О.Е. Воронова, Н.И. Шубникова-Гусева. М.: Лазурь, 2009. С. 132–143.

294. Эвентов И.С. Человек и природа в лирике С.Есенина // Эвентов И. *Три поэта: В.Маяковский, Д.Бедный, С.Есенин: Этюды и очерки.* Л.: Сов. писатель, 1980. С.322–387.

295. Эйхенбаум Б. Анна Ахматова: Опыт анализа // Эйхенбаум Б. *О поэзии.* Л.: Сов.писатель, 1969. С. 75–147.

296. Элиаде М. *Аспекты мифа. 4–е изд.* М. : Академический проект, 2010 251 с.

297. Эпштейн М. Н. *Стихи и стихии. Природа в русской поэзии XVIII – XX вв.* Самара: ИД «БАХРАХ-М», 2007. 352 с.

298. Юдкевич Л.Г. *Певец и гражданин: Творчество С.Есенина в литературном процессе 1–й половины 20–х годов.* Казань: Изд-во Казанск.ун-та, 1976. 206 с.

299. Юдушкина О.В. Иконографический образ Богородицы в «маленьких

поэмах» С.А. Есенина 1917–1919 гг. // *Религиоведение*. М., 2009. № 4. С. 160–164.

300. Юдушкина О.В. Библеизмы как основа поэмной лексики С.А. Есенина. Функция православной молитвы // *Актуальные проблемы гуманитарных и естественных наук*. М., 2011. № 2. С. 136–139.

301. Юдушкина О.В. Библейские мотивы в поэмах С.А. Есенина 1917–1920 годов. Автореф. дис. …канд. филол. наук. М.: МПГУ, 2011. 18 с.

302. Южакова Ю.А., Сомова М.В. Стилистические «оплошности» в лирике С.А. Есенина // *Векторы развития русистики и лингводидактики в контексте современного филологического образования*. Материалы II Международной научно-практической конференции, посвященной 90–летию университета. Под ред. З.Р. Аглеевой, М.Л. Лаптевой, Ю.А. Васильевой. Астрахань, 2022. С. 242–246.

303. Юсов Н.Г. Библиография книг Есенина и коллективных сборников с его участием // *Есенин С. А. Полное собрание сочинений: В 7 т.* – М.: Наука; Голос, 1995–2002. Т. 7. Кн. 3. Утраченное и ненайденное. Неосуществленные замыслы. Есенин в фотографиях. Канва жизни и творчества. Библиография. Указатели. – М.: Наука. – 2002. – С. 355–407.

304. Юшин П.Ф. Поэзия Есенина в русской критике. *Вестник Моск. ун-та. Филология*. 1967. № 4. С. 88–96.

305. Юшин П.Ф. *Поэзия Сергея Есенина 1910–1923 годов*. М.:Изд-во Моск. ун-та, 1966. 318 с.

306. Юшина О.И. Поэзия С.Есенина в оценке современного зарубежного литературоведения и критики (США, Великобритания, Канада, Новая Зеландия): Автореф.дис.канд.филол.наук. М.; 1981. 15 с.

后 记

在这个世界上,有一种力量是永恒的,那就是文学。文学是人类情感和思想的结晶,是时代的见证者,是心灵的寄托。而在这个关于文学的世界里,叶赛宁的民间口头文学诗歌作品,如同一颗璀璨的明珠,闪烁着智慧和温情的光芒。

《叶赛宁民间口头文学诗歌创作及其艺术创新性研究》的出版,既是我心灵深处对这位伟大诗人的敬意,更是我对俄罗斯文学艺术无限热爱的表达。在这段探究叶赛宁作品的旅程中,我仿佛穿越了时光的隧道,聆听他的诗歌,感悟他的创作意图。每一首叶赛宁的诗歌都如同一幅古老的画卷,勾勒出俄罗斯梁赞地区的乡土情怀和人民生活的真实图景。

叶赛宁的诗歌是一种独特的存在,它融合了俄罗斯民间口头文学传统和现代文学的精华,展现出独特的艺术魅力和创新性。在我的研究中,试图深入解读叶赛宁诗歌中的意象、语言和情感,尝试从中探寻他的艺术创新之处,探究作品中蕴含的人文精神和时代价值。

书稿完成的一刻,心中不禁涌动着对过去岁月的感慨与对未来学术探索的期许。对叶赛宁诗歌作品的研究始于在俄罗斯莫斯科国立大学读博期间,这本关于叶赛宁对民间口头文学诗歌传统的传承及其艺术创新性的专著,承载了我读书求学、探索创新的心路历程,也见证了我在学术道路上的成长与坚持。这段研究之旅并非一帆风顺,其中充满了困难和挑战。但正是这些挑战让我更加坚定地走在文学探索的道路上,让我更加深刻地理解文学的力量和意义。在研究的过程中,我得到了无数人的支持和鼓励,他们的帮助和理解是我不断前行的动力。

在这里,我要由衷感谢所有支持我的家人、朋友和同事们,特别要感谢已经93岁高龄的北京大学顾蕴璞教授亲自为本书作序，91岁高龄的北京大学李明滨教授在本书编写过程中给予的支持和帮助。当然还要感谢我的导师，俄罗斯莫斯科国立大学语文系索尔恩彩娃（Н.М.Солнцева）教授在学术道路上的引领与关爱。感谢李俊升教授、上海社会科学院出版社周萌编辑，他们对书稿认真审读，提出了很多宝贵的修改意见，谨在此一并表示感谢。是你们的理解和支持让我有了勇气和信心，让我坚定地走在学术研究的道路上。同时，我要感谢叶赛宁这位伟大诗人，是他的作品启迪了我的心灵，让我深入探究俄罗斯民间口头文学所蕴含的独特魅力。

未来的日子里，我将继续保持初心，不忘初衷，用心耕耘学术的田野，用力书写属于自己的学术篇章。在叶赛宁诗歌艺术的研究中，继续探索俄罗斯民间口头文学传统所展现出的民间智慧和思想，在中俄两国文学艺术的碰撞中，感受两国文化的独特精神内涵。

最后，愿叶赛宁的诗歌永远在心中回响，激励我砥砺前行；愿学术的探索之路永不止步，书写出更加精彩的人生篇章。感恩岁月，感恩支持与陪伴，愿学术的灯火在探索的路上照亮前行的方向，永不熄灭。愿我们在学术的海洋中扬帆远航，书写属于自己的辉煌。

图书在版编目（CIP）数据

叶赛宁民间口头文学诗歌创作及其艺术创新性研究：俄文 / 吴丹丹著. -- 上海：上海社会科学院出版社，2024. --ISBN 978-7-5520-4503-1

I. I512.072

中国国家版本馆CIP数据核字第2024L55C39号

叶赛宁民间口头文学诗歌创作及其艺术创新性研究

著　　者：吴丹丹
责任编辑：周　萌
封面设计：黄婧昉
出版发行：上海社会科学院出版社
　　　　　上海顺昌路622号　邮编200025
　　　　　电话总机 021-63315947　销售热线 021-53063735
　　　　　https://cbs.sass.org.cn　E-mail: sassp@sassp.cn
排　　版：南京展望文化发展有限公司
印　　刷：苏州市古得堡数码印刷有限公司
开　　本：710毫米×1010毫米　1/16
印　　张：18.75
字　　数：395千
版　　次：2024年7月第1版　2024年7月第1次印刷

ISBN 978-7-5520-4503-1/I·545　　　　　定价：98.00元

版权所有　翻印必究